Y0-DXD-308

Sonia
Y EL LADRÓN
DE BESOS

Sonia y el ladrón de besos

EVA D. ISLAND

TITANIA
Argentina • Chile • Colombia • España
Estados Unidos • México • Perú • Uruguay

1.ª edición Abril 2018

Plaza de los Reyes Magos 8, piso 1.º C y D – 28007 Madrid
www.titania.org
atencion@titania.org

ISBN: 978-84-16327-47-8
E-ISBN: 978-84-17180-78-2
Depósito legal: B-7.573-2018

Fotocomposición: Ediciones Urano, S.A.U.
Impreso por Romanyà Valls, S.A. – Verdaguer, 1 – 08786 Capellades (Barcelona)

Impreso en España – *Printed in Spain*

Índice

«Amarse a uno mismo es el comienzo de una aventura que dura toda la vida».

Oscar Wilde

1

Las pilas alcalinas

—Eso que *tenés* vos se arregla con unas pilas alcalinas de larga duración.

La solución que me proponía Estefi me martilleaba en la cabeza. ¿Qué había querido decir con aquello? Me tocó un poco la moral. Puede que yo estuviera demasiado susceptible, pero decididamente no hallé conexión entre las baterías tipo Duracell y los sentimientos que yo había desnudado con tanta delicadeza.

—Venga, Sonia, *apurate* —reclamó la mismísima Estefanía Piomboni.

Me entretuve unos minutos pensando antes de sacar la *mousse* de limón y el cava del congelador.

¿Cómo se había atrevido a darme tantos consejos tan alegremente? Encima, esa sentencia, que no sabía qué significaba. Y además me metía prisa. ¿Acaso no se daba cuenta aquella exuberante argentina, morenaza, alta, con su acento seductor y su gran colección de amantes, que su situación y la mía eran totalmente distintas? Pues quizá, no. Tampoco tenía por qué saberlo. Yo no se lo había explicado todo, pero en cambio le pedía una gran sensibilidad. Tenía que aprender a ser menos exigente.

—Vamos, Sonia, ¡estamos secas! —Ya estaba Estefi otra vez. ¡Qué pesada! Había momentos, como aquel, en que me costaba soportarla. Hay personas que caen siempre de pie, que triunfan sin proponérselo, y Estefi era de estas, por naturaleza. A mí, en cambio, todo me costaba muchísimo sufrimiento. Eso me daba rabia.

Tenía que admitir, sin embargo, que Estefi era un encanto. Siempre que la había necesitado había estado ahí, sobre todo para hacerse cargo de Tiger, mi perrillo multirracial. Así que abandoné mis celos infundados, me puse mi mejor sonrisa y salí exhibiendo el *brut nature* y los postres.

—¡Qué buena pinta tiene! ¡Mmm! —cantaron mis cuatro amigas al unísono.

Me sentí reconfortada. Tomamos el pastelito y apuramos la primera copa de la botella de burbujas doradas, su cosquilleo siempre revolucionaba mis neuronas más primitivas. ¿Cuánto tiempo hacía ya que no estaba con un hombre? Mucho. En cualquier caso, ni me acordaba.

—Tienes la terraza preciosa, Sonia. Siempre tan cuidada —apuntó Paz.

Paz acababa de cumplir los cincuenta. Aún conservaba un buen tipo, dos buenas tetas, casi más turgentes que las mías, y un espectacular cabello rizado que le llegaba hasta los hombros. Una peca al lado de una prominente nariz confería a su cara alargada un toque sensual. Trabajaba en la logística de Médicos Sin Fronteras. Siempre iba con zapatillas, *jeans* y camisetas con mensaje, aunque en noches como esta se solía arreglar y se había puesto una falda verde y una blusa blanca, lo que le había valido el apelativo de «la abuela del Betis».

Su marido la había dejado por su única hermana. Así, en el mismo acto, los había perdido a ambos. Su hijo, *hippy*, se había tirado al monte. Lo veía muy de tanto en tanto, por Navidad y poco más. Esas circunstancias le habían agrietado el alma, pero no habían conseguido minarle la esperanza y estaba convencida de que lo que le quedaba por vivir sería mejor que lo vivido. No se callaba una, se metía en todos los charcos, pero era más tierna que una nube de algodón. A pesar de todo, la soledad la hacía muy vulnerable. Creo que por eso empaticé tan pronto con ella, por su fragilidad. Yo me sentía muy débil de ánimo y necesitaba una igual a mi lado. Estábamos en una situación parecida.

Paz estaba con una copita de más. Y en tales casos habíamos aprendido que mejor era dejarla hablar. Cuando iba un poco borrachita solo hablaba de sexo. Ya la conocíamos. Había que dejar que se soltara para que aliviara un poco sus penas. Además, ya habíamos bebido un poco y el tema hombres llegaba en buen momento.

—¿Sabéis qué estoy pensado, chicas? Ahora mismo, me imagino a un joven cachas. De repente, se cuela entre nosotras. Nos observa muy travieso. Se nos acerca con mirada lasciva, pero ni siquiera nos roza. Solamente nos mira. Empieza a derramar champán sobre nuestros cuerpos desnudos. Se fija en mí. Me da la mano y me mueve a su conveniencia. Ahora, me apoya en la barandilla, se acerca muy dulcemente y me aprieta por detrás contra la pared. Me sube la falda con un toque magistral y acto seguido me hace el amor salvajemente —soltó Paz con una voz ronca y muy sugerente.

—¡Uy! ¡Qué bueno! —apuntó Carlota.

Aquella idea la podía haber lanzado yo misma y me hubiera ganado el aplauso de mis amigas. Hubiera sido un tanto a favor para elevar mi baja autoestima. Y dejarme ir, por una vez. Pero me venció el miedo. Paz sí se atrevió. Sería porque estaba de vuelta de todo, como declaraba a menudo.

Cuántas oportunidades había perdido por no superar el ridículo. Estaba ante otro ejemplo. Otra ocasión fallida de darme brillo. Si me arrancaba ahora a decir que yo estaba bien húmeda y que suspiraba por un machote como el de Paz, lo hubiera dicho a destiempo y hubiera quedado como una copiona.

El debate interno me machacaba. Siempre aquella eterna batalla interior. Y si...Y si...

—Eso no se dice, *baby*. Eso se hace, querida Paz —afirmó rotunda Estefi—. ¿Llamamos a un gigoló? ¿Aviso a un *pibe* de mi agenda?

Todas volvieron a reír como locas. Todas, menos yo, claro. Pensé que la argentina, otra vez, lo tenía demasiado fácil. Para ella ligarse a un tío era coser y cantar. Pondría sus ojitos de devoradora, se inclinaría un poco hacia delante, lo justo para insinuarse y mostrar el nacimiento de sus exuberantes pechos, y cualquier hombre caería rendido a sus pies. No sé por qué pensaba así de ella. ¡Tenía tanta seguridad en sí misma! En el fondo, la admiraba.

Emergió mi ego más agrio, otra vez. Decidí distraerlo inspirando hondo. Coincidió con una pregunta que me hizo Marta:

—¿Qué es eso que huele tan bien?

—Es el galán de noche. Me dieron un injerto el año pasado y mira cómo se ha puesto de hermoso —respondí con agrado. Marta me caía súper. Abogada. Casada. Dos niños. Mi ejemplo a seguir.

—¡Claro! Aquí le da mucho el sol y, como lo debes de mimar cada día, pues eso, está precioso —dijo.

Me quedé un rato observando el jardín. Estaba muy bonito, la verdad. Me detuve a contemplar las cintas. Ya habían florecido y habían crecido las campanillas púrpuras. Estaban preciosas. También los lirios. Y los geranios. Las rosas lucían espectaculares y el ficus, gigante. La planta del dinero era la única que estaba un poco *chuchurría*, señal de que mi economía estaba fatal. De fondo, el olor a jazmín lo impregnaba todo.

Aquella terraza era la joya de la casa. Mi chocita: con salón, dos habitaciones —una de las cuales utilizaba como estudio—, una cocina pequeña y un baño con bañera de patas, ¡cómo no! El conjunto resultaba muy funcional. Los muebles, los imprescindibles: un sofá cómodo, una tele grande y una cama confortable. Poco más. Todo pintado de blanco. Las notas de color: un póster con las portadas en verde, naranja y azul de las revistas del Fringe, el festival de teatro de Edimburgo, y tres mapas de Escocia, mi tierra soñada. Me quedaban veinticuatro años de hipoteca.

Agarré la segunda copa y la apuré de un golpe.

Al hablar del riego y por mi enojo anterior o porque Paz me había quitado protagonismo o por *yoqueseque* decidí hacer una travesura muy impropia de mí.

No las tenía todas conmigo, pero agarré la manguera y, en un acto incontrolado, empecé a mojar a Marta, luego a Paz, a Carlota y, por último, a Estefi.

Con ella, me ensañé especialmente. El chorro diabólico alcanzó vida propia y se coló por su escote y sus piernas. Le apliqué una ráfaga tras otra con toda la fuerza que emergía del grifo.

Las dejé empapadas. Todas rieron. Todas, menos Estefi. Como yo antes, cuando ella intervenía. Nos atraíamos y nos rechazábamos como los imanes.

—Ahora solo nos faltan los *boys* —proclamó Paz con alboroto.

—¡Pues a mí no me importaría! —dijo Carlota apretando los labios y pasándose las manos por la delantera muy voluptuosamente.

—¡Toma, ni a mí tampoco! Ahora mismo me apuntaría —sonrió Marta.

—Tú no, que estás casada —subrayé. Me molestó el comentario de Marta. No me lo esperaba. La creía más sensata. Si ya tenía un hombre, ¿para qué narices quería más? Unas tanto y otras tan poco.

—Eso, eso. Si se presenta la ocasión, hay que aprovecharla. Un polvo es un polvo. Al cuerpo hay que darle satisfacción siempre —concluyó Estefi.

—Di que sí. Yo a una alegría así no le haría ascos —se sumó Marta con entusiasmo. Y acotó—: Un *pimpam*, sin cariño. Para eso ya tengo a mi Joan.

Un estallido de felicidad espontánea que a mí me dolió. Marta proclamaba que sería infiel tan ricamente. Y burlándose del amor, justo lo que yo más ansiaba. Ellas, claro, lo desconocían, porque aún no les había dicho nada de mi historia, pero yo lo pasaba fatal. Me acordaba del chico que me dejó. ¡Que me dejó por otra, porque me los estaba poniendo! Y aquel recuerdo todavía me hacía daño. Lo padecía en silencio. Sí. Lo sé. A veces parecía antipática, amargada y mala amiga. Pensaba cosas feas. Cuestión de tiempo, me dije.

—Pero ríete tú también, Sonia. Al fin y al cabo, tú has provocado todo esto. No te tomes la vida tan en serio —apostilló Carlota.

Seguro que no le faltaba razón. Ese era mi gran problema. Todo era para mí tan trascendente como el juicio final. Y así me pasaba lo que me pasaba. Padecía estrés por anticipación y veía montañas donde únicamente había granos de arena.

—Sí, sí, *preparate* Sonia. Que ahora voy a por ti. Con el manguerazo me has destrozado este Gucci tan redivino. Mil euros a la basura. Bueno, lo recortaré y me quedará estupendo para ir a la playa.

—Discúlpame, Estefi. No sabía que... ¡Dios! Me sabe fatal. Te juro que te compro otro igual. Eso sí, en rebajas, cuando cobre la doble, porque ahora que me he comprado el coche voy tiesa de pasta —me disculpé como pude.

—No te preocupes, Sonia. Nos invitas a otra de estas cenas y asunto resuelto. Son relindas. ¿A que sí, chicas? —enfatizó la argentina.

Carlota, Paz y Marta asintieron.

—Ahora sí estoy bien remojada —advirtió alegremente Paz—. ¿No tendrás unas camisetas por ahí para que nos las pongamos mientras se seca nuestra ropa?

Entramos en casa y puse unas camisolas y *shorts* a su disposición. Yo permanecí como iba, ya que era la única que me había salvado de la ducha.

Al verlas desnudas, me di cuenta de que éramos tan distintas en nuestras prendas íntimas de como lo éramos también por fuera.

Estefi exhibía un tangazo muy coqueto, con un broche brillante con la palabra *love* en el tirachinas, donde se juntaban ambos hilos. Paz gastaba braga de cuello alto. ¡Hasta las mías eran más sexis, me atrevería a decir! Carlota llevaba un *culotte* muy mono. Y Marta, también tanga. Alto por detrás, con una gasa transparente en la parte posterior. Siempre tan fina, ella.

—Sonia, *alegrá* la cara, *boluda*, que era broma, que el vestido es del Zara. Lo que pasa es que me queda rebién y parece de alta costura, ¿verdad? Además, no se rompió, solamente se mojó.

Me la había colado. Me fastidió un poco haber caído en su trampa, pero qué le iba a hacer. Estefi era así. Y yo, también, a veces cándida, otras, loba. Todo producto de que yo estaba aún en reconstrucción, quería creer.

Para cambiar de tercio, afloró mi espíritu servicial de nuevo:

—¿Os apetece un *gin-tonic*? —sugerí.

—¡Sí! —afirmaron con entusiasmo.

—Pues ahora mismo los preparo —me ofrecí.

—El mío en copa de balón y con el hielo picadito —gritó la bonaerense, ya acomodada en la terraza de nuevo.

Corté el limón a rodajitas mientras Marta sacaba la cristalería del armario y me acercaba la botella de ginebra Brookers que tanto nos gustaba. Yo, previsora, había hecho unos cubitos especiales para la ocasión. Había congelado una infusión en unos moldes grandes en forma de corazón. Era mi toque maestro y secreto.

El hielo de Estefi lo trituré con el punzón al estilo Sharon Stone en *Instinto Básico*. «¿No los querías picaditos? Pues, toma, ahí los tienes».

Marta, con su delicadeza habitual, vertió la tónica, que se paseó por la barrita hasta encontrarse con el *gin* y dibujar un mar de espuma transparente.

Acercamos las bebidas hasta la mesa.

—¡Oh, genial! ¡Me encanta el *corasonsito*! ¡Qué detallazo, Sonia! —alabó Estefi la creación, a la par que agarró el primer combinado.

Para que ni Paz, ni Carlota, ni Marta se quedaran sin mi aportación artística, me tocó a mí quedarme con el del hielo tipo Sharon Stone versión Sonia.

«La próxima vez le hago los cubitos en forma de un buen rabo, a ver si se atraganta». Me sacaba de quicio con sus caprichos, aunque la quisiera un montón.

—Riquísimo, Marta —clamó Paz.

—¡Muchas gracias! ¡Excelente! —confirmó Carlota.

Me sulfuré de inmediato dado que atribuían todo el mérito a Marta. «A mí qué, que me zurzan», pensé, aunque no dije nada.

—Sí. Está buenísimo. Pero todo el mérito es de nuestra anfitriona —subrayó la propia Marta.

—¡Hip, hip, hurra! —proclamó Estefi—. ¡Por Sonia, nuestra maestra de *gin-tonics*! ¡Hip, hip, hurra!

—¡Esa Sonia como mola, se merece una ola! —siguió Paz, que ya le había metido dos buenos tientos al brebaje.

Los agradecimientos me aplacaron el malestar. Di un sorbo y pensé que sí, que finalmente había sido una buena idea invitar a cenar a mis amigas. Que el guacamole que me había costado tanto preparar y las gambas frescas tenían por fin su recompensa. Sosegada y más animada, era el momento de poner sobre la mesa el tema para el que las había convocado. Ya había sacado el asunto de forma general antes con Estefi, pero sus respuestas sobre los asuntos amorosos no me convencieron. Ahora, sí. Me vine arriba. Y lo lancé abiertamente.

2
«Busco novio»

Ya estaba. Lo había dicho, por fin. Me quedé bien descansada, como si hubiera hecho una gran obra o un enorme esfuerzo. Llevaba varios días con ganas de contarlo, con la angustia oprimiéndome el estómago. Había sido capaz. Me sentía liberada.

—¿Cómo has dicho, Sonia? *¿Podés* repetirlo?, con tanto quilombo no me he enterado bien —preguntó Estefi.

—A ver, *callarsus toas* —gritó Paz poniendo orden.

Cuando se apagaron los murmullos repetí más pausadamente:

—Que busco novio. Y me gustaría que me ayudarais a encontrarlo.

—¿Ah? No nos habíamos dado cuenta, Sonia —dijo con sorna Carlota.

—¡Qué buena idea! ¡Nos encantará hacerlo! —exclamó Marta.

—¡Bravo! ¡Otra más que no sabe qué se dice! —rechistó Paz.

—A ver, chicas. No se embalen. No sean tan irónicas con la pobre Sonia. Todas, y cuando digo *todas* somos *todas*, nos habíamos dado cuenta de que Sonia estaba en ese trance. Así que, por favor, no nos ensañemos con esta tierna mujer en edad de apareamiento —explicó Estefi con sibilina destreza.

Me entraron ganas de llorar. Mis propias amigas se burlaban de mí. Con lo que me había costado confesarlo. Y yo que pensaba que lo llevaba muy dignamente, que sufría en silencio —como las almorranas— aquella búsqueda ansiosa. Era evidente que no. «¡¿Tanto se me nota?!». No me quedó más remedio que intervenir:

—Quizá no haya sido una buena idea. ¡Olvidadlo, nenas! —apostillé.

Un silencio recorrió la atmósfera. No sabía si iban a explotar antes mis lágrimas o sus risas.

—De eso nada, monada. Tú nos has citado aquí para una misión: encontrarte novio. Y eso es lo que vamos a hacer —afirmó Paz, que ya seseaba dado que se había zampado su *gin-tonic* y casi el de Marta—. ¿A que sí, chicas? ¡Como los mosqueteros: todas para una y una para todas!

Todas asintieron con algarabía.

Paz siguió con lo suyo:

—De aquí no se retira nadie, Sonia. Hasta la victoria siempre, compañeras. Venga, otra copa. Arreando. Y me es igual que venga con el hielo picadito, ¿eh, Estefi? Y no me pongas corazones, por favor, que me recuerdan que el mío está roto en mil pedazos.

Enseguida, me acerqué a Paz para darle unos mimos. «¡Pobrecilla!», pensé. Nadie se había dado cuenta —excepto yo, claro— de que, con el alcohol, le afloraba la pena del episodio de su marido y su hermana. Busqué su mejilla con mi mano para consolarla, pero me encontré con una mujer con el deseo encendido.

—Venga, ya. ¡Ese *gin*! ¡Y esa tranca grande! Y me da igual el orden. ¡Dios, qué caliente estoy! —soltó Paz en un arranque de sinceridad.

Indiscutiblemente Paz estaba ebria y *on fire*.

Nos reímos, yo incluida. Para mí eso era un avance. Sería que al haber dicho lo del novio me había quitado un peso de encima y me sentía un poco más libre.

Me fui con Marta a la cocina a buscar más ginebra, tónicas y una bandeja de hielos.

Ya de vuelta, nos acomodamos en torno a la mesa. Ellas, prestas a darme ideas. Yo, dispuesta a escucharlas.

Paz pasó al ataque. Su pregunta me dejó descolocada.

—A ver, estimada Sonia, ¿para qué narices quieres un novio?

—¿Cómo que para qué? Pues es evidente. Para lo que lo queremos todas las mujeres. Esto está claro, ¿no? —respondí.

—No. No está claro. *Debés* darle un sentido, un objetivo, una orientación, porque de eso dependerá tu búsqueda y tu éxito —especificó Estefi—. Hay que mojarse, Sonia —añadió.

—Para mojarse está Paz, que debe tener esos calzones de cuello alto ya chorreados —liquidó Carlota.

Nos reímos a mandíbula batiente.

Yo reflexioné un momento y me di cuenta de que, con toda seguridad, mis braguitas, lilas con borde negro y topos del mismo color, serían, tras las de Paz, las más repelentes para la libido de toda la reunión y muy probablemente de todo el barrio. «Esto tengo que arreglarlo pronto», me propuse.

Mis amigas no dieron tregua. Estaban lanzadas.

—A ver, centremos el debate, por favor, chicas —llamó la atención Estefi, a quien parecía interesar el tema. Esperaba que no fuera para volver a reírse a mi costa.

Paz, acercándose la copa a los labios nuevamente, disparó otra vez:

—Coño, Sonia, ¿para qué quieres un novio? ¿Para sacarlo de paseo o para el *triki-traka*?

—No lo entiendo. ¿Qué quieres decir? —apunté.

—¡Ay! ¡Virgen Santa! Tú estás muy, muy verde. ¿Qué es lo que no entiendes, querida? Pero si está clarísimo. El *triki-traka* es follar como una perra en celo —subrayó la cincuentona.

—Sí. Eso lo he captado. Era lo del paseo —precisé.

—Pues es evidente. Paseo, casa, tan-ta-chán-tan-ta-chán... boda —aclaró Paz.

—Si encuentro a la persona adecuada, lo que me gustaría realmente es llegar a formar una familia, la verdad —expliqué con sinceridad.

—¡Vos no *buscás* un amante, vos *querés* un padre para tu futuro hijo! ¡Dios mío! ¡Eso es terrorífico! —aseveró Estefi.

Me dolió aquel «terrorífico» dicho como si yo estuviera totalmente loca. Ciertamente mi idea se asemejaba mucho al concepto tradicional, a la ilusión de una niña que quería un hogar lleno de retoños, aunque a mis treinta y tres me conformaría con uno o dos. ¡¿Qué le íbamos a hacer?! Tenía un concepto romántico de la pareja, aunque hubiera tenido ya un desengaño enorme. ¿Y qué? Aquello no era ni mejor ni peor que lo que pensara aquella devoramangos de La Pampa. Lo mío le parecía espantoso, ¿y qué? Era mi sueño y no iba a renunciar a él. Cada una que viviera la vida como le viniera en gana. Yo les había pedido colaboración, no una valoración. Me sentí fuerte.

—Pues sí, quiero un novio de verdad. También me gustaría tener hijos. ¿Y qué? —reivindiqué orgullosa.

—No digas eso, mi amor. No me hables de crear una familia, joder. Yo la tuve y una lagarta me la arrebató de cuajo. Y no una cualquiera, sino una que llevaba mi misma sangre. ¡Si se me presenta aquí delante, la despellejo! —alertó Paz, apenada y enfurecida a partes iguales.

—¿Pero tú no querías un *joven* para darte una alegría? —preguntó Carlota, siempre hiriente y oportuna.

—No. Ya no. Ahora quiero al desalmado de mi ex, que me coja la mano y me haga caricias en la cara.

Decididamente, Paz había entrado en otra esfera. Tantos *gin-tonics* la habían afectado. Había pillado una buena cogorza y ahora estaba en modo *chof.* Abatida y superada por el alcohol, antes de que pudiera llegar a la fase de la exaltación de la amistad, ya la oímos roncar.

—Qué pena. Nos hemos quedado sin una experta, sin nuestra referencia, sin nuestra asesora de cabecera —lanzó burlonamente Carlota.

—Sí. Una gran pérdida. Esta noche ya no nos podrá volver a explicar sus divertidas historias. ¿Recuerdan cuando nos dijo que en sus tiempos mozos había llegado a hacer orgías en las cuevas de Menorca? ¿Y que sus amantes le decían que follaba como una Minipimer por los sonidos que hacía? —rememoró Estefi.

—¡Practicaba hasta sexo tántrico! —precisó Carlota.

Nos volvimos a reír. Yo, también. Paz era un poco abrupta pero sincera, 100% auténtica. Verla allí, en la tumbona, expulsando aquellos alaridos huracanados y pensar en su fogoso pasado o en sus ocurrencias me hacía gracia. Entré a coger su falda y, ya fuera otra vez, le puse por encima una chaquetilla.

—¿Veis?, dicen que solo los niños y los borrachos dicen la verdad. Y Paz, que lleva una melopea de campeonato, nos ha revelado, al final, que lo que más quería eran cariñitos —argumenté para fortalecer mi teoría.

—Evidente. Todas queremos amor, amor escrito en minúscula, pero mayúsculo.

—Todas soñamos con un príncipe azul —se desnudó Estefi.

Aquello me descolocó, así que era eso. Estefi lo tenía todo: trabajaba como creativa en una empresa de publicidad, tenía un buen sueldo, relevancia profesional y social, y un ático chulísimo en la avenida Gaudí. Vestía con traje chaqueta o con vestidos ceñidos y todo le sentaba genial, incluso cuando iba con tejanos. Se ponía un tacón alto y un fular y parecía una actriz de Hollywood. Sus ojos azabache, grandes y brillantes, y el pelo corto a lo *garçon*, le daban un toque sofisticado, entre artista y dama burguesa. Era muy liberal y puñetera como ella sola. Lo dicho, lo tenía todo. Todo excepto el amor...

—Por eso quiero yo un novio —reivindiqué tras dejar de lado mis cavilaciones.

—¡Rebién! ¡Y yo! Pero mientras no llegue el que ocupe mi espíritu, que otros hombres llenen mi cuerpo —sentenció la Mata Hari argentina.

El sentido práctico de Estefi era incorregible. Quizá tuviera razón, pensé. Pero yo seguía queriendo tener un novio. Nos callamos. Fueron un par de minutos de meditación. La publicista tomó la iniciativa:

—De acuerdo. Si eso es lo que *querés*, Sonia, si *querés* un novio, te ayudaremos a encontrarlo. Será nuestro reto. ¿Les parece bien, chicas? —expuso Estefi. Era la líder. Y si ella daba un paso adelante, Carlota y Marta la secundarían sin pestañear.

—Me parece perfecto —apuntó la primera.

—Sí, sí. Contad conmigo para lo que sea —aseguró la abogada. La propia Paz también lo habría hecho, sin duda, si no fuera porque dormía plácidamente.

Me reconfortó saber que, finalmente, podía contar con el apoyo de mis amigas. Cuando todas se habían apuntado como ayudantes, Estefi tomó la palabra de nuevo:

—Propongo reunirnos periódicamente para que nos cuentes las evoluciones, Sonia. Y espabila, *tenés* de tiempo hasta que acabe el verano. Luego tendrás que volar solita. ¿De acuerdo?

Me pareció bien, pero tenía poco más de cuatro meses para cumplir con la misión, lo cual suponía una gran presión. Si no había encontrado un chico en más de dos años, hacerlo en ese tiempo me parecía una utopía. Con todo, no tenía nada que perder en el intento.

—Acepto encantada —aseguré.

—Eso sí, tienes que dejarte aconsejar, Sonia —ordenó Carlota.

—¡Lo haré! —exclamé con devoción—. ¿Por dónde empezamos?

—«Amarse a uno mismo es el comienzo de una aventura que dura toda la vida», dijo el escritor Oscar Wilde. Y eso es lo primero que tienes que hacer. Gustarte a ti misma para gustar a los demás. Hay que elevar el tono interior, el músculo emocional, avivar el fuego que tienes dentro —explicó Marta.

¿Mi baja autoestima también era conocida? Estaba claro que tenía que ponerme manos a la obra.

A veces, hasta que alguien no te dice algo no acabas de verlo claro. Sí, en efecto, convenía que me mimara más. Ya hacía tiempo que me había dado cuenta de ello. Ahora, iba a intentar ponerle remedio.

—Saber qué es realmente el amor cuando te llega es fundamental. ¿Saben que nuestras reacciones fisiológicas son muy parecidas en el amor, el odio o el pánico? Casi no hay diferencia. Para distinguirlas bien y valorar las circunstancias te recomiendo unas sesiones con Alejandro Pitteo, doctor en psicología social. Además, te irán de fábula para mejorar la confianza. Te explicará la teoría del puente, seguramente —sugirió Estefi—. Cuando la vida corre riesgo o tienes un apremio se favorece la creación de vínculos entre los seres humanos. Nos conectamos —explicó.

—Eso no será una estratagema para que me lleve al huerto, ¿no? —pregunté—. No me gustaría pasar de su diván a la cama. Yo lo que quiero es...

—Sí. Lo sabemos: ¡Un n-o-v-i-o! Ene, o, uve, i, o. ¡N-o-v-i-o! —gritaron carcajeándose las tres.

3
Un poco de gym y dieta

Por si mis invitadas no lo tenían claro, quise enfatizar que no estaba dispuesta a distraerme con devaneos. Para mí, el trofeo era un galán, no un donjuán.

—Y deja de obsesionarte con el futuro, Sonia. Como decía Albert Einstein: «ya llegará» —precisó Marta.

—¿Tanto se me nota? —pregunté yo bastante incrédula.

—Eres un libro abierto, pequeña Sonia —aseveró Carlota.

—¡Ay! Lo sabéis todo —dije mosqueada. Un día, más pronto que tarde, tendría que contarles lo de Miquel, que me dejó justo antes de casarnos. Nunca me había atrevido a explicárselo, porque me moría de vergüenza. Ahora, desde luego, no era el momento. La misión era encontrar un novio y no podía distraerme.

—Sabes que las mujeres somos muy observadoras y detallistas. Pero, en tu caso, querida, a veces no hace falta. ¡Lo cuentas tú misma! ¿Qué haces cuando entras en el café de Martín? —siguió Marta.

—Escribir un wasap al grupo —reconocí.

—En efecto. ¿Y qué dices? Pues que has hecho un barrido visual al bar y que no detectas oferta masculina destacable. —Me reí. Era verdad—. Y si hay género novedoso y de calidad, enseguida te interrogas sobre su estado, si estará soltero, divorciado, separado o... viudo.

También tuve que admitirlo. Así era.

—Eso es obsesión, cariño. Paso a paso. Respira. Recréate la vista. Disfruta —dijo Carlota.

¿A qué venía eso? ¿Acaso ella no estaba también compuesta y sin novio? Alardeaba de que tenía un rollito en Cadaqués, adonde iba un fin de semana de tanto en tanto, y otro en Sant Cugat. Pero a mí me daba que saciaba su calor entre el dedito y el pijo de su jefe. Seguro que ella estaba perdidamente enamorada de él y que él le había prometido un sinfín de veces que se iba a separar y que ella sería la elegida para rehacer su vida, pero a la vista estaba que dicha promesa se incumplía sistemáticamente.

En todo caso, de cara hacia fuera, Carlota se mostraba siempre digna y se portaba como una directora ejecutiva, más que como la secretaria de dirección que era. Elegante y fría. No se podía permitir un tropezón. Su listón estaba muy alto y nadie le parecía suficiente. Si no era un hombre impecablemente vestido, con un BMW o un Porsche, la billetera repleta y un apartamento-picadero, no tenía nada que hacer con ella. Fin de la reflexión. «Tranqui, Sonia, no dejes que te domine el lado oscuro. Déjalo ya».

Yo veía que con aquella disputa me volvía a enrocar. A mí me interesaba volver a mi asunto, así que salí por la tangente.

—Chicas, chicas, no nos desviemos. ¿Podemos seguir con la asesoría matrimonial, por favor?

—Estábamos superando tus obsesiones —aclaró Carlota.

Marta, que llevaba un momento pensativa, emergió:

—Sonia, no me gustaría que te disgustaras, pero tienes que darle un giro a tu armario. Hay que conseguir un toque femenino a tu vestimenta. Un cambio de estilo. Más color y también más atrevimiento. Imprescindible un vestido negro con escote, ya sabes, picantón, para salir de noche o tomar un coctel. Y, por supuesto, unos zapatitos de tacón. Deja las bambas para el pipicán, ¡por Dios!

Hice inventario mentalmente y llevaba toda la razón. Yo tenía básicamente tejanos y camisetas. Y un par de vestidos que ya casi no me entraban. Uno de ellos sin el *casi,* si digo la verdad. Había cogido unos quilitos y no había manera de quitármelos de encima.

Estefi fue directa al grano.

—Un poco de ejercicio y dieta serían muy recomendables.

Le agradecí la sugerencia con un «muchas gracias, ya lo había pensado». Claro que, como ella mantenía su culo en la 38 por ir cada tarde al

Metropolitan, el gimnasio de moda en la Sagrada Familia, no podía ni imaginar el esfuerzo que eso suponía para el resto de las mortales.

—¡Nena! Y un aspecto fundamental, esencial, sustancial, primordial…

—Para, para el carro, Estefi. Antes de soltar todos los adjetivos del diccionario acabados en *al* —la interrumpió Carlota.

—Desde luego. No se puede tener vocabulario ni léxico variado —replicó la argentina.

Vi que la cosa se ponía tensa.

—Va, Estefi. Seguro que ibas a ofrecer un buen consejo —intermedió Marta.

—Sí. Lo estoy esperando —dije.

Estefi apuró la calada del cigarrillo con suficiencia y dijo:

—Sonia, *tomá* inmediatamente tu agenda de *amigovios,* o de follamigos, como dicen acá, y *procurate* uno a la voz de ya. A la búsqueda de novio tienes que ir bien alimentada, no con hambre. Eso es muy *perjudicial.*

La muy cabrona había colocado su adjetivo en *al* para joder un poco a Carlota. Era lista, la de Buenos Aires. Rematadamente ingeniosa.

—En eso te doy toda la razón, nena —aseguró Carlota para acabar la discusión anterior.

—Si estás desesperada, no *podés* elegir —sentenció la publicista.

Hice una mueca. Estefi me sugería que tuviera un encuentro carnal para contentarme. Lo había captado y me iría de fábula, pero desde luego yo no tenía sus contactos, sus amigovios, o como se llamase.

—Sonia. Si no tenés agenda, *emborrachate,* salí de marcha y *pillá* a un *pibe* que te haga una buena faena.

Me había leído el pensamiento, la muy *jodía.*

En el momento culmen, Paz se despertó y balbuceó con la boca pastosa:

—Métemela otra vez. Esta vez despacito. Que, si no, te vas enseguida y no me entero.

Verla y oírla hablar en sueños nos hizo reír de nuevo. Los de Paz eran bien tórridos, desde luego. Había pasado de querer aniquilar a su hermana, a buscar la caricia de su ex y reclamar su aparato.

Pensé que era un buen momento para concluir el encuentro. Paz acababa de abrir los ojos y decía que había cogido un poco de frío. Le dimos un vasito de agua para que se aclarase la garganta.

—¡Agua, no! ¡Otro *gin-tonic*! —reclamó.

La convencimos de que sería mejor reservar fuerzas para otro día. Estefi y Marta se ofrecieron para acompañarla a casa. Quedamos en vernos en el parque con los perrillos o en llamarnos. Cuando ellas iban a vestirse, Carlota se brindó para ayudarme a recoger la mesa de la cena y las copas.

Mientras lo hacíamos, pensé en todo lo que me habían dicho y repasé todas las tareas que me habían asignado:

1. Quererme más, mejorar la autoestima.
2. No obsesionarme.
3. ¿Visitar a Alejandro Pitteo, doctor en psicología social?
4. Renovar mi armario.
5. Sesión de estética y peluquería.
6. Dieta.
7. Gimnasio.
8. Un buen meneo antes de ennoviar.
9. A todo eso, por convicción propia, añadí que era justo y necesario que lanzara mis bragas de la Edad Media y acometiera de inmediato un plan *renove* de mis prendas más íntimas.

Una vez tuvimos la terraza lista, me entraron ganas de tomarme otra copa. Después de mucho tiempo, me sentía bien conmigo misma. Haber expulsado mi inquietud más profunda y tener el apoyo de mis amigas me había dado nuevos bríos.

—¿Qué, Carlota, te animas a un *gin-tonic* a medias?

Dicho y hecho. Era justo lo que necesitaba para retomar otra vez el puntito de la cena. Hablamos de lo divino y lo humano. Nada importante. Hasta que me vino a la cabeza lo de pegarme una buena marcha y conquistar a un macizorro que me hiciera gozar. «¿Y dónde ir a buscarlo?». Se me encendió la neurona que aún tenía más o menos en forma y se lo propuse sin más a Carlota.

—¡Vámonos al Luz de Gas, nena!

—Perfecto, pero antes tenemos que arreglar un asuntillo. Marta y Estefi se han ido y han dejado a la pobre Paz tirada en la cama. Mírala. Se le cae hasta la babita. Duerme como un angelito.

—¿Qué me dices? ¡Vaya tela! Anda que debían ir finas, ellas también, como para dejársela aquí...

—Igual será mejor olvidarse de salir esta noche —apuntó Carlota.

—¡Ni hablar! —Yo no estaba para nada dispuesta a que aquel imprevisto nos destrozara la velada. Estaba lanzada. Tenía que buscar una solución rápida.

—Pues no se me ocurre qué podemos hacer. No vamos a dejarla aquí sola, ¿no? ¡Ten amigas para esto! —sentenció Carlota mosqueada. Tenía tantas ganas de fiesta como yo. O más.

—Ya sé qué voy a hacer. Voy a llamar a Victoria, la sobrina de Paz. Cuando me la presentó me insistió en que, si alguna vez su tía estaba en apuros, del tipo que fueran, recalcó, la avisara a cualquier hora del día o de la noche. Y esto es una emergencia. La llamo inmediatamente.

Así lo hice. Pim, pam, pum, sin cortarme un pelo. Estaba contenta y ningún jarro de agua fría iba a poder apagar mi furor festivalero.

Victoria respondió al momento. Me dijo que había tenido mucha suerte, porque ella escribía su blog de madrugada, y que enseguida llegaba. Y así fue. En menos de diez minutos, ya estaba en casa. Nada más comprobar que su querida tía dormía como un tronco, asomó por la cocina y pidió que le preparara una copa como la que sostenía mi compañera.

Esa chica tenía determinación y un morro impresionante. Con un poco de su atrevimiento a mí me sobraría. «Que se lo beba rápido, recoja el paquete y se marche», suspiré.

—Cortito, eh, que cuando deje a la abuelita tengo que acabar un *post*. Un artículo sobre el *look* primaveral para un día de trabajo —especificó, por si no nos habíamos enterado de qué era aquello que debía terminar.

La sobrina de Paz se movía sin parar de un lado al otro del piso. Tan pronto estaba con Carlota como la oía detrás de la puerta del lavabo, donde yo me estaba ya acicalando para ganar tiempo.

—Llamadme Vicky. Victoria es muy formal. Si me buscáis por internet poned Vicky Lobo. Es mi nombre artístico. Enseguida saldrá el enlace de mi blog *Barcelona fashion and beauty*. Lo tengo muy bien posicionado en Google.

Barcelona moda y belleza, vendría a ser. «Me lo apunto. Fisgonearé a ver si encuentro algo interesante ahora que voy a renovar mi vestuario». Mientras me perfilaba la raya del ojo derecho, le pregunté:

—¿Pero tú no estabas estudiando Biología, Vicky?

—Sí. Estoy en cuarto.

—¿Y lo del blog? ¿Te gusta la moda? —insistí curiosa.

—¡Me encanta! Y además me saco una buena pasta de la publicidad porque tengo muchas *followers*, seguidoras —aclaró rápidamente—. También me dan o me prestan muchas prendas de ropa. Y encima me lo paso muy bien. El blog es bilingüe, castellano e inglés.

—¡Ah, muy interesante! —acerté a decir. Me quedé con la boca abierta—. ¿Y cuántos años tienes ahora, Vicky?

—Muy mayor ya. El mes que viene cumplo veintiuno.

«Joder, la tía», dije para mis adentros. «Eso sí que es un parto aprovechado. Una veintena de primaveras y ya está acabando la carrera, escribe, domina idiomas y sabe de publicidad y *marketing*. Cómo suben las niñas», concluí.

—Le he echado un vistazo a tu armario. Estaba abierto, ¿eh? Cuando quieras quedamos y te ayudo un poco, Sonia. Quizá necesitas incorporar algunas prendas y deshacerte de otras —remató.

Era una generosa oferta, que por otra parte me iba como anillo al dedo.

—Sí. Me irá muy bien. Justo estos días pensaba en ello —zanjé para no tener que explicarle que mi vida había dado un giro de ciento ochenta grados esa misma noche, vestuario incluido.

Se lo agradecí justo cuando Carlota se acercaba ya con el bolso, apremiando a que saliéramos. Para agilizar nuestra fuga, le pasé a Vicky un juego de llaves y le dije que cerrara y que las dejara en casa de Paz cuando pudiera ponerla en pie.

Me dio tiempo de observarla. Iba monísima. Y más para salir de improviso. Llevaba una minifalda tejana con una camiseta blanca básica de cuello de pico, unas sandalias planas sujetas con unas cintas y los labios pintados ¡en rojo! Sencilla y bella. «Pronto yo tendré también esa capacidad para combinar tan bien», me contenté.

Me cazó al repasar su calzado.

—Son unas sandalias *nude lace up,* que además de chulas son muy cómodas —precisó.

—¡Ah! —contesté escuetamente. No sabía qué más podía decir.

Debía de ser que lo que para mí eran unas cintas se llamaban *lace up* en el lenguaje del mundo de la moda.

—Muchas gracias por hacerte cargo de Paz. Nos vemos pronto —le espeté ya abriendo la puerta.

—Nada. Nada. Que os divirtáis mucho. Hasta pronto.

4
Las Pipicañeras

Ya en el taxi, riéndonos con Carlota de las anécdotas de la cena, me congratulé de que ellas, Paz, Marta y Estefi, fueran mis amigas. Nuestra amistad había nacido accidentalmente, por culpa de Dany, mi querido vecino. Si no hubiera sido porque él me regaló a Tiger, mi perrillo, probablemente no hubiéramos tenido la oportunidad de conocernos. Desde que mi mascota había aparecido en mi vida, habían cambiado muchas cosas. Una de ellas, los hábitos. Empecé a ir al parque de la calle Industria dos veces al día, mañana y noche, para que el chucho hiciera sus necesidades. Él, en cambio, no iba nunca porque decía que estaba lleno de suciedad y de bacterias y que su perrito podría infectarse. Lo mimaba demasiado.

Antes de tener a Tiger, odiaba ese lugar. Olía rematadamente mal, eso era cierto. Sin embargo, a fuerza de ir al pipicán, creo que me volví inmune al olor y terminé convirtiéndome en un miembro más de aquella comunidad. Yo iba un poco por mi cuenta, ciertamente. Era una ciudadana independiente en aquel espacio semicircular con un vallado de madera, un banco alargado de piedra, una fuente y el suelo de tierra.

Me sentaba en un extremo, aparte, me echaba un cigarrito y jugueteaba con el móvil. Recogía los obsequios de Tiger, cuando este decidía expulsarlos, y luego me marchaba.

Eso sí, no podía evitar oír las conversaciones. Como me temía, todas giraban en torno al universo canino. Para muchos su perro era el centro de su vida, como el niño que no tenían o como el sustituto de su anhelada pareja. Que si lo he castrado ya, que si qué comida le das o a qué veterinario lo llevas. Todos hacían gala de los largos paseos amo-can como grandes gestas. Capítulo aparte merecían las vanaglorias de los destrozos que los apreciados bichos habían hecho en sus respectivas casas. Desde el *rottweiler* comecondones, al dálmata que hacía agujeros en la pared, pasando por los rompesofás o los escondezapatillas.

Otro de los grandes momentos eran los cuchicheos y críticas a los dueños. Eso sí, una vez que estos ya se habían ido. Que si aquel nunca recoge las mierdas o que si tal o cual deja que su perro escarbe y luego no tapa nunca el hoyo. Se lo sabían todo de todos, aunque no se hubieran cruzado palabra. Nombre, dirección, profesión, estado civil. ¡Ni la Gestapo!

A la primera que conocí fue a Paz. Una mañana estaba yo de espaldas a la valla y su voz ronca casi me asustó.

—Anda abre, Sonia, que Hércules quiere entrar. —¿Me había llamado por mi nombre? ¡Increíble!, ¿cómo lo sabía?

Ella irrumpió como un vendaval, con su gremlin en brazos. Hércules era un pequinés, muy ladrador, que lo olisqueaba todo. Al principio, aquel perrillo me cayó fatal, porque se presentó metiendo su hocico y sus babas en mi zapatilla, pero se me pasó rápido al ver cómo lo trataba su dueña. Paz era como un sargento. Parecía programada para darle órdenes: «sal»; «no molestes»; «fuera de ahí»; «no, ahora no bebas»; «baja del banco»; «ven aquí». ¡Pobre animalito!

En un santiamén, Paz me rebeló que ya me conocía. Alguien le había pasado mi información biográfica esencial. Sabían que vivía en un ático junto a la avenida y que era bibliotecaria. Y que, obviamente, no tenía pareja, porque siempre bajaba sola.

Tenía una gran habilidad para saltar de un tema a otro.

—Hércules necesita su espacio y su tiempo. Ya me entiendes. Tiene que hacer uno y dos —me explicó Paz.

—¿Uno y dos? ¿Eso qué es? —pregunté ingenuamente.

—Uno, hacer pipí o mear. Dos... ¿te lo explico con más detalles?

—De acuerdo. Entendido. No hace falta que especifiques más —le aclaré.

Solo le faltó decir «Cagas tú, caga el papa. De cagar nadie se escapa».

El can se esmeró en sus tareas evacuativas. ¿¡Cómo un perro tan pequeño podía extraer semejante cantidad de heces y tan pestilentes!?

Paz, muy cívica, envolvió el pastel en un trozo de periódico y dejó los deshechos en una papelera. «Me cago en el chucho del copón». El perfume embriagador siguió ambientando nuestra conversación. Bueno, su monólogo. Era un torrente expositivo, aquella mujer. En cinco minutos me explicó su vida: separada, encargada de la logística de MSF, cincuenta y uno. Su marido la había dejado por otra. Hacía tiempo que no veía a su único hijo. Era habitual de los talleres de cerámica, de cocina y hasta de punto de cruz. Típico perfil de visitante asidua de *Chuchilandia*.

Hércules sería el único ser del universo al que podía someter las veinticuatro horas, imaginé. Por no contar las comidas de coco que le caerían al perrillo. Paz era un torbellino. Empaticé con el animal. Y, acto seguido, con ella misma. Uno era una extensión de la otra. O una del otro. Formaban un *pack*.

Paz era, sobre todo, transparente; lo que veías era. Me ganó por eso. En poco tiempo, descubrí que, además de muy parlanchina, era leal y muy servicial. Desde aquel día coincidimos siempre en el turno matinal y en el vespertino.

A Carlota y a Marta las conocí una noche que me quedé sin tabaco. Paz se brindó a conseguirme un cigarrillo.

—Mira. Se lo voy a pedir a esas dos.

Las teníamos vistas. Siempre se quedaban al otro lado del cerco sin entrar al pipicán, para que sus zapatitos de tacón no se mancharan de barro o de algún artículo perruno, dedujo Paz.

Una tenía un cachorro de braco, precioso, de pelo brillante y con un collar azul Barclays, y la otra un chihuahua de orejas puntiagudas y muy tiesas. Los dos animales parecían de pasarela. Siempre jugaban juntos, sin interactuar con la manada, como sus dueñas. Les iban que ni pintados.

—Chicas pijas, perros pijos —concluyó Paz.

Al acercarme a que me dieran fuego, una de ellas me reconoció.

—Trabajas en la Biblioteca de la Sagrada Familia, ¿verdad?

Asentí.

—Es que mi hijo mayor va mucho a consultar libros sobre filatelia y numismática, le chiflan los sellos. A veces, voy a recogerlo. Te he visto alguna vez allí. Soy Marta.

—¿Eres la mamá de Sergi? ¡Qué majo! Es un sol. Muy educado y muy curioso —señalé.

Con aquella declaración me la gané totalmente. A una madre le encanta que ensalcen a sus retoños. Yo lo dije porque lo creía de verdad.

—Te presento a Carlota, vecina y amiga. Vivimos en Travesera.

Nos besamos. Enseguida llamé a Paz para que se uniera a nosotras, ya que se había alejado un poco para reprender a Hércules. Vino a regañadientes. Lo advertí en su cara.

—¡Hola! Soy Paz —dijo escuetamente.

Allí, las cuatro, dos a un lado, dos al otro, empezamos a tejer una conversación que empezó con la cultura y acabó con los hombres, por derivación de Paz, que soltó algunas de sus perlas. Especialmente apreciada fue su metáfora de que los hombres deberían ser como el buen café.

—Sí, nenas. Los mejores son ricos, calientes, con cuerpo y te mantienen despierta toda la noche.

Yo intervine poco, sonreía, más bien, dada mi naturaleza reservada. Desde aquel encuentro casual, siempre que coincidíamos nos poníamos juntas en una esquinita y charlábamos sin despellejar a nadie. Eso me gustó. Hablábamos de viajes o del tiempo, nos intercambiábamos recetas... Nos entreteníamos y nos echábamos unas risas con las ocurrencias de Paz. Y así fue durante semanas hasta que hubo un gran rifirrafe.

Una tarde, un dóberman del que no teníamos referencias, arremetió contra el pobre Hércules, lo volteó en el aire y lo acorraló contra la fuente. Paz salió disparada para proteger a su perro de semejante bestia, que por suerte se había alejado a la orden de su dueña. El incidente acabó casi en batalla campal entre dos mujeres de fuerte carácter.

—Vigila a esa fiera, ¡coño! Un poco más y me mata al pobre Hércules. Si no se sabe comportar, no lo traigas con los otros perros. Socialízalo antes —gritó Paz, enfurecida. La vena del cuello le iba a explotar.

—Cálmese, señora. Vaya milonga ha formado por nada. Ya pasó —soltó la del dóberman.

—¿Por nada? Pero ¿no lo has visto? «Milonga», dice —replicó Paz.

—*Discúlpeme.* Agarró su pelota y eso es resagrado para mi Leo.

—¡Pobrecillo, Hércules! —exclamó Paz acogiéndolo en sus brazos, al tiempo que lo acariciaba con mucho cuidado.

La chica, morenaza, pelo corto, esbelta, se aproximó con cautela junto a su perrazo, ahora sujeto con la correa. Parecía otro. Manso, olisqueó a Hércules y este le respondió con un ligero movimiento de cabeza, como si quisiera besarlo.

—¡Es que es remimoso! Ya le dije. Pero si le toman la pelota, salta a la yugular. Le pido disculpas otra vez. Soy Estefi.

—Anda, pero si se van a hacer amigos. Di que sí, Hércules. Así tendrás a un protector en el pipicán. Yo, Paz. Encantada.

Así fue como la argentina se incorporó a la cuadrilla y enseguida nos llevó a su terreno. Esa misma tarde, nos invitó a un coctel que organizaba una conocida suya, «una *art dealer*», dijo, en un hotel cerca de la playa el siguiente viernes.

—¿Y eso qué es? ¿*Art dealer*? —preguntó Paz con desparpajo.

—Suena relindo, ¿eh? Es la representante de un pintor y organiza eventos para dar a conocer su obra. Y venderla, claro. Pero para nosotras será un encuentro en un sitio de lujo con copas gratis.

Todas asentimos. A mí me pareció lo más, dado que no tenía apenas vida social y menos de ese nivel.

Para quedar y comunicarnos todas a la vez, Estefi hizo un grupo de wasap.

—Le voy a poner de nombre *Las Pipicañeras,* porque somos la caña y nos hemos conocido en el pipicán. ¿Qué opinan?

Nos encantó. Así que en un plis plas, la argentina nos había bautizado y nos había organizado una cita extraordinaria. Fue la primera de muchas. Abrió un nuevo horizonte al grupo.

Fuimos a una degustación de vodka en la que acabamos con una borrachera importante. Una oportunidad para desinhibirnos y hacernos confesiones más personales. Evolucionamos de conocidas a amigas. Luego siguieron una muestra de zapatos, otra de perfumes y varias más que concluyeron en una ronda de cenas en nuestras respectivas casas. En todas, menos en la de Estefi, que siempre nos llevaba a alguno de sus saraos para escaquearse.

Nuestras vidas no parecían tener nada en común, más allá de que todas éramos mujeres y teníamos una mascota. Piezas complementarias del universo femenino. Ese fue nuestro nexo, la diversidad de estilos. Las Picañeras éramos un colectivo heterogéneo, singular, casi de extremos. Y eso lo hacía rico. Nos movíamos entre el *pijismo* y lo *hippy*; entre el encanto y la grosería; entre la elegancia y lo hortera; entre la timidez y el descaro. Como pegamento fueron creciendo dos bases fundamentales, el cariño y la ayuda mutua, siempre con un toque de humor.

Cada una de nosotras se expresaba como le daba la gana, aunque en ciertas ocasiones a mí me fastidiara. Estefi, por ejemplo, era una deslenguada. Una mujer de éxito. La perfección de Buenos Aires. Me costaba acostumbrarme a su ironía. A su lado, me veía gorda y patosa. Lo confieso. Sí. Me moría de ganas de ser un poco como ella. Sí, estaba un poco celosa. Ansiaba tener una figura como la suya y su don de gentes. Siempre hacía gala de su éxito con los hombres y eso me repateaba. Una sabelotodo que daba consignas, aquí y allá. Pero, a la vez, era muy cercana y cariñosa y fomentaba el espíritu de grupo.

Con Paz, administrativa, cincuentona y solitaria, me sentía muy a gusto aunque su histerismo me pusiera de los nervios muchas veces. La quería un montón. Siempre la primera para echarme una mano. Era como mi hermana mayor.

Marta, abogada, estaba casada y enamorada del hombre de su vida. Dos niños: Sergi, de once, y Silke, de nueve. De ella me fascinaba su estabilidad. Elegante en el vestir y dulce. Yo quería una vida como la suya, pero siendo yo misma. Siempre equilibrada y juiciosa en sus consejos. Creo que le faltaba un punto de dejarse ir, de ser un poquito más gamberra. Lo planificaba todo. Siempre estaba cuando la necesitabas. Por eso era mi tesoro.

Carlota, secretaria de dirección, soltera y adicta al trabajo, siempre alababa a su jefe. Era más distante. Cuando la fui conociendo llegué a la conclusión de que su fragilidad la hacía parecer altiva. Le daba miedo meter la pata o decir algo inapropiado y quedar mal. Demasiado exigente consigo misma, se daba poco margen y ofrecía, a menudo, la imagen de ser muy estirada. Falta de confianza, tal vez. En la distancia corta, de tú a tú, se desprendía de la pose y del artificio y ganaba mucho.

Me encontraba muy bien entre ellas. Formábamos una buena fauna. Pronto advertí las curiosas semblanzas humano-caninas. ¡Todas nos parecíamos a nuestros bichos! Paz y Hércules, un terremoto metomentodo, de melenita caracoleada y rostro embutido. Marta y Paco, pareja fina, elegante, con prestancia. Carlota y Madonna, como se llamaba su chihuahua, un par un poco repelente de entrada, facciones triangulares, narices prominentes y estiradas. Estefi y su dóberman, Leo, vigilantes, feroces, siempre al ataque, binomio atlético, poderoso. Y yo con mi Tiger, un dúo tierno, mezclábamos bien con todos y todas.

Cuando las conocí, yo estaba en barbecho sentimental y vital, trazaba planes de futuro y trataba de olvidar un pasado en pareja muy doloroso. Las Pipicañeras fueron una bendición. Llegaron a mi vida en el momento justo.

En el grupo podía ser yo misma. Aunque, a veces, sin poder evitarlo, me sintiera un poco el patito feo o me rebelara si la conversación no iba por donde yo quería o me veía amenazada. Era víctima de mis miedos, de mi baja autoestima y de mis convencionalismos. Por suerte, nuestras confidencias y las constantes réplicas y contrarréplicas, además de su cariño, me habían ayudado ya a superar mis complejos, a ganar agilidad y confianza, a abrirme a las demás y a aceptarme.

Por eso esa misma noche me había visto fuerte para decirles a todas que buscaba un novio. Y, ahora, con unas copitas de más, estaba excitada. La noche era mía. Si cada una de mis amigas me prestara una parte de sus cualidades, tendría muchas opciones de éxito, pensé. Con mis ganas y el cuerpazo de Carlota, la dosis de confianza de Estefi, la clase de Marta y el descaro de Paz, sería invencible. Nadie se me iba a resistir.

5

¿Foya?

Era la primera vez que salía a solas con Carlota. De todas Las Pipicañeras, era con la que tenía menos relación. Pero lo de salir sola, como a veces hacía Estefi, no iba conmigo y decidí aprovechar la oportunidad que se nos presentaba para conocernos un poco mejor.

Carlota había aceptado sin rechistar mi sugerencia de ir al Luz de Gas. Seguramente habría regañado con su jefe y se había disgustado, me imaginé. Con la cena y el alcohol se había animado mucho. Yo era más bien de salir a lo loco, las pocas veces que lo hacía. Pillar una buena cogorza y bailar como una poseída. Esa noche, además, estaba desatada.

¡Estábamos cañón! Me había puesto una blusa blanca sin mangas, unos *leggings* negros y unas sandalias de cuña que me daban unos diez centímetros más de altura. «Bien mona estás, Sonia». Me había reconstituido con las pinturas y me había puesto unas gotas de perfume detrás de los lóbulos y en ambas muñecas. También en el nacimiento de los senos. Y ya puesta, en el monte de Venus. «Por si acaso», me dije.

Carlota también se había repintado, especialmente los labios, y se había bañado en fragancia. Destacaba con su pelo largo con alisado japonés y su piel morena reluciente. Iba con su traje de chaqueta gris y zapatos de tacón alto. Ella iba genial. Y yo también, creí. Eso sí, con estilos bien distintos.

Ya en el taxi, me percaté de que me había dejado mis gafas de pasta negras. Me corregían la miopía y me daban un aspecto intelectual. O de artista porno, como me decía Paz con guasa. En cualquier caso, no iba a regresar a por ellas. El único pero era que de lejos lo vería todo borroso. Me daba igual. A mí lo que me interesaba era lo que encontrase bien cerca, lo que tuviera al alcance de la mano.

El vehículo nos dejó en la esquina de Diagonal, casi en la misma puerta con el bar Berlín. Estaba muy animado y estuvimos tentadas de entrar a por una copa, pero preferimos ir directas al Luz. Eran un poco más de las dos de la madrugada y mejor entrar en el momento álgido.

—Después de las cuatro, ya solo quedan los lanzados del mercado secundario o personal al que se le traba la lengua —advirtió Carlota.

Yo hice como si no la escuchara. Ciertamente, ambos eran colectivos muy interesantes para mí, por lo que no descartaba quedarme hasta las cinco. Lo que me daba vergüenza era entrar sola. Salir era otra cosa.

Teníamos unos doscientos metros de ligera subida. Un trío de chicos que bajaba nos dedicó un silbido motivador. La cosa prometía.

—¡Esta noche a darlo todo! —me susurró a la oreja mi compañera—. Quizá no te hayas dado cuenta sin los lentes, y por eso te lo digo yo: voy suelta —precisó.

—¿Cómo? ¿Problemas estomacales? ¿Mala digestión? —me interesé.

—¡No, tonta! Me quité el sujetador en tu casa y lo llevo en el bolso.

Ostras. Aquello sí era noticia. Carlota iba realmente al ataque.

—¿Estáis en la lista? —preguntó el de seguridad, un armario vestido de negro.

—Me temo que hoy no —dijo Carlota con una sonrisa, por si colaba.

Su trabajo de persuasión lo estropeé yo.

—Los que nos van a poner listas están ahí dentro —me partí de risa y casi no pude acabar la frase. Carlota me dio un toque con el codo.

—Entonces, por favor, salid de la entrada principal y poneos en la cola —dijo el gorila con cara avinagrada.

Carlota me avisó de que no insistiera, que a aquellos tipos no les gustaban nada las pesadas y que lo mejor era hacer lo que nos habían dicho, so pena de que luego no nos dejaran pasar. Le hice caso.

Había por lo menos un centenar de personas que querían entrar, por lo que tuvimos que armarnos de paciencia y esperar más de quince minutos antes de pagar los veinte euros que costaba la entrada, copa incluida. Compré un paquete de Marlboro Light por si Carlota se daba a la fuga y tenía que salir a fumar.

—Me meo. Me meo. Vayamos al lavabo, por favor. No aguanto más —supliqué.

Horror. Estaba repleto. Mientras esperábamos, repasé la competencia. La mayoría, sonrisa Profidén y perfume en grandes dosis. De lo que estaba segura era de que habría pocas chicas como yo, que buscaba un novio formal en un lugar de perdición. Claro que eso nadie lo iba a apreciar a simple vista y además yo no estaba precisamente en esas lides aquella noche, sino para ligar, digámoslo alto y claro.

Hice un ligero análisis y concluí que yo también podría tener alguna opción, aunque nadie iba a advertir en una primera impresión que era una bibliotecaria muy leída e interesante.

En eso estaba cuando mi vejiga me reclamó un vaciado urgente. Iba a estallar.

—¡Que me meo, por Dios! —exclamé—. ¡Dadme un jarrón o una palangana!

—De casa se viene meada y cagada, nena —me soltó a bocajarro una que pasó a mi lado. La miré con suficiencia y la dejé pasar sin más. No era cuestión de enzarzarme.

—¡Ay! ¿Estás muy apurada? Entra ahora, que ya me toca a mí —me dijo mi antecesora.

—¡Sí, muchas gracias! ¡Muchas gracias!

Por fin me llegó el turno, que tan amablemente me habían cedido. Rebusqué en el bolso mi paquete de Kleenex, un elemento imprescindible para la higiene de la mujer en el mundo nocturno, y eso me hizo pensar en si llevaba condones. Sí. Tres. ¡Uf! ¡Salvada!

«Qué liberación», suspiré. «¡Virgen Santa! ¡Viva la solidaridad!», proclamé para mí.

—Ya estoy. Si coincidimos luego, te invito a una copa. —Reiteré mi agradecimiento a la chica que me había dejado pasar.

—Venga, vamos, Sonia. Me muero de ganas de bailar —dijo Carlota que acababa de repintarse los labios frente al espejo.

Cuando entramos en la sala, sonaba *Karma Chameleon*, de Culture Club. Me gustaba mucho esa canción, y me encantaba todavía más que en el local hubiese tan amplia representación masculina.

Dejamos atrás la barra central y llegamos a las escaleras. El paso se estrechó. Nos costó prosperar. Bajamos al bar de la derecha de la zona de baile. Estaba atestado. Nos hicimos fuertes en segunda línea a la espera de nuestro hueco. La verdad es que me apetecía mucho otro *gin-tonic* fresquito. Me giré hacia la pista. También se me iban los pies. Carlota sonreía y aleteaba con los brazos. Se la veía contenta. Como yo. Me alegré por ella, sobre todo porque parecía haber superado el plantón de su jefe.

De repente, apareció el primer conquistador. Rubio, alto, camisa negra. Intuía que me iba a decir algo, lo que no supe calcular es que fuera de inmediato y a bocajarro.

Se sacó un paquete de cigarrillos y dijo:

—¿*Foya*?

Me quedé callada por si no había captado el sentido literal de la expresión. Luego sonreí. Yo pensaba que la escena del cigarrito era justo después *de*, no antes *de*.

Él, en cambio, se quedó impertérrito y volvió a repetir:

—¿*Foya*?

No pude hacer otra cosa que darle un codazo a Carlota, que miraba a la camarera con cara de asesina porque no le hacía ni caso. Se volvió hacia mí y le dije susurrando, señalando al guiri:

—Mira qué me ha soltado este dos veces: «*Foya*». ¡Qué fuerte, nena! «*Foya*», me ha dicho. Nada más llegar y ya quiere un *chapicusqui*. Este se debe de pensar que aquí nos vamos con cualquiera a la primera, que vamos sin bragas y a lo loco. Está buenorro, pero... Se lo tendrá que currar un poco, ¿no? Digo yo.

—Dile si es alemán —apuntó Carlota.

—Y a mí qué más me da si es alemán, esloveno o de la Conchinchina. Yo lo que quiero es que me certifiques si se le ve bien, si es guapo.

—Tú pregúntale primero si es alemán. Hazme caso.

—¡Pesada! ¿Y a mí qué más me da?

Reticente, accedí.

—Y tú, ¿de dónde eres, guapo?

—¿*Come*? —respondió en una mezcla de español e italiano.

Pensé que lo mejor sería repetírselo en inglés.

—*Where do you come from*?

—*Hamburg, Germany*.

Me volví hacia mi amiga, de nuevo.

—Alemán, nena. ¡Alemán! ¡¿Cómo lo sabías?! ¡Es grande el tío! Debe de tener una pieza importante si todo va a proporción.

Carlota ladeó la cabeza.

—Lo siento, Sonia. Me temo que este tipo lo que quiere es fuego. En alemán se escribe *feuer*, pero se pronuncia *foya*.

—Pues respóndele tú si lo que quiere es un mechero. Yo paso. ¡Valiente imbécil! ¡Jugar así con mis ilusiones!

Carlota, que tenía conocimientos avanzados de *subanestrujenbajen*, le explicó que en el local no se podía fumar y que tampoco teníamos ni encendedor, ni cerillas para él.

Sí, tenía ganas de un tío, pero podía esperar. Lo que más me apetecía en aquel momento era bailar. Sonaba *People from Ibiza* y el esqueleto y los pies se me movían solos. Pedimos por fin los dos copazos y le di un sorbo grande al *gin-tonic*. Tenía buenas vibraciones. El alemán seguía cerca, pero dejó de interesarme.

Apuramos la copa y decidimos adentrarnos en la pista con *Born to Be Alive*. Nos hicimos con una pequeña parcela en la zona de baile. Cerré los ojos y moví caderas y brazos. Al abrirlos de nuevo, miré a Carlota. Se contorneaba con clase. Creo que sonreía también. Estábamos pletóricas.

—Impresionante selección musical, ¿eh?

—¿Cómo? No te entiendo —respondí.

—Que la música es muy buena —dijo mi nuevo interlocutor—. Hoy es la fiesta de los ochenta y solo ponen buenos temas —repitió el chico.

—Sí, sí. Me gusta mucho —dije.

—¿Cómo se llama tu amiga? —volvió a la carga.

—¿Qué? No te oigo bien.

—Preguntaba que cómo se llama tu amiga —repitió.

—Pues pregúntaselo a la madre que la parió —le solté mosqueada.

Sí. Lo reconozco. Muy borde por mi parte, pero el pretendiente demostró una gran falta de tacto. Me podía haber endulzado un poco, enjabonarme mínimamente. Pero, no. Atacó por el flanco equivocado. Su objetivo era mi amiga. Eso no fue lo que más me molestó, sino las maneras. ¡Qué decepción!

Volvimos a por una nueva carga etílica. Los focos emitían ráfagas de *flashes* que lo dejaban todo a oscuras durante unos segundos. Entonces, me atreví. Aproveché el claroscuro, me despojé del sujetador y lo coloqué en el bolso. Mis tetas también brincaban libres, y yo con ellas.

Carlota también estaba en éxtasis. Bailaba y bebía con cara de vicio. La ejecutiva agresiva dejaba escapar su yo más canalla. Tenía magnetismo, como Estefi. Y seguro que cuando tuviera su objetivo al alcance lo haría suyo. Parecía muy dispuesta.

Decidimos darnos un respiro y salimos a fumar. Cruzamos la sala y respiramos un poco de aire fresco ya en el exterior.

6
Tripiquilabing y Billy el rápido

—Buenas noches, *simpaticotas* —nos saludó el portero antes de marcarnos con un sello en la muñeca. Por indicación suya, dejamos las copas en una estantería, antes de salir.

Cuando íbamos a prender el pitillo, se nos acercó un chico alto, con camisa blanca y chaleco azul marino. Moreno, fuerte. Olía muy bien. Llevaba una gorra como la de los repartidores de diarios de los años veinte. Muy original. Parecía muy interesante. Me gustó nada más verlo.

—¡Adiós, Tripiquilabing! —lo llamó un grupo de chicas que salía del Luz.

—¿*Tripiqui*... qué? —dijimos Carlota y yo a la vez.

—¡Tripiquilabing!, es el apodo que me han puesto hoy aquí.

—No será por algo de drogas, ¿no? Esta y yo pasamos de estos temas —aclaré enseguida.

—No, nada de eso —respondió riendo.

Tenía una risa muy seductora. Por un momento lo imaginé en bolas, solo con la gorrita puesta. Me vino un cosquilleo desde el estómago, un frenesí. Con él sí me hubiera ido a la cama sin pensármelo dos veces.

—El *tripiquilabing* es algo que he inventado yo. *Tri* viene de tres. *Piqui*, de pico, beso. Y *labing*, de labios. Tripiquilabing. ¡Es una modalidad de beso inédita! ¡Un trío besístico! ¿Queréis probar? ¡Pensad que estáis ante el mismísimo, único e inimitable inventor! —añadió con una teatral reverencia.

—¡Vale! —dije corriendo, y sin tener en cuenta que, si era «famoso» por sus *tripiquiloquefuera*, quería decir que se habría besuqueado con media discoteca—. ¿Qué dices, Carlota?

—¡De acuerdo! ¿Y cómo se hace? —Estaba claro que el alcohol nos había vuelto muy desinhibidas.

—Es sencillo. Nos situamos aquí los tres, juntos. Imaginamos que en el centro, a la altura de nuestras bocas, hay un punto equidistante. Veis, aquí, dónde está mi dedo ahora mismo. Pues a ese lugar es al que nos acercamos y nos fusionamos con un beso. Todo con los ojos cerrados.

Carlota y yo nos sonreímos como si fuéramos a hacer una travesura.

Además, mientras él se movía y nos situaba en la posición ideal para la acción, con su codo rozó uno de mis senos y me dio un gustazo repentino. Ello, unido a cómo me cogió la cintura tan delicadamente para encararme a él, fue como un imán para mi deseo. Su sonrisa, sus labios y sus manos, grandes, me atrajeron enseguida.

—Venga, a la de tres. Preparadas, listas, ya. Uno, dos, tres —contó.

El primer intento resultó un completo desastre. Carlota se anticipó y yo choqué contra su cabeza. ¡Qué dolor! Enseguida, él se interesó por mi estado y me miró a los ojos, situando con mucho cariño sus manos en mis mejillas. Sus ojos brillantes me deshicieron. En ese preciso instante, habría prescindido del juego y lo habría besado a tornillo. Insistí en repetir. Segundo intento. También fallido. Esta vez por mi culpa. Tuve miedo de recibir otro golpe y me quedé parada. Él, que conocía bien aquella práctica, nos propuso calma, especialmente a mí. Acompañó sus palabras tranquilas con una caricia que me recorrió la espalda. Suspiré. Y, entonces sí, pudimos completar la acción.

Y lo hicimos. Nos dimos el *tripiquilabing*. Fue muy excitante. Eso de tocarse la comisura de los labios fue placentero y sin ver, más. Era como otra dimensión del beso, un beso tridimensional. Seguramente me maravilló por todo lo que me había imaginado que podría pasar entre él y yo. Por su cercanía y por su caricia.

—A ver, a ver. Ha estado bien, pero podemos mejorar. Hemos estado muy descoordinados. Se trataba de ir los tres al mismo tiempo. Yo creo que deberíamos... —No acabó la frase.

—Repetir. Tú lo que quieres es repetir —completó Carlota.

—¡Claro! Hay que tener tenacidad y perfeccionar la técnica. Siempre se trata de hacer las cosas mejor, ¿no? —argumentó él con una sonrisa pícara.

Decididamente me encantó aquel chico. Tenía iniciativa, improvisaba y era listo. Con chispa.

No sabía si era por el alcohol, pero me parecía peligrosamente encantador, tan encantador como para imaginarme... ¡saliendo con él! Dios, me estaba acelerando. «No obsesionarme». Tenía que seguir aquel precepto. Además, ¿cómo me iba a convenir el chavalito? Con la excusa del *tripiquilabing* se habría cepillado a todo el barrio. ¡Hasta terminaría por proponernos un trío! Pero ¿qué más daba? ¡De perdidos al río!

—¡Va! Venga, ¡repetimos!

Estábamos de *fiesta* y convenía prolongar la magia de aquella atmósfera. Me lo estaba pasando pipa. Qué digo, de puta madre. «Ahí has estado excelente, Sonia». Autoconfirmación a tope.

—¡Va! ¡Venga! ¡Repetimos! —exclamé.

Carlota asintió con la cabeza.

—Estad atentas. Y en cuanto diga *tres,* aproximación y realización. ¿De acuerdo, chicas?

Y lo volvimos a hacer. Esta vez tampoco cerré los ojos. Ni él. Nos besamos riendo. Fue genial. Era una señal «¡A la tercera va la vencida!», me convencí. «¡Hoy follo!».

Al instante, en una primera impresión, sabes si vas a congeniar con alguien o no. Y estaba segura de que el chico de la gorrita y yo teníamos muchos números para compenetrarnos. Cuando la ilusión estaba en un momento culminante, todo se derrumbó. Recibió un mensaje en el móvil y dijo entrecortadamente:

—Nos vemos otro día, guapas. Ya son más de las tres y media y en un rato tengo que levantarme para llevar a mi hijo a su partido de balonmano. Ha sido un placer. ¡Repetimos!

Nos dio dos besos y, visto y no visto, ya había cogido un taxi y sonreía desde la ventanilla. Dijo adiós moviendo graciosamente los dedos en el aire.

Me quedé en estado de *shock*, observando la escena sin articular palabra. Cuando reaccioné, ya era tarde. Lamenté muchísimo no haberle pedido el número de teléfono. Tampoco sabía su nombre ni apellidos para localizarlo y seguro que en Facebook no saldría como Tripiquilabing. ¡Qué torpe! Volver a verlo sería como encontrar una aguja en un pajar. «Tonta, Sonia».

Me consolé pensando que no me interesaba iniciar relaciones con padres solteros o separados (¡eso suponiendo que no estuviera morreándose por ahí con desconocidas a pesar de tener pareja!), pero para un servicio hubiese estado más que bien, joder. Mejor no darle más vueltas. A otra cosa, mariposa.

Necesitaba un trago. Recuperamos nuestras copas y le di un sorbo largo al *gin-tonic*. En eso, antes de entrar en la sala, se nos plantó otro joven delante. Tuve que levantar la vista. Era muy alto. Camisa negra con unas carabelas grises pequeñitas, unos tejanos desgastados y unas zapatillas Munich. Pelo cortito, engominado y barba de una semana. Parecía un modelo. Ya podía quitármelo de la cabeza. Era del tipo Carlota. Solo tuve que mirarla para confirmarlo. Se le puso la sonrisa tonta. Le gustaba. Y eso que aún no sabía qué coche tenía. Él también se inclinó hacia ella.

—¡Hola! He estado contemplando la escena con vuestro amigo y ha sido muy divertido. Un joven ingenioso. ¡Casi os lleva al huerto a las dos!

—¡Ah, sí! ¿Y desde cuándo nos observas? —preguntó Carlota con interés.

—Ha sido una pena que tuviera que marcharse tan pronto el chico —deploré yo.

Hice mis cábalas. «Este para Carlota y el otro para mí». Hubiera sido perfecto.

—Os he visto desde que habéis salido. Estaba apoyado ahí, en el coche —precisó él muy gentilmente.

Carlota no pasó por alto que el auto que señalaba era un Jaguar de color verde champán aparcado justo delante de la entrada. No le preguntó si era suyo. Prefirió fantasear que así sería.

Yo ya no tenía ni la más mínima opción de ligármelo.

—Y tú, ¿a qué te dedicas? Pareces un chico de pasarela —sondeé.

—¡Qué va! Soy prestidigitador.

—¿Un mago? —se interesó Carlota.

—Venga, hombre, ¿como el Mag Lari? —lancé con guasa.

Él, con mucha clase, sacó un paquete de cigarrillos Al Capone, cortos y de color marrón. Nos ofreció, declinamos y se encendió uno.

—Disculpad. No me he presentado. Héctor.

Nosotras también lo hicimos.

—Me encantaría demostraros el truco en el que estoy trabajando. Necesito una voluntaria —solicitó él.

—Pues aquí mi amiga seguro que estará dispuesta —dije a bote pronto.

Carlota lo miraba con ganas de lamerlo entero, como gatita en celo.

—¿En qué consiste ese juego que me vas a hacer? —se ofreció ella.

—Es muy sencillo. Se trata de darte un beso sin tocarte los labios —explicó sin inmutarse.

—Pero qué dices. Eso es imposible —me avancé.

«La noche va de besucones», me dije. ¿Dónde estaría Tripiquilabing? Qué pena que se hubiera marchado así. «Era tan tierno». Lo añoré.

—Venga. Acepto. Quiero comprobar si es verdad. Creo que me estás engañando, pero bueno, vamos a probar —se prestó Carlota muy colaboradora.

—Eso sí. Tienes que cerrar los ojos. ¿Aceptas?

—Sí —afirmó mi amiga rotundamente.

Héctor se puso delante, la tomó por la cintura y le clavó un morreo en toda regla. Ella le siguió tras un amago inicial. Ya me hubiera gustado a mí recibir aquel beso mágico. Fue un intercambio lingüístico ardiente y prolongado. Yo los miraba como una estatua y muerta de celos. Parecían los de la foto esa tan famosa en blanco y negro de una pareja que se besa delante del Ayuntamiento de París.

Tras el ejercicio, se miraron y rieron. Visto desde fuera, estuvo requetebién. Intuyo que, siendo la protagonista, mucho mejor.

—Pero me has tocado los labios. Y mucho —se lamentó Carlota sin que le hubiera importado lo más mínimo.

—Eso ha sido porque el truco ha fallado.

—¡Qué morro! —exclamé. La verdad es que el tipo era perspicaz.

—Tengo que trabajar más para lograr que salga inmaculado. ¿Lo hacemos otra vez? —volvió a la carga el ilusionista.

Carlota le respondió con un guiño, queriéndole decir que ya habría tiempo más tarde. Y le preguntó sonriendo:

—¿Y dónde has aprendido a hacer este tipo de engaño? ¡Tú no eres mago!

—Lo vi en una peli. *El penalti más largo del mundo.*

—¡Ah! ¡Muy bien! Un beso de película. ¡Qué bueno! —concluí. Yo tuve solo un Tripiquilabing. Y compartido. La comparación era odiosa.

Entramos de nuevo a la discoteca. Carlota tenía ganas de bailar. Fuimos directos a la pista al ritmo de *Last Train to London.* Mi último tren pasaba por un nuevo combinado. Y me fui a por él.

Me entretuvo un chico que se me plantó delante y se puso a pavonear como Dany Manero en *Fiebre del sábado noche.* Me halagó. Me estaba bailando. ¡A mí! Me quedé petrificada sin saber qué hacer. Se me acercó y me ofreció unos pasos. Me satisfizo. No estaba acostumbrada a que me hicieran algo así. Le respondí con una sonrisa. Y me quedé a su lado. Era mi momento. Tenía que hacer caso a Estefi.

Ahora o nunca. La cabeza me iba a mil. Se me repetían las frases de la cena con las chicas. Pero sobre todo la consigna de que desesperada no podría elegir bien. Debía darme una alegría. Mi cuerpo, además, me lo reclamaba. La búsqueda del novio vendría después. El trámite previo era un festival. Aquel mozo había caído del cielo y era cuestión de aprovecharlo.

Recuerdo que se presentó como Alex y que era de Mánchester. Fue lo único que le entendí. «Mejor. Así, si te he visto no me acuerdo. Volverá a su país y no me podré colgar de él. Después de la faena: *bye bye,* hasta luego, Lucas». Ciertamente hablamos poco. Y no porque yo no estuviera ducha con el inglés. ¡No! Por el ruido y por la turca que llevaba. Tenía razón Carlota. Ya eran más de las cuatro. Y se le trababa la lengua. Seseaba, como yo. Éramos parte del mercado secundario. Pero yo estaba feliz.

Así que bailamos. Lo siguiente que recuerdo es que nos besamos. Lo di todo por mi boquita, sedienta como estaba de lujuriosas humedades.

En la siguiente escena, fui allí como teletransportada, entrábamos en la habitación de un hotel. Me vi delante del espejo del lavabo con el rímel corrido y un rubiales que me magreaba las tetas por detrás.

—¡Vaya melones! —acertó a decir.

No me pareció la frase ideal, pero, dado que estábamos en aquellas circunstancias, tampoco esperaba poesía.

Le brindé un condón del bolso. Me giré para ver que lo llevaba puesto. Aunque ya la había palpado, observar la pieza en su máxima extensión me dio unos grados más de excitación. Imaginaba que me la clavaría por detrás en un ejercicio combinado de velocidades, más rápido, más lento, hasta el clímax. Y que después nos ducharíamos y completaríamos la acción en la cama, ya más relajados y sin tanta prisa.

Habían pasado, apenas, unos segundos. No tuve tiempo casi de notarla dentro y mucho menos de moverme. El príncipe británico se había ido. «Qué ingenua, Sonia. Tú que te las prometías tan felices». Y desapareció. Y allí me quedé yo, con las bragas bajadas hasta el tobillo. Y con mi goce y mi dignidad a la misma altura.

Me recompuse físicamente como pude. Eché un vistazo y lo vi tumbado en la cama, ya roncando. «Valiente velocista. Lo peor es que volverá a su pueblo contando una hazaña».

Salí y busqué un taxi. Recorrí la Diagonal aún de noche, con la cara al viento. Calle Valencia, paseo de San Juan e Industria. Ya estaba en casa. Me duché. Y me acosté.

7
«Que te coma el ChowChow»

Me levanté con una odiosa resaca. Tenía la boca pastosa y parecía que me hubieran clavado un hacha en la cabeza. Justo al abrir los ojos, alguna fuerza malévola estaba moviendo el palo de la empuñadura. Tremendo dolor.

Me arrastré como pude hasta el baño. Tomé una ducha, primero con agua templada y bien fría para acabar. Era mi ritual de cada día, aunque a primera hora de la mañana, no a las dos de la tarde.

Recogí la ropa que había dejado esparcida por la habitación y puse una lavadora. Me preparé un zumo en la licuadora con dos naranjas, un par de kiwis, media manzana y un plátano. Necesitaba vitamina C para limpiar mis arterias de tanto alcohol.

Salí a la terraza, todavía con albornoz y el pelo mojado. Me sentía sexi. Pensar en el Mánchester *man* me chafó el pensamiento. Más que eso, me enfureció.

Pero eso formaba ya parte de un pasado que no iba a volver. Jamás me iba a emborrachar de nuevo. Y, por supuesto, antes de acostarme con otro hombre le iba a pedir el carné que acreditase su capacidad de aguante. Lo del tamaño, a estas alturas, me parecía una cuestión menor. Pero lo de correrse en menos de medio minuto, intolerable.

Aprecié que era necesario un barrido a fondo. La limpieza era otra de mis manías. Lo necesitaba todo en orden y en perfecto estado de revista. Pero, desde luego, no iba a hacerlo en ese momento. Tal vez al atardecer o cuando ya fuera de noche, antes de regar las plantas. Me tumbé en la hamaca y me quedé medio dormida.

Me despertó un bip bip horroroso. Yo estaba en el séptimo sueño, en *Matrix*. Keanu Reeves me brindaba un viaje para liberarme de Zion. Yo le rogaba que me dejara ser su esclava personal, le aseguraba que haría todo lo que me pidiera, que sería servicial y cumpliría todas sus órdenes. En eso andaba cuando volvió el maldito bip bip.

Era un wasap de Carlota:

«¡Hola preciosa! ¿Cómo estás?».

Me entraron ganas de tirar el móvil contra la pared. Me había levantado con una mala hostia impresionante. Pero esta vez, además, me había roto el encantamiento de una escena con el mismísimo Keanu. ¡Imperdonable!

Además, me llamaba *preciosa*. Carlota nunca había sido tan amable en su vida. Si su saludo era proporcional al festival que había tenido, se podía haber ahorrado el mensajito. La muy...

Lo admito, estaba celosa, rematadamente celosa.

Carlota: «¡No te puedes creer dónde estoy!».

Yo: «Pues no. Ni idea».

Me entraron ganas de añadir algún insulto a la frase, pero me censuré. ¡Cómo podía ser tan afortunada ella y yo, tan poco!

Carlota: «¡En Blanes! Héctor es increíble. He dormido en su apartamento. Estamos en la terraza viendo el atardecer».

Yo: «¡Qué bien!».

Carlota: «Ya te contaré detalles. Ahora viene con unas fresas y champán fresquito».

Yo: «Vale. Disfruta».

Carlota: «Y a ti, ¿cómo te fue? Besos».

No me molesté en decirle nada por dos razones. La primera, que en ese momento, después de la pregunta, ya habría guardado el teléfono y estaría en otras tareas. Y la segunda: mi gran aventura era digna de olvidar. Desde luego, no me apetecía nada relatar el fracaso. Y menos en tales circunstancias. Ella, a punto de echar el enésimo polvo en doce horas y yo, con Billy el rápido. ¡Qué envidia!

Me entró hambre. Me preparé una ensalada de aguacate con endivias y puse un par de rodajas de merluza en la plancha. De postre, una macedonia.

Tanta cosa sana me sorprendió incluso a mí misma. Debía de tener ya el germen de la dieta interiorizado. Eso sí, caí en la tentación de comerme un cucurucho helado de turrón. Lo lamí con entusiasmo. Me duró un suspiro. «¿En qué estarás pensando, Sonia?».

Puse la tele. Ostras. Sí. Era Hellen Hunt. Y él era Jack Nicholson. ¡Ah! ¿Cómo se llamaba la peli? *Mejor...imposible.* Eso era. Una comedia para llorar. Un planazo. Acababa de empezar. Me levanté y fui hasta el frigorífico. Me hice con una tableta de cacao con extra de leche y avellanas. Me apetecía tomar algo dulce. Reparé en lo que decían mis amigas, que el chocolate era el sustituto del sexo. Tenía otras dos barras por si acaso.

Me abracé a la almohada y me puse a ver la película. Unas lágrimas y unas sonrisas me sentarían bien. Además, tenía bombones. ¿Qué más podía pedir?

Ya no me dolía tanto la cabeza y, como recordaba que la música era buena, conecté el televisor a los altavoces del equipo *home cinema* para tener un buen sonido. Lloré como una madalena. ¿Cómo podía haber tipos tan insensibles por el mundo?

Menos mal que la historia acaba bien y Jack despierta a tiempo. Ya quisiera yo uno como él, aunque era un poco viejales. Puesta a pedir, me quedaba con Tripiquilabing, la verdad. Las lágrimas me limpiaron los recuerdos de la noche anterior y también el espíritu. Me sentí reconfortada, en paz.

Sonó el timbre. Lo percibí melodioso porque sabía quiénes estaban detrás de la puerta y los esperaba con muchas ganas.

Tiger se me echó encima nada más verme. Me sacó la lengua y movió la cola de un lado a otro a una velocidad endiablada.

—¡Ay, mi Tiger! Es maravilloso saber que le importas a alguien, que te echa de menos. Aunque sea de cuatro patas —dije irónicamente.

—Y a algún *human*, también —rio Dany.

Me agaché para estar a la altura de Tiger y lo acaricié. Aunque era un canino callejero, se parecía mucho a un *setter*, con pelaje marrón brillante y unas grandes orejas. Era precioso, juguetón y muy vivo. ¡Y me obligaba a limpiar mucho la casa para tenerla a mi gusto, porque soltaba una de pelo bestial! De cachorro se me había comido un par de zapatillas, un sujetador y el brazo de un sillón, pero todo eso me daba igual. Él era el rey de la casa; yo, la princesa.

—¿Y yo qué, *darling*? Unos *kisses* para el *wonderful* vecinito que se ha llevado a tu chucho. ¿No?

Allí estaba Dany reclamando también su ración de cariñitos.

—¡Claro, *amore*! Toma, esta ristra de besitos es para ti. Mua, mua, mua.

Lo abracé y le di un par de besos bien ruidosos, como le gustaban a él, siempre tan folclórico.

—Gracias, *love*. Que sepas que se ha portado superbién, no te ha extrañado nada y lo ha hecho todo, el uno y el dos, en el campo. Ningún regalito dentro de la casa. —Era obvio que Dany hablaba de Tiger.

—Pues claro, Dany, ¡lo tengo muy bien enseñado! ¿Qué te creías? —afirmé.

Mi vecino, Dany McGuiness, escocés, cincuenta y un años, asintió. Era un encanto. Siempre estaba a mi lado, sobre todo en los malos momentos. En los bajones de los últimos dos años siempre me había ofrecido su hombro para llorar y levantarme. Lástima que le gustaran solo los hombres, porque era muy atractivo. Se cuidaba muchísimo. Su colección de potingues duplicaba la mía e iba al gimnasio cuatro veces a la semana también de ir en bici o caminando a todas partes. Y, también vestía impecablemente.

—El *weekend* ha ido *fabulous*. Mi ligue, una maravilla, *very nice*. A ver si te echas un rollito y vamos los cuatro la próxima vez.

—Estupendo, Dany. Aunque lo más fácil es que me acompañe Tiger —respondí con chanza.

Nos reímos. Abrí la terraza para que mi perrito tuviera campo libre, pero se pegó a mí como mi sombra. Dany se apalancó al aire libre, desparramando sus ciento ochenta y pico centímetros en la misma tumbona en la que Paz había empinado el codo la noche anterior. Eran tal para cual, pensé. Lástima que no se conocieran aún.

Le hablaba desde la ventana de la cocina, en la que yo preparaba una limonada artesanal, con mucho hielo y unas hojas de hierbabuena. Le puse un poco de azúcar moreno. No sabía cómo me saldría el invento. Era la primera vez que hacía un refresco *made in* Sonia, pero me apetecía probar. La bebida reflejaba que estaba muy creativa.

—¿Y esto, *darling*? ¡Qué buen aspecto! ¡Como tú! ¡Estás guapísima! ¡Mmm! ¿Tuviste mambo, por fin? Tus ojos brillan, *darling*. Me muero de ganas de que me lo cuentes ya. Y de probar esta *drink* —exclamó Dany en su castellano con marcado acento británico.

—Esto es limonada Sonia's, nueva en el mercado.

—¡*Delicious*! —soltó él, siempre con alguno de sus anglicismos—. Pero ven ya y cuéntamelo con *pelas* y señales.

—*Pelos*. Se dice *pelos*, no *pelas*. Eso es otra cosa —le rectifiqué.

—Me es igual. Pelo o pela. ¡*Come*, ven, anda, y explícamelo todo!

No me hice la remolona. Había decidido entrar en fase de autoafirmación personal. Ya bastaba de lamentarse y de envidiar siempre lo que tenían los demás. Había llegado la nueva Sonia y así iba a mostrarme por primera vez ante Dany y ante mí misma, en renacimiento.

Me fascinó.

—¿Qué tal tu *finde*? Te has *aburido* mucho, ¿no? —preguntó él despreocupado. Y siguió—: Ya imaginaba yo, *darling*, que sin mí y sin Tiger lo pasarías fatal. La cena, un rollo y lo demás, sofá y pelis. ¿No?

—En absoluto. Ha sido un fin de semana genial.

—¡¿Ah, sí?! Pues cuenta, cuenta. Soy todo *oídas*.

—¡*Oídos*!

—Yo quiero una *teacher like you*. Metería menos *el* gamba —intercedió.

Frecuentemente Dany erraba con su español y yo le corregía. Nos servía para hacernos unas risas.

Le conté la velada con Las Pipicañeras. Mi revelación de querer un novio y la oferta de mis amigas para ayudarme.

—¡Eso es *fantastic*! ¡Por fin te has atrevido a dar el paso y contárselo! Que sepas que ellas tienen más experiencia para aconsejarte, aunque yo *conosca* a muchos más machos. Pero ya sabes, solo les gusto yo —rio pícaramente.

—Calla, calla. Que tú tampoco estás para echar cohetes —le reprendí.

—Pero por lo menos *pollo* —intervino él.

—¿Cómo que *pollo*? —sabía perfectamente qué quería decirme.

—Perdón, mi idioma, otra *ves*. Yo follo. Por lo menos follo, quería decir. ¿Y tú? ¿Puedes decir lo mismo?

Le expliqué lo del Tripiquilabing con detalle. Y, como a mí, le encantó enseguida el autor del beso tripartito.

—¿Y cómo lo dejaste escapar? Un hombre así se lo lleva uno a casa y cierra la puerta con llave para que no se escape. ¡Ay, *darling*!

Sí. Lo sabía. Que lo hubiese dejado marchar sin pedirle siquiera el número de teléfono había sido imperdonable por mi parte.

Luego tuve que acabar confesándole lo de Billy el rápido, su casi compatriota. Se mofó abiertamente.

—Tú querías que te hiciera un buen *down work*, un trabajo de bajos, y te quedaste con las ganas. —Acto seguido se levantó y se puso a cantar con guasa—: Tú lo que quieres es que te coma el ChowChow, que te coma el ChowChow.

—¡Eres un salido!

Y él, haciendo caso omiso, repitió:

—Tú lo que quieres es que te coma el ChowChow, que te coma el ChowChow.

Acabamos los dos cantando y riendo. Tomamos un sorbo de limonada a la par y dejó caer su sentencia final:

—Pequeña Sonia, para casos como este hay un invento que no falla nunca, que no se cansa y que siempre te lleva hasta donde tú quieras llegar. ¡El Magic Finger!

Me eché sobre Dany en la tumbona, sobre la que él se había recostado. Nos caímos, nuestros cuerpos se revolcaron por el césped artificial y nos reímos mucho. Todavía abrazados en la horizontal le dejé caer:

—Eres un descarado. Eso no se le dice a una señorita.

Entonces entendí también lo que Estefi me había dicho en la cena, que lo mío se arreglaba con unas pilas alcalinas de larga duración. «Qué sibilina, la argentina».

Tiger se había puesto a ladrar enfurecido al lado de Dany. Su Thor permanecía impasible.

—Tranquilo, campeón. Estamos bromeando. Dany jamás me haría daño —afirmé.

Todavía en el suelo, mi vecino me regaló un beso en la mejilla.

Quería un novio, sí, pero también necesitaba un hombre que me hiciera vibrar. Me apunté en la lista de compras el dedo mágico por si fuera menester durante la espera.

Con la vista fija en el cielo azul, sin manchas de nubes, y la fragancia del galán de noche que ya empezaba a despertar, recordé algunos de los episodios vividos con Dany, como las innumerables veces que habíamos visto juntos la película *Las aventuras de Priscilla, la reina del desierto.* Comíamos palomitas sin parar y nos recubríamos con mascarillas de pepino. O las toneladas de pañuelos de papel invertidos en sus desengaños, muy numerosos. O los atracones de chocolate, también abundantes, en mis momentos de depresión.

Después de un rato estirado, Dany adujo que estaba muy cansado y que se retiraba a su apartamento. Quedamos en enviarnos un wasap o darnos un toque a mitad de semana. Le anticipé que tendría unos días moviditos. Tenía que apuntarme al gimnasio, comprarme ropa deportiva, sesión de belleza, además de otros quehaceres. Omití la adquisición de ropa interior porque, sin duda, se hubiera apuntado a ir conmigo, el muy pesado.

¡Qué agenda! Me gustaba la idea de estar ocupada, pero no sabía por dónde empezar. Aún me quedaba un ratito de domingo para mí. Me pareció estupendo. Me prepararía una cenita liviana. De momento, era tiempo de jugar con Tiger en la terraza y compensarle con mis cariñitos.

Cerré la veneciana de hierro con llave y me fui al baño. Me dejé una camiseta y unas braguitas en la percha. Me apliqué después crema hidratante por todo el cuerpo, un ritual que no pensaba abandonar nunca más. Piel tersa y mimo, mínimos imprescindibles para una Sonia que renace de sus cenizas.

Aunque estuviera sola, quería sentirme a gusto conmigo misma. Me acordé de la gran Conchita Velasco, que dijo en una entrevista que lo primero que hacía al levantarse era asearse y maquillarse para estar bien guapa por si alguien llamaba a la puerta. Pues yo, lo mismo.

Al enfundarme en la ropa limpia, me sentí como cuando era niña y estrenaba un pijama tras un buen baño. Aquella agradable sensación de que se iniciaba una etapa nueva, con una segunda piel pegada a la mía, me ilusionó.

Me hice una tortilla de dos huevos, una ensalada de tomate con queso fresco y un par de tostadas bajas en sal untadas con mermelada de higo.

Al acabar, puse el recopilatorio de Raphael y canturreé *Tengo el corazón en carne viva.* Luego me dirigí al armario, convenía hacer una primera criba. Dejé a un lado todas las camisetas y los tejanos. Recuperé un par de blusas, una de ellas amarilla y otra con un estampado de flores, casi sin estrenar. También una camisa blanca y una negra. Tenía otras prendas de ambos colores, dos básicos esenciales. Y rescaté dos vestidos, uno celeste, liso, con cuello en uve; y otro, negro, el que me ponía para las bodas y que todavía me entraba. Si lo combinaba bien, hasta me lo podría poner para ir a trabajar. Con las alpargatas de cuña, por ejemplo. Y los zapatos negros de bonito, me arriesgaría a ponérmelos con unos *jeans,* una camisa negra y un fular: qué caray, estaría estupenda.

Además, no iba a esperar. El lunes, en unas horas, sería el reestreno. *I Don't Like Mondays* cantaban The Boomtown Rats. No sería mi caso. Iba a empezar la semana radiante y me iba a gustar. Cerré los ojos y me deseé buenas noches.

8
Renacimiento

Aquellos días de final de primavera fueron un regalo para mí. Me sentía vital, con ganas, renovada. Había resucitado. Y doy fe de que me había costado muchísimo llegar hasta ese estado. Dos años y medio antes estaba muerta. Justo cuando Miquel me había dejado plantada casi en el altar. Todo mi mundo se había derrumbado por completo, y yo con él.

Le había dado lo más hermoso de mí. Estuvimos juntos desde que chocamos en el instituto, concretamente en el lavabo, cuando hacíamos COU. Él entraba, yo salía. Enseguida me fijé en su culito respingón, embutido en unos tejanos con tirantes. Era impresionante: atlético, castaño, con el pelo lacio y largo, y unos brillantes ojos verdes. Un amigo común hizo de celestino y, en la fiesta de final de curso, nos liamos. Recuerdo que él me llamó *taxi*, como los de Barcelona, porque iba vestida con un pantalón negro y una blusa amarilla. Yo me reí y, acto seguido, nos besamos en la plaza de los Enamorados.

Quince años estuvimos juntos desde aquella noche. Fui suya y de nadie más. Pasión desmedida, cariño y sueños. Y algunas riñas y reconciliaciones. Ese juego de contrarios es la salsa de una relación.

Miquel estudió Bellas Artes y yo, Hispánicas. Él era un espíritu libre, un pincel suelto, decía. Yo, una chica normal que quería casarse y tener hijos. Cuando ganó su plaza fija en la escuela como profesor de dibujo y yo empecé a trabajar, ya de bibliotecaria, insistí en que debíamos formalizar nuestra relación.

Fue el principio del fin. Pero, desde luego, yo no lo sabía. Yo estaba centrada en los preparativos de la inminente ceremonia. No percibí ninguna alarma. Tenía una ilusión y la estaba moldeando sin saber que mi obra de arte estaba a punto de romperse. Y con ella, mi vida entera.

Y así, cuando menos me lo esperaba, llegó el día en que todo el magma que estaba en ebullición explotó. Era Nochebuena, faltaban cuatro meses exactos para la boda. Había flambeado unas gambas y las tenía en la cazuela con ajito y perejil, un plato clásico que nos encantaba. También había cocinado una espalda de cabrito al horno que estaba casi lista. Era el momento de tomar una ducha y engalanarme.

Desde pequeña me encantaba ponerme bien guapa para esa celebración. Salí del baño y le pedí que me acabara de subir la cremallera del vestido, mientras me ponía los pendientes. Él se sentó en el sofá y yo descorché una botella de cava. Le acerqué una copa para brindar y él la rehusó para ofrecerme un sobre que abrí al instante. Eran dos billetes de avión para París.

Salía el día de San Esteban a las nueve de la mañana. Miré que el primer billete estaba a su nombre e imaginé que debajo estaba el mío, claro. Salté a sus brazos. «Gracias, gracias. *Merci beaucoup*, Miquel, *mon amour*. Unas Navidades en la Torre Eiffel, la ciudad de la luz. Lo más». Algo así debí de decir.

Miquel me paró en seco. Y, muy serio, casi desencajado, sentenció:

—No son para nosotros.

Creí que se trataba de una broma. No me lo podía creer.

—Me voy. Se acabó. *C'est fini*.

Me explicó que había conocido a una pintora, que ella entendía sus ansias de volar, que respetaba su libertad y que conmigo todo se había convertido en costumbre. Que nos habíamos desgastado y que el matrimonio sería una cárcel. Que prefería ser sincero y decírmelo antes de que fuera peor o demasiado tarde.

Maldita sinceridad. Se ensañó conmigo y acabó con todo lo que yo había soñado. Todo en lo que había creído se fue. Todo mi futuro y todo mi presente se volatilizaron como quien tira la cadena del váter. Toda mi vida murió en una décima de segundo. Se hizo añicos en cuanto el muy cabrón soltó «c'est fini».

¿Cómo podía ser tan cruel y despiadado? No me lo podía creer: ¡A ciento veinte días de nuestro enlace y en Nochebuena! ¡Increíble! Tenía sus maletas preparadas y esa noche ya no durmió en casa.

Morí. Lloré como un río.

Perdí a mi mejor amigo, mi compañero, mi cómplice, mi amante y mi futuro esposo. Desde entonces, odio a los pintores y no puedo ni oír hablar de París.

Fueron unas Navidades malísimas, las peores. Prisionera de una pena infinita, solo podía llorar y maldecirme. Me sentía culpable por no haberme dado cuenta de lo que estaba pasando. Cuando creía que lo tenía más cerca de mí, que siempre estaríamos unidos, en realidad era cuando más se estaba alejando. Ya no había nada que hacer. Se había marchado para siempre.

¡¿Cómo no me había dado cuenta?! Habría puesto remedio, seguro. Me sentí culpable. Habría sido capaz de rectificar y retenerlo. Me detestaba por ello. Estaba desconsolada. Me encerré en casa, atormentada y resquebrajada. Enclaustrada, no paraba de lamentarme. Cada día me torturaba con aquel adiós. ¡Teníamos algo tan hermoso! ¿Cómo había podido acabar así? Me moría en cada suspiro.

Adiós a la Sonia ingenua, alegre, confiada, enamorada.

Pensaba que jamás podría olvidarlo. Ni perdonarlo.

Semanas después, dejé el piso que habíamos alquilado juntos y me mudé a mi nuevo apartamento. Al poco tiempo, Dany vino a vivir al bloque. Creo que el primer día, cuando acababa de hacer la mudanza, ya picó a mi puerta y me pidió un poco de aceite. Yo debía de tener una cara tan tétrica como la madre de la familia Adams, porque lo asusté, según me confesó poco después. Esa misma noche cenamos en su casa. Me dijo que lo mismo yo cultivaba una planta carnívora como Morticia y mejor ir a su piso.

Tenía un perro pequeño, Thor, un cachorro de galgo. Fue el primer ser que me hizo sonreír después de mucho tiempo.

—Es mi nuevo *love* —aseguró él—. He cambiado a un *man* de rabo grande y ciento noventa centímetros de tonterías por este *little* cachorrito. Espero que cuando crezca no se convierta en un monstruo como él y no me destroce la *life* —dijo en una extraña mezcla *britishñol*. Era el idioma en el que mejor se expresaba, unas palabras de aquí y otras de allí.

Mientras Dany me informaba de su nueva vida en dos frases, Thor me lamió las puntas de los pies que asomaban por las zapatillas. Y, entre una cosa y otra, no pude evitar reírme.

Siempre he envidiado a las personas que te cuentan una historia triste de manera telegráfica y con una pizca de humor. Dany acababa de hacerlo. En un momento sabía que se había trasladado de Londres a Barcelona, herido de amor, y que tenía un nuevo compañero de piso de cuatro patas. Ah, y que su ex era un ser miserable. A mí me hubiera encantando saber hacer lo mismo. Contar lo mío, lo de Miquel, con aquella naturalidad y, sobre todo, con aquella brevedad. Tres imágenes, una metáfora y ya. Pero tardé más de cinco horas en contarle mi calvario, *Las obras completas de Sonia*, volúmenes I y II, desde *El roce de culito en el lavabo* hasta *La pintora robamaridos*. También gasté un par de paquetes de pañuelos: fue una maratón de lloros.

El drama nocturno, sin embargo, acabó en comedia: Dany se transformó en Freddie Mercury cantando *Somebody to Love*. Y luego yo le acompañé con *I Want to Break Free*, mi canción preferida de Queen. Acabamos con el repertorio de Abba y borrachos como cubas de *gintonitos* (como bautizó él a mis *gin-tonics*, porque decían que eran muy suaves). Fue una liberación. Esa noche pude enterrar una parte de los cadáveres que llevaba dentro de mí. Poder reír fue como encontrar un tesoro. No sabía de dónde tenía que rescatar las sonrisas y Dany me dio el mapa y la llave del cofre donde las tenía guardadas. Nunca se lo agradeceré lo suficiente.

Es curioso cómo funciona el afecto, sin leyes ni tiempos. Un desconocido puede ganar tu estima en un instante y también se puede perder un cariño de años en un segundo. Yo he vivido ambas cosas y puedo atestiguarlo.

—Y *remember, darling*. Tú no eres culpable de *nothing*. Él es un *cabronaso* —resumió.

Aquella fue la mejor conclusión que podía tener. Aunque aún tardé mucho en quitarme el lastre de culpabilidad de encima.

Me había convertido en una chica timorata, frágil, desconfiada, triste, avergonzada, vulnerable. No podía mirar a nadie a la cara, y menos a los hombres. Era carne de psicólogo, seguro. Bueno, cabeza, más bien. Pero siempre me opuse a ir a terapia: solo me habían partido el corazón. Y para eso, creía, no había otro tratamiento que dejar pasar el tiempo. Y, además, tenía un reparo enorme. Me daba pavor mostrarme por dentro. Y, obviamente, sin comunicación, no había solución.

Me escondí en un caparazón hecho a mi medida: casa y trabajo. Y desde allí, resistí como pude.

La verdad es que fue un desgaste muy duro, pero con la aparición de mi querido vecino empecé a remontar: a su lado, con cenas en su casa o en la mía, con sesiones dobles de peli y palomitas, mucho *gin* y vino, locos karaokes en los que le enseñé lo más florido de Camilo Sesto y Julio Iglesias. Y el inglés a mí: Elton John, Tom Jones y Tina Turner. ¡Ah! Me olvidaba. Y abundante chocolate. ¡Así me puse! Como una vaquita. A medida que crecían mis michelines, mi coco mejoraba. Y, en aquel momento, para mí eran mucho más importantes las neuronas y los latidos que la grasa corporal.

Dany cultivaba su tipazo y tenía sentido del humor. Sus salidas eran impredecibles y espectaculares, como cuando invitó a un grupo de *drag queens* a una fiesta en su salón. Fue brutal. Hubo quejas del vecindario y tuvo que venir incluso la policía.

Pero el mayor regalo que me hizo fue un viernes noche. Dijo que era nuestro *cumplemés* y se presentó en la puerta con una caja enorme, envuelta con celofán azul y un enorme lazo multicolor, como el arco iris.

—Dentro está *Little Michael.* Bueno, más bien su sustituto.

Me quedé de una pieza. Por un momento pensé que me había comprado un muñeco del pequeño de los Jackson Five. Pero sospeché enseguida que aquello era otra cosa. Sobre todo por el ladrido.

—¡Es un perro! ¡Virgencita! ¿Y qué hago yo con esto? —lancé anonadada.

—Pues cuidarlo y amarlo. Es tu nuevo amor. *Bye bye,* Miquel. *¡Welcome,* Tiger!

—Anda, me lo das con nombre y todo. ¡Perfecto!

Dany era un tipo realmente especial. Desde la primera vez que nos vimos, mi querido vecinito se empeñó en ayudarme a enderezar el rumbo. El chucho contribuyó mucho a superar mi reclusión. Me obligaba a sacarlo de paseo e ir al pipicán a hacer sus cositas. Así fue como conocí a Las Pipicañeras y empezó a fraguarse un roce entre nosotras que desembocó en una cadena de favores caninos. Y luego cenitas y saliditas. Mi muro empezó a romperse. Tenía perro, pandilla y un amigo adorable. Volví a la vida. Poco a poco, a mi manera.

Lo que más cuesta, más se valora. Y, dentro de mí, esperaba la recompensa a tanto sufrimiento. El botín era Tripiquilabing. Estaba segura.

Mi desdicha, al calor del confort espiritual de Dany y la compañía de Tiger y de Las Pipicañeras, fue menguando hasta la reciente primavera, que también había brotado en mi interior.

9

Entre libros y sueños

Me levanté muy contenta. Subí la persiana y vi que el sol desparramaba su alegría primaveral. La luz alumbraba mi nueva vida. Era una señal inmejorable.

Zumo. Tostadas. Un kiwi. Baño. Higiene. Un poco de color en las mejillas. Me perfilé la raya para dar más vigor a la mirada y me puse unas gotas de colonia fresca Thé Vert, la que me habían regalado las chicas, justo la noche del viernes. Me enfundé la indumentaria que había elegido, pañuelo y tacones incluidos. Con mis gafas de pasta negra tenía un aspecto interesante. Me gusté. El espejo, por fin, me daba una satisfacción.

De casa a la biblioteca tenía un paseo de poco más de cinco minutos. Solo tenía que bajar por la calle Padilla y cruzar seis travesías. En la esquina con Mallorca, hacía siempre una parada antes de empezar la jornada para tomar un cortado y fumarme un cigarrillo. Tres dosis de nicotina al día, excepto cuando salía, una tras cada comida principal. En eso también era muy organizada.

Me saludó Manolo, con un brío inusual:

—¡Alabado sea el Señor y que nos conserve la vista! —gritó sorprendido.

Le sonreí. Me regalaba una flor un hombre al que veía cada mañana desde hacía casi tres años y que apenas arqueaba la ceja cuando me acercaba el cortadito, sin preguntar ya, dado que yo era una mujer de costumbres.

—¡Qué reguapa estás hoy, Sonia! —dijo con salero.

Recibí contenta los parabienes.

—Hoy ponme una menta poleo, por favor.

Dejé descolocado a Manolo. Eso también me gustó. Era señal de que era capaz de sorprender a un hombre.

—¡Esto sí es noticia! ¡Marchando esa infusión!

Me la tomé despacito en la terraza mientras fumaba. Mi relación con el tabaco era más postureo que adicción.

—Hoy invita la casa —anunció Manolo.

—¡Anda! ¿Y eso? —pregunté extrañada.

—Es la tradición. Cuando una clienta habitual cambia su cortado por una infusión, siempre le regalamos la primera.

—Vaya, pues muchas gracias.

Me despedí hasta el día siguiente. Estaba segura de que se había inventado esa norma conmigo, pero me congratuló que así fuera. Llegué a la biblioteca con una sonrisa y unas ganas que no tenía desde que había empezado en aquel trabajo, que con el tiempo se había convertido en rutinario: las mismas tareas, casi las mismas caras a diario.

Me notaba distinta y aún no atendía a saber exactamente por qué. Había sentido un pequeño vaivén interior, luego otro. Y otro. Como la teoría de que el aleteo de una mariposa en Alemania acaba provocando una tormenta en Australia. Aún estaba en la fase insecto. La ola estaba por llegar. De momento, solo había cambiado la actitud. Una metamorfosis mínima que se dejaba ver también en el exterior.

Mis compañeras, Helena y Carmen, apenas apreciaron algo distinto en mí. El mismo saludo anodino de cada mañana. La primera estaba a punto de jubilarse y contaba las horas hasta que llegara el retiro. Ya había perdido toda la pasión. Carmeta, en cambio, ni debió de darse cuenta porque era un torbellino. Ya estaba con el carrito y repasaba las devoluciones del sábado.

Yo era la encargada de la segunda planta, donde se concentraban los volúmenes de literatura infantil y juvenil, cómics, cuentos y DVD. Por la mañana solía estar bastante tranquila, dado que mis clientes abundaban a partir de las cinco, cuando acababa la escuela o la chavalería venía a hacer los deberes o los trabajos del instituto.

Así me pude entretener con los libros que me acababan de llegar. Eran de Francesc Miralles. Allí estaban *El Viaje de Índigo* y *Mika en el Egipto de los Faraones.* Me fascinaron los dibujos de las portadas. También tenía, del mismo autor, la colección de El Círculo Ámbar. Y *Oblivion y Retrum.* Ojeé este último y leí:

«Teià es un pueblo colgado en una montaña frente al mar. Sin embargo, al estar ligeramente hundido, el "gran azul" no se ve a no ser que busques un promontorio, como el del cementerio».

Se me quedó la semilla de querer acercarme al pueblo del Maresme y contemplar el «gran azul» desde el camposanto.

Acabé de ordenar las fichas y fui al servicio. «Las hierbas son muy diuréticas». Allí sentada unos minutos tuve tiempo de pensar que aquella tarde me apuntaría al gimnasio. Estefi hablaba maravillas del Metropolitan. Y era un punto a favor que ella fuera en horario de mañana. Así no me la encontraría. No podría soportar la comparativa de su esbelto físico con el mío, en fase de transformación. Menos mal que me vine arriba y mantuve alto el buen humor. Me haría falta para afrontar los asaltos venideros.

Me tomé el sándwich vegetal que me había preparado con pan de cereales y aproveché para leer un poco más de *El príncipe de la calle.* Aquel quinqui de Cornellà, Miguel Sarmiento, su protagonista, había empezado a caerme bien. Era un chaval del arroyo, con enormes ganas de mejorar. Y le movía un gran afán de cambio personal. «Como a mí», me dije.

Los lunes solían ser relajados. Los estudiantes aún tenían los efectos de la resaca lúdica del fin de semana y después de comer no apareció ninguno.

Así, entre libros, fui construyendo los sueños de una nueva Sonia, como la limonada que había elaborado la tarde anterior. No podía negar que me daba un poco de miedo que fuera como una gaseosa, que me desbravara a las primeras de cambio y que solo tuviera gas y chispa al principio. Era cierto que había dado algunos pasos hacia adelante, que había marcado un camino, pero me quedaba todo o casi todo el trecho y yo era de naturaleza timorata, algo tímida y muy sensible. Recelaba de que todo el plan se viniera abajo como un castillo de naipes. Pero tenía algo a mi favor: el viento del cambio ya había empezado a soplar y su fuerza me empujaba desde dentro.

Además, para solucionar un problema hay que ser consciente de que lo tienes y luego empezar a ponerle remedio, había oído varias veces. Y yo estaba haciendo un ejercicio de introspección muy importante. Concretaba mis debilidades y mis fortalezas. Entre estas se hallaban ser buena persona, cariñosa, cultivada, autónoma, entusiasta e inteligente, por supuesto. Barruntaba si aquella improvisada lista de atributos sería suficiente para operar el milagro de volver a tener novio. Sobre todo teniendo en cuenta que también era celosa, desconfiada, cobardica, comebolas, gordita, un poco depre, desactualizada, neuras, inestable...

Al repasar el repertorio de contras, me di cuenta de que tampoco eran tan graves. Podía remontar. La gran mayoría era herencia del palazo gigante de Miquel. Fue un golpe tan duro que me paralizó. Me había consumido demasiado tiempo en el llanto, pensando en lo que podría haber sido y no fue. Y en los malditos «porqués». Aquel miserable me había hecho mucho daño y yo me había recreado en el dolor.

Convivían varias Sonias dentro de mí. En apariencia yo era muy recatada, pero tenía una fierecilla recorriéndome las venas. Una auténtica Géminis. Habitualmente me costaba expresar lo que tenía dentro, ocurrencias, ideas, animaladas. Esas cosas que algunas personas pueden decir sin pensar, a mí me costaba un montón sacarlas fuera. Las masticaba como una camella. Siempre en una digestión sin fin. Jamás asomaban por la boca. Me había pasado en la cena con Las Pipicañeras y en multitud de ocasiones desde la escuela. Contentilla, con unas copas de más, sí era capaz de soltar alguna que otra perla. Tenía una especie de personalidad múltiple, aunque solo ofreciera la versión más ponderada y prudente. A menudo, la más amarga o resentida. Por dentro emergían Sonia 1, Soni 2, Son3... ¡A ver si algún día podía sacarlas también al exterior! Muchas veces, mi timidez, mi inseguridad o mis malos pensamientos me hacían parecer muy borde ¡Y no lo era!

Ahora solo me importaba ser yo misma en la etapa de renacimiento personal y estaba decidida a encontrar un punto de equilibrio, entre el mutismo y el atrevimiento. Sobre todo porque, al no hacerlo, me perdía muchas cosas. Tenía que probar.

«Ostras, las siete menos cuarto. Me voy puntual. Ficho y me las piro», reflexioné al vuelo. Solía quedarme hasta más tarde, no porque me lo retribuyeran, sino por los chicos, con el noble propósito de conseguirles el libro que les hiciera falta. Y, siendo sincera, porque tampoco tenía mucho mejor que hacer desde que Miquel me dejó. A veces, la casa se me caía encima. Pero esta tarde se tendrían que apañar con mi compañero Ángel, que, dicho sea de paso, era mucho más lento que yo. Y mucho más feo. Él hacía las dos últimas horas, hasta que la biblioteca cerraba, a las nueve.

Salí encantada de tener planes. Caminé resuelta hacia mi objetivo. La Sagrada Familia estaba llena de guiris, como cada día. Me gustó notar que la ciudad burbujeaba de vitalidad. Tenía la suerte de vivir en un barrio muy cosmopolita, con terracitas al sol, tiendas y restaurantes. Pero, la verdad, lo disfrutaba poco. Habitualmente veía el paisaje gris oscuro, como la piedra vieja de la catedral de Gaudí. Esta tarde, en cambio, era multicolor.

Llegué casi a la puerta del gimnasio, una enorme cristalera con un anuncio evocador: «Es tu momento». Mi momento fue el del acojone. Me quedé paralizada. Solo entraban chicas con un tipito espectacular. Y también tiarrones.

«¿Qué pinto yo aquí? Esto no es para ti, Sonia», me dije. Pasé de largo. Bajé por la calle Nápoles y, con la cuesta abajo, también cayó mi moral. Yo, que me las prometía tan felices, había volcado a las primeras de cambio.

Decidí dar la vuelta a la manzana y debatir al respecto. Sí. No. Sí. No. Sí. No.

Finalmente decidí que yo podía más que el qué dirán. El miedo paraliza, pero había decidido vencerlo. Segundos más tarde, estaba en un hermoso vestíbulo de madera de nogal, lámparas colgantes con una enorme visera naranja y suelo de gres *beige*. Me sorprendió que hubiera hasta una biblioteca con estanterías repletas de libros y la prensa del día, unos cómodos sofás de piel y, al fondo, un restaurante. En el centro, una claraboya traslúcida dejaba ver una imagen muy cautivadora: una piscina cubierta y un *spa*. El escenario me deslumbró. Ya había decidido apuntarme antes de que la recepcionista, muy mona ella con su traje de chaqueta negro, abriera su boca de piñón. Llevaba su nombre en una chapa. «Valeria».

—¡Hola! ¿En qué puedo ayudarte?

Horror. Muy servicial y diligente, pero de La Pampa, como el volcán bonaerense que tenía por amiga.

—Vengo a apuntarme —afirmé con toda la seguridad que pude reunir. Por dentro estaba como un flan.

—¡Perfecto! *¿Conosés* ya las instalaciones? *¿Habés* venido alguna vez?

A punto estuve de decirle que sí para abreviar y encarrilar los trámites cuanto antes, pero mi sinceridad me delató. Pensé que sería un suplicio que me hiciera una visita guiada.

—Entonces, *acompañame,* por favor. Te lo muestro todo y te cuento durante el recorrido.

—Muy amable. Gracias.

Valeria salió y accedimos por un torno. Subimos a la primera planta y enseguida rompió el hielo.

—La verdad es que el gimnasio es relindo. ¿Cómo te *llamás*?

—Sonia —contesté como un rayo.

—Sonia, aquí viene mucha gente. Cada uno va a lo suyo. Enseguida te harás con tu espacio. Y los monitores son muy amables.

Vimos el espacio de pilates y de yoga. La gran sala polivalente, muy amplia y luminosa, con las paredes de tocho pintadas en blanco. Había todo tipo de aparatos, cintas para correr, bicis, elípticas, un saco enorme de boxeo, pelotas y muchas más cosas. Y, en el fondo, un gran espejo frente al cual los y las musculitos levantaban pesas como si fueran globos o nubes de azúcar, aunque a veces se les escapaba algún alarido.

—Los *superstar* son pocos, pero se dejan ver mucho.

Me reí. Y con la risa fácil dejé escapar los nervios. Aquella chica, rubia de bote y gran sonrisa, me ganó de inmediato con su observación.

En la segunda planta, más clases. Todo impecable. Y arriba, en la terraza, un solárium enorme lleno de tumbonas.

—Aquí te podrás poner bien morenaza.

—Muy chulo todo —comenté.

Me enseñó después la planta subterránea, con la pileta, dijo, y la zona de aguas, una sauna, baño turco y sillones termales. Era todo fabuloso, también los vestuarios, en los que unas chicas de rasgos orientales se afanaban en dejarlo todo impecable.

—Pues ya lo *conosés*. ¿Te gustó?

—Sí, mucho. Creo que me apuntaré.

—Cuando quieras. Solo *tenés* que rellenar la ficha de inscripción. Luego te hago una foto y a disfrutar. Como regalo de bienvenida tendrás una primera cita con la dietista, una hora con un entrenador personal y una sesión de rayos uva.

Me despedí agradeciendo a Valeria el trato que me había dispensado. Salí pletórica. Ya podría decir que era miembro de un club selecto, como la propia Estefi. Lo celebré conmigo misma. No era yo de ir alardeando por ahí. Caminé erguida, gustándome, imaginando que pronto tendría un cuerpo con curvas y carnes prietas.

Me había apuntado al gimnasio. Y, ¡atención!, no a uno cualquiera, sino a un club de *fitness* de categoría. «Era mi momento», como decía el eslogan. «Bravo, Sonia. Sigue así», me aplaudí.

10
«Sensible y que me empotre»

El martes, todavía desde el trabajo, envié un wasap a Paz:

«¡Hello! ¿Kdmos esta tarde, sobre las siete y cuarto y me acompañas a comprar unas cositas para el gym? Kisses».

Tuve respuesta inmediata. Paz era una mujer pegada a un móvil:

«¡¡¡*OK*!!!».

«Nos vemos en avenida Gaudí con Roselló», respondí yo.

Como había trabajado el fin de semana que me tocaba del mes, podía salir antes de la biblioteca, sobre las seis. Así que fui a casa y saqué a Tiger a dar una vuelta. Paseamos cerca del recinto modernista del Hospital de Sant Pau mientras repasaba las tareas que me quedaban pendientes: comprarme unas zapatillas y ropa para el gimnasio, también tenía que ir a la *pelu* y hacerme una limpieza de cutis que, decididamente dejaría para el viernes. Así ya habría hecho unas cuantas jornadas de ejercicio y la sesión de belleza me luciría más. Para el sábado, la ropa nueva.

Tenía que decidir lo del psicólogo. Lo de la teoría del puente o lo que fuera que decía Estefi me frenaba un poco, la verdad. No sabía si era una broma o algo realmente interesante. Lo mismo estaban compinchados. ¿Pitteo se llamaba? Me sonaba a cachondeo. Tal vez fuese un gigoló y aquella frase era la clave para acceder a su selecta clientela... En realidad, lo que me pasaba es que me daba reparo abrir mi mente a un desconocido, por muy profesional que fuera. Ya lo pensaría. Tampoco tenía prisa.

Al final, decidí dejar la compra de la indumentaria deportiva para el día siguiente. De hecho, oficialmente aún no había hecho ni la inscripción. Paso a paso. Me apetecía más celebrar las pequeñas victorias logradas hasta el momento, como el cambio de vestuario, el propósito de hacer dieta de verdad y el giro en mi actitud para ser más social y positiva.

Paz llegó puntual y le propuse ir a tomar algo en una terraza de la avenida Gaudí. Le encantó la idea. Corría un ligero airecillo y hacía una temperatura muy agradable. La gente conversaba muy animada, impulsada por la cercanía del verano. Cervezas, helados y refrescos poblaban las mesas, junto a tapas de bravas, pescaditos y aceitunas. Se estaba de fábula.

Se me pasó por la cabeza tomar agua, por eso de la vida saludable, pero la cincuentona se adelantó y pidió un vino; un Gilda, blanco y muy fresquito. Me apunté enseguida a la sugerencia.

—Bueno, bueno. Ya estás totalmente recuperada, ¿eh, Paz? Vuelves a las andadas. La otra noche vaya pedo cogiste —bromeé.

—No es que bebiera mucho, es que algo me sentó mal —respondió riendo—. Gracias por llamar a mi sobrina y no dejarme morir en tu casa para irte de fiesta —añadió con sorna.

—Muy maja, Vicky, por cierto —apunté.

—Sí, lo es. Siempre está cuando la necesito. Es un sol. Que sepas que le caíste muy bien. Hasta me dijo que teníais algo pendiente, de moda o así. Le voy a enviar un mensaje y le digo que estamos aquí por si le apetece venir.

Me sentí halagada. Le había causado buena impresión a alguien. En mi proceso de robustecer mi estima, eso me venía formidable. Y como sabía tanto de ropa, además me podría ayudar.

—Bueno, nena. Veo que vas lanzada, cuenta —dijo mi amiga con un poco de sorna.

—¿Lanzada? ¿Por qué lo dices? —respondí un poco a la defensiva. ¿A qué venía aquello? Era imposible que se hubiese enterado de lo mío con el rápido de Mánchester. ¿Acaso pensaba que mi nuevo estilo me hacía parecer una buscona?

—Mujer, no te lo tomes a mal. Lo digo porque no hay más que verte. ¡Estás guapísima! Se nota que te has puesto manos a la obra con tus objetivos. ¿Alguna novedad?

—¿Aparte de querer apuntarme al gimnasio y de cambiar un poco de *look*? —señalé restándole importancia, aunque para mí fueran aspectos meritorios—. Poco a poco. De momento estoy muy contenta.

—Pues claro, ¡es para estarlo! —puntualizó, como si mis pequeños cambios fueran motivo de una gran celebración.

Me emocionó que se alegrara. Justo en ese momento llegaron nuestras copas y propuse un brindis:

—¡Por nosotras, que nos lo merecemos!

—¡Por la nueva Sonia! —replicó ella.

Le di un sorbito al vino y me pareció delicioso. Levanté la vista y me encantó lo contemplado. Estaba allí, en la avenida, disfrutando al aire libre, rodeada de gente, conversando, en compañía. Era como un soplo de aire fresco. Sentí que me estaba abriendo al mundo.

Esa tarde, como muchas que la habían precedido, habría estado destinada a un planazo de órdago: sacar de paseo a Tiger e ir luego a casa y aburrirme como una ostra, más por pereza que por otra cosa, con los dos grandes alicientes nocturnos de regar las plantas y ver la tele espachurrada en el sofá. Fumarme un cigarrillo después de cenar e imaginar que podría hacer cosas como las que justo estaba haciendo: estar en la calle, tomar algo y conversar con alguien. Por eso, me sentí tan afortunada.

Paz era muy cotilla y, como la otra noche se había quedado dormida mientras hablábamos del tema, tenía algunas preguntas en el tintero:

—Venga, ponme al día, que me perdí de la misa la mitad. ¿Qué tipo de hombre quieres encontrar?

Aquello era entrar en materia con la artillería pesada y lo demás, tonterías.

—No lo he pensado específicamente —acerté a improvisar.

—Pues espabila, nena. Eso es clave. ¿Verdad que te acabas de comprar un coche y que antes te habías hecho una lista del vehículo que querías? Utilitario, blanco, económico...

—No te sigo, Paz.

Ella continuó con convicción:

—Ventajas, inconvenientes, dudas, pros y contras, lo típico. Con los hombres pasa lo mismo, Sonia. Tienes que saber a qué aspiras para buscarlo. Si vas hacia Lugo, puedes pasar por Zamora, pero no te vayas dirección Sevilla. ¿Entiendes?

Definitivamente, me quedé bloqueada. No había pensado en esos términos. Paz proponía un método demasiado comercial para mi gusto. Como si buscar unas determinadas cualidades me diera pie tener más opciones de encontrar al hombre soñado. Demasiado fácil. «De esa manera todas las mujeres que queremos un novio, lo tendríamos», zanjé.

—El amor no es como agarrar la leche de la estantería del supermercado, Paz. Así sería sencillísimo. Me llevo esta: pura, entera, muy sabrosa... —deslicé.

—¡Mmm! Sigue, sigue —me animó Paz, que veía un doble sentido en mis adjetivos. Lo capté y seguí con la broma.

—...fresca, del día, en frasco grande...

Estábamos pensando en lo mismo, cómo no. Nos reímos a carcajadas.

Ya más sosegadas, Paz volvió a lo suyo.

—Ahora, de verdad, ¿cómo te gustaría que fuera?

Aunque para ella fuese fundamental, yo no lo había pensado. No le veía sentido. Prefería la sorpresa, la casualidad, un encuentro inesperado, como el travieso y dulce Tripiquilabing. Alguien que me dejara alguna huella. Qué digo alguna huella, ¡una marca imborrable!

Ante la insistencia, tiré del imaginario común y respondí:

—Noble, inteligente y cariñoso —apunté.

—Coño, Sonia. Eso es un NIC de toda la vida. ¡Tú tienes el síndrome canino!

—¡¿Pero de qué estás hablando?! —exclamé asombrada.

—¡Esos calificativos podrían servir perfectamente para un perro! ¿Tú te has oído? «Noble, inteligente y cariñoso». Lo que yo te diga, un NIC perruno.

Pensé y me reí.

—Pues es verdad —concluí.

Estaba trasladando al género humano lo que pensaba del mundo animal; de mi Tiger, en concreto. Mi compañero fiel. Bien pensado, también podía haber incluido estos dos términos en mi lista, compañero y fiel. «A ver si es verdad que padezco el síndrome canino».

—Puestas a buscarle valores, me gustaban más los atributos de la leche, sobre todo lo del frasco grande —sentenció Paz. Volvimos a descojonarnos.

Pedimos otros dos vinitos.

—Venga, va. Hagamos la lista.

Ella sí era una auténtica pila alcalina, no paraba nunca. Pensé que yo le servía de espejo, como si a través de mis palabras contribuyera a darle forma a sus ilusiones y pretensiones. Ella, intuía yo, también quería una pareja.

—Pues apunta, Paz. Agarra papel y boli, que voy.

—Un momento, un momento. A ver si tengo en el bolso.

—Simbólicamente, nena. ¡No hace falta que lo escribas! —le especifiqué.

—¡Claro que hace falta! Que conste en acta. Voy a apuntarlo todo.

—Bueno, como quieras. ¡Qué obsesiva eres! —le recriminé.

—Ah, no. Eso no. Si me llamas metódica, lo acepto. Obsesiva, no —concretó—. Seamos precisas. Que luego te llamo *lanzada* y te ofendes.

Me la había devuelto ingeniosamente, la yayita.

—Bueno, vale, de acuerdo. Haz lo que quieras, pero empiezo ya. Ahora que me he animado, no me cortes. —Y me arranqué, con una gran retahíla de valores, uno tras otro—: Aseado y cuidadoso. Detallista. Sincero. Que le guste ir al teatro, al cine y a conciertos. Y pasear también. Guapo. Bueno, guapo no es la palabra. Pon atractivo. O interesante, mejor. Con experiencia.

Estaba exaltada. Paz me interrumpió con un gesto con las manos.

—¡No vayas tan rápido, jolín, que no me da tiempo a escribirlo todo!

—Tú eras la que quería apuntar. ¡Haber hecho un curso de mecanografía! ¡Me has roto la inspiración! *Apurate,* Paz —le dije. Orden, esta, que me había pegado Estefi. A ver si además de pegárseme sus expresiones, ahora que iríamos al mismo gimnasio, se me pegaba también su magnetismo con los hombres.

—Ahora me dirás también que sea trabajador, honrado, ahorrador, caballero...

—Claro. Todo eso y que además sea buena persona y «sin cargas familiares», como decían las mujeres de antes.

—¡Por supuesto!

Bebí un poco más de vino y fui a saco con todo lo que quería de mi futura media naranja.

—De espíritu aventurero. Que le guste viajar. Romántico. Idealista. Mimoso, pero no pastelazo, ya me entiendes. Sensible. Y curtido, duro. Que plante cara a los contratiempos y no se arrugue. Divertido. Con sentido del humor. Que me haga reír. Que respete mi independencia, al mismo tiempo que me ofrezca seguridad. Que me valore. Que crea en mí. Gran conversador. Que me regale flores, sin esperarlas. Que me susurre cosas al oído. Que me prepare cenas con velas cuando menos me lo espere. Que tenga pasta, mucha pasta... Y que me quiera con locura. Eso apúntalo con letras bien grandes.

Los vinos estaban causando su efecto embriagador. Estaba desatada. Evidentemente me estaba imaginando a un príncipe azul moderno. Un hombre total.

—Para nena, para —advirtió Paz—. ¡Estás pidiendo un imposible! ¡Esos hombres no existen!

—¿Cómo que no? Uno así es lo que yo quiero —reivindiqué.

—¡Están en los museos y en los catálogos! Y, en el caso de existir, ya estarían pillados. Entre los de segunda mano, separados, divorciados y viudos, a los que nosotras aspiramos, no hay tales ejemplares. ¡Que tenemos una edad, Sonia! ¡Despierta!

Eso último me dolió y respondí amargamente.

—Eso lo dirás por ti, guapa. Que yo aún soy muy joven.

—Sí, claro. ¡Pero tengo mejores tetas que tú! —respondió ella con descaro.

Nos volvimos a reír. Y, ya puestas, pedimos la tercera copa. Dadas las circunstancias, mucho mejor reírnos de nuestra soltería que echarnos a llorar.

En ese momento, Paz tomó la palabra.

—Ya sé que te he dicho que debías hacer una lista, pero, con todas las características que pides, no encuentras a ese hombre ni de coña. Creo que tienes que rebajar tus pretensiones.

—¿Segura? —dije en broma.

—Segurísima, Sonia. Tienes que empezar a quitar atributos.

En ese momento, miré al suelo y me topé con unos zapatos de tacón de color crema justo a mi lado. Alcé la vista al tiempo que reconocía la joven voz:

—¡Hola, tía! ¡Hola, Sonia! ¿Qué tal?

Era la mismísima Vicky Lobo. La repasé de abajo a arriba. Iba monísima, la verdad. Los citados zapatos, de charol y puntiagudos, tejanos rasgados, una camisa negra y un *blazer* largo del mismo color. Con bolso a juego y gafas de sol. Y los labios, brillantes. Para mí iba como recién salida de una revista.

—Hola, Vicky. ¡Qué alegría! —la saludó Paz. Yo me levanté enseguida y le di dos dulces besos.

—Qué natural estás, Sonia. Me encanta tu *look*. ¡Perfecta y equilibrada combinación!

Naturalidad y equilibrio. Qué buen maridaje. Dos buenas cualidades para mi renacimiento. Enseguida me ganó. Rápidamente se enganchó a la conversación. Antes pidió al camarero un Spritz, dos tercios de Apperol, uno de cava y una rodaja de naranja, le precisó. El *glamour* ante todo. Paz y yo éramos más corrientes, pero me apuntaba esa combinación para el futuro.

Ya con su brebaje en mano, volvimos a brindar y nos salió la risa tonta. Tomé la iniciativa. Estaba encendida con la lista de valores del futuro padre de mis hijos, y la juventud de Vicky me hizo virar en mis pretensiones.

—Tacha todo eso de la vieja escuela, que sea trabajador y caballero. Borra también que le guste ir al teatro, al cine o a conciertos. Si vamos a un recital de vez en cuando y vemos una peli en casa, tampoco pasa nada. Experiencia seguro que tendrá, porque ya será mayorcito. Idealista y espíritu aventurero no son imprescindibles. Bueno, tampoco me importa en exceso que sea rico. Quítalo. Que me prepare cenas con velas cuando menos me lo espere, difícil. Con que sepa cocinar y me sorprenda de tanto en tanto, ya está bien.

Vicky me seguía atenta con la mirada.

—Muy bien, Sonia. ¡Determinación! —aplaudió la joven—. Además, en Meetic y estos sitios de parejas todos ponen lo mismo. Y eso va en su contra. ¡Qué falta de originalidad!

Paz empezó a tener un folio, antes inmaculado y lleno de cualidades, con un montón de borrones y tachaduras.

—Creo, de verdad, Sonia, que aún pides mucho. Recuerda la carta a los Reyes Magos. Seguro que la hacías larguísima y luego te traían solamente tres o cuatro regalos. Pues esto es lo mismo. Para que no te traigan un orinal, tienes que depurar. Venga —apremió Vicky.

—Sí, sí. Borra sin cortarte un pelo —sentenció Paz.

—De acuerdo. Me habéis convencido —dije yo—. Elimina lo de las flores, con una rosa por Sant Jordi y por mi cumpleaños me daré por satisfecha. Lo de darme seguridad, también bórralo, ya me la gano con mi sueldo. Que sea mimoso lo puedes quitar. Y lo de duro. Que me susurre al oído, fuera. Ya me arreglaré también si no siempre me hace reír. Para eso estáis las amigas.

—Bien, Sonia, bien. Pero aún veo aquí demasiadas cosas —dijo Paz.

—Vale. Quita lo de ahorrador y lo de las cargas familiares, que sea aseado y cuidadoso. Gran conversador, también. E incluso guapo. Que sea interesante, sí.

—¿Solo eso? —insistió Vicky, creyendo que aún era insuficiente el recorte.

—Tal vez tengas razón. Borra que sea detallista. Y lo de pasear, también. Curtido y romántico no son técnicamente propiedades necesarias... De espíritu aventurero. Que le guste viajar, también fuera.

—Bueno, Sonia. Creo que ya —concluyó Paz.

Vicky dejó su opinión en las conclusiones:

—Sonia, ten en cuenta una cosa. Las mujeres nos hemos ganado nuestra libertad. Somos fuertes e independientes. Podemos hacer lo que nos dé la real gana. Podemos vestir como queramos. Nadie nos tiene que decir qué ponernos. Ni recriminarnos un escote ni decirnos con quién tenemos que ir y con quién no. Haz lo que te plazca. Vive en modo lío, si te apetece. Disfruta. Él, el elegido, caerá rendido a tus pies cuando descubra cómo eres.

Me sorprendió la sentencia de la joven Lobo. Más allá de su aparente frivolidad, tenía la cabeza muy bien amueblada. «A esta no hay quien le tosa», cerré el capítulo.

—¿Sabes una cosa? Táchalo todo, Paz. Rompe el papel y guárdate el bolígrafo.

—Pero si apenas queda nada.

—Quítalo todo, que me quedo solo con tres cosas: que sea sensible, que tenga un buen pollón y que me empotre contra la pared.

—¡Di que sí! —apostilló Vicky.

No hacía falta decir nada más. Reímos y bebimos. Maravillosa velada.

11
Mi momento Fama

Llegué a casa y Tiger me esperaba ansioso, moviendo el rabo como un loco. En mi ausencia no había probado bocado, como siempre. Jugué un buen rato con él haciendo la croqueta por el parqué y, al final, le di su premio, un par de salchichas que recogió de mi mano dando saltitos y moviendo la cola, el muy remolón. Luego salí a la terraza y regué las plantas.

Me preparé una buena ensalada verde. Después comí un poco de queso sin sal y un par de rodajas de melón. La cena me sentó estupendamente.

En la hamaca me eché un cigarrillo, que me supo a gloria, mientras estudiaba la indumentaria del día siguiente. Opté por los *leggings* azul marino, la blusa amarilla con chorreras y las alpargatas de suela de cáñamo con plataforma. Lo dejé todo con mucho cuidado en la percha y me acosté pensando en lo que tenía que hacer los próximos días si quería seguir los trucos que me había dado Vicky unas horas antes, mientras volvíamos a casa. El primero, los *blazers*. Me invitó a que adquiriera un par, de diferentes colores, hasta la cintura, tres cuartos, de punto o de algodón. Al parecer eran una prenda imprescindible: combinados con camisetas o camisas y tejanos quedarían perfectos. «Unos zapatos de tacón, un collar y unas *sunglasses*, y el aspecto se eleva a la categoría de mujer sofisticada», me había dicho la bloguera. «El secreto está en saber mezclar bien. No hace falta dinero, sino buen gusto. La belleza se lleva dentro y sale sola».

También me sugirió una opción elegante con prendas básicas. Por ejemplo, en negro y blanco. En blanco, pantalón y camiseta. Con su opuesto para el calzado, el pañuelo del cuello, la chaqueta y el bolso. «Y divina de la muerte te pones sin disfrazarte de ajedrez».

Resuelto el capítulo *qué me pongo* de esta semana con sobresaliente, agarré *El príncipe de la calle* con el propósito de leer un rato y saber cómo seguían las apasionantes aventuras de Miguel Sarmiento en la Cornellà de los ochenta. A pesar de que estaban en un punto muy interesante, me quedé frita enseguida.

Miércoles. Me levanté muy descansada y con una sensación de tranquilidad que hacía meses que no tenía. Saqué a Tiger al pipicán, media horita de reloj, hasta las siete y media. Hizo uno, pipí, y dos, popó, y corrió como un animal tras su pelota.

De vuelta a casa, puse el CD de La casa azul y sus melodías alegres me acompañaron en el desayuno y en el baño. Me sentía esplendorosa. Ni siquiera me pinté. Recordé lo que me había dicho Vicky: naturalidad y armonía. Y me reconforté en mi decisión. El amarillo me favorecía, sin duda.

Repasé la agenda y marqué que tenía que ir sí o sí a comprarme la ropa del gimnasio. Sería también mi primera sesión en el Metropolitan. Estaba impaciente. Pasé por el bar de Manolo y me tomé una infusión de menta.

—Hoy el sol alumbra dos veces. Allí, arriba. Y en tu rostro.

Había vuelto a sorprender a mi admirador de detrás de la barra, aunque esta vez no me invitó. Pagué y me fui. A medida que avanzó la jornada, me fui preocupando más por la ropa que me iba a comprar. ¿Qué debía elegir, unos pantalones cortos o unos elásticos? ¿Y la camiseta? ¿Con o sin mangas? ¿De tirantes? ¿Ajustada? ¿Qué zapatillas? ¿Calcetines blancos o de color? Lo mejor, me dije, sería dejarlo para el momento de ir a comprar, si no sería un martirio que iba a durar mucho rato, aún.

Llegó la hora de terminar y me fui corriendo a una casa de deportes de la calle Lepanto. Estaba dispuesta a dejarme asesorar.

—Tienes que ir cómoda y, sobre todo, sentirte a gusto —afirmó la dependienta.

Menuda cosa me había dicho. Eso lo sabía hasta yo. Lo que quería era saber cómo, con algo que no hiciera el ridículo y que me sentara razonablemente bien. Tampoco podía pedir un milagro.

—Te desaconsejo las rayas y los motivos floreados.

Hasta ahí también llegaba. Iba a hacer deporte, no a la Feria de Abril. Decidí que tenía que tomar la iniciativa.

—Mira, lo que quiero es algo que disimule un poco la barriguita; que se me vea un buen culo, que para eso lo tengo; que no me marque las tetas, pero que se note que las llevo puestas. Y un tejido transpirable, que no deje marcas de sudor, que no sea muy caro y que me permita moverme con libertad. ¿Lo tienes? —especifiqué a ráfagas, como una metralleta. Estaba de los nervios.

La joven se quedó boquiabierta con mis exigencias. Le hizo un gesto a la mujer que custodiaba la caja, que había seguido mi exposición muy atenta, y dijo:

—Mami, ven por favor. Atiende a esta clienta.

Con la señora fue otra cosa. Entendió perfectamente lo que quería. Aunque temí por un instante que, dada su edad, me trajera una equipación tipo Eva Nasarre o Leticia Sabater, con calentadores incluidos y cinta alrededor de la cabeza. Por suerte, mi intuición inicial iba bien encaminada. Pude comprobarlo en cuanto fui al probador y me observé en el espejo. «Estás de puta madre, Sonia. Esto es lo que buscabas», certifiqué. Me compré dos conjuntos.

Salí contentísima. Había acertado de pleno. Eso sí, me habían sableado: ciento noventa euros, zapatillas incluidas; pero los di por muy bien empleados.

Valeria, la recepcionista del gimnasio, me recibió con una sonrisa y me llamó por mi nombre, lo cual me encantó.

—¡Qué bien, Sonia! ¡Me alegra verte por aquí! ¿Te decidiste a apuntarte?

—Muchas gracias. Sí. Lo tenía clarísimo —acerté a responder.

Me hizo una foto digital, le pagué la mensualidad y le di la ficha con los datos bancarios. En un momento ya tenía el carné de socia.

—*Mirá*. Lo *tenés* que pasar por el torno y... ¡dentro!

Me di cuenta de que, al pasar la tarjeta por el escáner, se proyectaba mi imagen en una pantalla de televisión. Me entró pánico, ¡me iba a ver todo el mundo!, pero enseguida me serené. Solo eran un par de segundos.

—Sonia, *dejame* ver si hay un entrenador personal disponible para vos ahora y así ya *hacés* la primera clase con él. Mientras, *podés* ir al vestuario a cambiarte. Cuando estés, *subí* a la sala de *fitness.*

Bajé las escaleras con una mezcla de sensaciones encontradas, entre nervios y ganas. Padecía por quién me podría encontrar, por las miradas, por si sería capaz de hacer los ejercicios, y temblé por culpa de un recuerdo que se me presentó fugaz y traidor: en una clase de gimnasia en el cole, presa del pánico, se me escapó un pedo antes de saltar el potro. «Por Dios, que eso no me ocurra. Ni hoy, ni nunca», rogué. Por suerte, enseguida me tranquilicé.

El vestuario era amplio, bien iluminado y estaba dividido en varias estancias. Cada una disponía de un banco alargado en el medio y un montón de armarios, alineados en fila, de color marrón *wengue.* Los azulejos del suelo y de la pared eran de color *camel* y los techos, blancos y altos. Muy bonito todo. Y muy limpio.

Había llegado el momento. Me apremié a sacar la ropa y a quitar las etiquetas con sigilo. Una vez completada la operación, me senté. En mi salita había un par de treintañeras. Gracias a ellas pude descubrir que el carné se introducía en una ranura de la taquilla y se cerraba con llave. Hubiera sido un sofoco no conocer ese detalle. Seguro que me hubiera pasado un buen rato sin llegar a acertar con el mecanismo. ¡Una preocupación menos!

Pero debía enfrentarme a otra situación nueva: me quedé a solas con una mujer de unos cuarenta, muy bronceada y exuberante. Se aplicó una leche hidratante por todo el cuerpo con devoción. Luego, se masajeó los senos con una crema delante del espejo mientras no me quitaba ojo. Me cohibí y aparté la mirada, pero ella supo que la había observado. No se cortó un pelo y siguió con el culo y las piernas. Debía acostumbrarme a ese tipo de manifestaciones. No sería la única, de eso estaba convencida.

Decidí ir a lo mío. Me puse el equipo y me calcé las bambas. La verdad es que no estaba nada mal. Me puse el pantalón de malla elástica negra hasta justo debajo de las rodillas. Me marcaba los glúteos y no me hacía bolsa en la zona delantera. La camiseta, también negra, me llegaba justo hasta la cintura. Tenía una pequeña manga que me sobrepasaba los hombros y cuello redondo. Los pechos se mantenían firmes gracias a un sujetador atlético, imprescindible para que no me botaran y se me fuera cada uno para un lado. ¡Perfecto!

El conjunto tenía unos detallitos en verde oscuro que combinaban con las zapatillas. Los calcetines apenas se veían. Me sentía elegante y estilizada y, sobre todo, cómoda. Una mujer bien vestida, sea para lo que sea, siempre es una mujer segura. Con cautela fui superando los escalones hasta llegar a la gran sala de aparatos. Había un sofá y un pequeño mostrador. Valeria me esperaba arriba. Fue una bendición haber dado con ella, me estaba ayudando un montón.

—Edu viene enseguida. *Podés* esperarlo aquí. Yo tengo que bajar ya. Que te vaya muy bien.

—¡Muchas gracias, Valeria! Eres muy amable —le respondí.

Aún tenía el temor de encontrarme con algún conocido y de sentirme escrutada. Era nueva allí y todavía tenía que familiarizarme con el entorno y el personal. Estaba como una niña con zapatos nuevos. Y terriblemente angustiada. Me sudaban las manos. No podía evitarlo. Por suerte había cogido una toallita, gentileza del club.

Me entretenía mirando un horario de las clases cuando me sorprendió un vozarrón a mi espalda:

—Dentro de una gorda hay una tía que está buenísima. Siempre lo he dicho. Si persistes, la veremos.

Valiente grosero, un gilipollas en toda regla. Solo le vi pasar. Se marchó a la zona de pesas sin decir nada más y sin inmutarse. 100% músculo, 0% cerebro, pero me noqueó. ¡Con el subidón que yo tenía! Resoplé. Estaba a punto de volver por donde había venido cuando escuché mi nombre.

—¿Sonia? Soy Edu. ¡Encantado! Voy a estar contigo una hora, hoy.

«Una hora, no. Un día entero, me pasaría contigo». Aluciné. La noche y el día del universo masculino en un instante. El chico era alto, esbelto, con pelo castaño y corto, y barba de una semana, que me sedujo. Parecía superamable. Decididamente no era el momento de tirar la toalla. Recordé la frase famosa de Lydia Grant, la profesora de baile de la serie de televisión *Fama*: «Buscáis la fama, pero la fama cuesta. Pues aquí es donde vais a empezar a pagar, con sudor». Y decidí que estaba dispuesta a sudar todo lo que Edu quisiera. Era una de las frases sueltas que tenía en mi cabeza. Me la aprendí de memoria cuando me la dijo Paz, que era muy fan de aquella serie de los ochenta.

El monitor me hizo un pequeño test: edad, alergias, enfermedades... Me midió, 169 centímetros, y me pesó. Este dato me lo reservo. Me midió el índice de grasa corporal —qué concepto más feo, por Dios— y me preguntó por qué me había apuntado al gimnasio. Estuve a punto de decirle que lo que más quería era quitarme el traje de lorzas y ponerme buenísima, pero me contuve.

—Quiero mejorar mi estado físico para sentirme mejor —revelé.

—Pues has elegido el sitio ideal. El deporte activa las endorfinas. Son responsables de que disfrutemos de las cosas. Nos dan satisfacción. Las producen, por ejemplo, el chocolate, enamorarse, hacer el amor o hacer ejercicio, que es nuestro caso.

«No sigas, por favor. No sigas, Edu, que ahora mismo te echo en la colchoneta y te cabalgo como una yegua desbocada». Esta última aseveración pasó por mi pensamiento, pero ni una sola palabra salió de mi boca, obviamente.

—Venga. Vamos a empezar. Hoy haremos la clase personal y te prepararé una rutina para que la sigas cada día que vengas.

—De acuerdo —contesté. Babeaba.

Convenimos que haría cuatro sesiones semanales, una de ellas en la piscina.

Diez minutos en la cinta para calentar. Él, desde luego, no conocía mi temperatura interior, si no nos podíamos haber ahorrado esta fase. Ardía por dentro.

Luego, con mucha paciencia, me enseñó diversos ejercicios: innumerables abdominales agarrada a una cuerda vertical, sentadillas, flexión de rodillas con un gran balón de plástico entre la espalda y la pared, subir y bajar una tarima empezando con la pierna derecha y luego con la izquierda, y mazas y aparatos varios con poleas para fortalecer la zona pectoral, hacer bíceps, tríceps, cuádriceps y no sé cuántas cosas más.

Acabé reventada. Y empapada. E inmensamente feliz. Había logrado sobrevivir a mi primer día de gimnasio. Eso sí, estaba más que molida, muerta.

12

Agujetas

Al llegar a casa, engullí la milagrosa poción que me había aconsejado Paz: agua, limón y abundante azúcar. Y un zumo de frutas con todas las que encontré en la nevera. Me quedé sin reservas, lo que me sirvió para apuntar en la pizarra de la cocina que tenía que ir a comprar provisiones para el resto de la semana.

Dormí como un angelito. Al despertarme el jueves, no había centímetro de mi cuerpo que no me doliera. Tenía agujetas hasta en la flor. Para estar guapa hay que sufrir. Pero ¡¿tanto?!

Creo que solo mi lengua se había librado del malestar general. Insoportable. Deslizarme por las sábanas para incorporarme fue un tormento. Los muslos, los brazos, los glúteos, los codos, la espalda, el abdomen. Descubrí puntos en mi cuerpo que no sabía ni que tenía. ¡Dios, qué mal todo! No tenía fuerzas ni para sacar a Tiger. Luego le pondría una nota a mi querido Dany para que lo hiciera. Los anuncios, en su puerta o en la mía, eran nuestro *mail* particular.

Me desplacé, cual abuelita, hasta la ducha. Agua bien calentita para tonificar los músculos. Me arrastré durante todo el día. Tuve dudas de si volver o no al gimnasio esa misma tarde. Edu me lo había recomendado encarecidamente. Me costó, pero al final opté por ir.

Fue lo mejor, sobre todo después de escuchar su explicación.

—Sonia, las agujetas no son más que un dolor muscular de origen retardado.

—Perfecto. Me alegra saberlo. Pero, más que retardado, en mi caso es persistente e implacable —puntualicé.

Rio.

—Las tienes porque hacía mucho tiempo que estabas inactiva.

—Eso también lo sabía yo —le dije sonriendo.

—Tus músculos y tus tendones, al hacer un ejercicio con una intensidad a la que no estaban acostumbrados, han tenido unas pequeñas lesiones. Y eso produce dolor.

—¡Ah! Sí, sí. Doy fe. ¡Mucho dolor! Aquí y aquí. —Me señalé en la pierna y en el antebrazo. Estuve a punto de indicarle también los labios y las tetas por si le daba por besarme o masajearme—. Ni con la pócima mágica de Paz se me han quitado las agujetas —añadí.

—A ver, a ver. ¿Qué has tomado? —se interesó Edu.

—Agua con azúcar y limón —respondí con desenvoltura.

Edu se echó a reír otra vez.

—¡Eso no sirve de nada para las agujetas!

—Ah, ¿no? ¿Seguro? —respondí muy sorprendida—. Mi amiga afirma y reafirma que ese brebaje es portentoso.

—Gran error. Antes se creía que las agujetas eran como cristales que pinchaban al músculo y que el azúcar era capaz de disolverlos, pero es erróneo. Lo mejor es tomar un paracetamol, en el caso de que te duela mucho. Y volver a hacer ejercicio suavemente.

—¿Hacer lo mismo que ayer? ¡Me muero! ¡Ya puedes ir llamando a una ambulancia! —grité desconsolada.

—Qué exagerada eres, Sonia. Tranquila. Lo primero es hacer un buen calentamiento y estiramientos adecuados.

«Luego trae la camilla y me haces el boca a boca», dije para mí. «Con eso se me quitan todos los dolores de golpe, fijo», pensé.

—Solo repetiremos algunos de los ejercicios de ayer, pero con poca intensidad. Luego, te sentirás mucho mejor. Ya verás. Por la noche, antes de acostarte, te tomas una aspirina y te despertarás genial. Hazme caso.

Si Edu lo aseguraba, estaba dispuesta a seguir sus consejos. Eso sí, los conceptos se instalaron en mi cabeza de otro modo. Por ejercicio suave entendí «deliciosas embestidas del monitor». Y como analgésico antes de acostarme visualicé una sesión de caricias. Me animé prodigiosamente, pero enseguida tuve que abandonar el sueño y borrar las tórridas escenas que se amontonaban en mi cabeza. Edu me apremiaba con unas palmaditas para ponerme manos a la obra.

Hice diez minutos de cinta y otros tantos de bicicleta elíptica. Después, saltos con cuerda, unas series de abdominales, unas cuantas sentadillas y aparatos con muy poco peso. Una horita bien buena.

Como premio bajé a la zona de relajación. Baño turco, masaje y *spa*. O dicho en otras palabras: la gloria bendita. Los chorros de agua de una cascada cayeron sobre mi cabeza y, luego, las burbujas del *jacuzzi* chocaron delicadamente contra mi piel. Había un juego de luces rojas, amarillas, azules y verdes que creaban una atmósfera increíble.

Sí, estaba en el séptimo cielo.

Me entregué al placer de la humedad durante más de cuarenta minutos.

Salí del gimnasio en estado de flotación. Modo zombi, como abducida. Fui superando las calles con la única idea de llegar a casa y hacer mío el sofá, completamente mío.

En la puerta tenía una nota.

«¡*Churri*! Ven a mi casa. Te he hecho la *sena*».

Para cenar estaba yo. ¡Ni de invitada! Ya me conocía las citas de Dany. Acababan a las tantas, después de peli y de destripar a todo bicho viviente, con la fase de confesión de intimidades mediante: él, sus polvos; yo, mis penas. Y los dos bien cargados de *gin-tonics*.

Decididamente no estaba para una *Dany's night*, siempre con comida italiana, que le encantaba. Le agradecía mucho que me hubiera preparado sus riquísimos *penne* a la *puttanesca*, pero no tenía el chichi *pa* farolillos. Ni podía ingerir aquella aberrante cantidad de calorías que me tendría preparada. Ni trasnochar. Así que entré en mi choza, agarré un folio y un boli y dejé un pequeño texto en su puerta, justo la que estaba delante de la mía: «*Dear* ¡Estoy *caput*! Mañana nos vemos. Muchas gracias por cuidar de Tiger. *Kisses*».

Me desvestí. Me tomé un par de yogures con bífidus, por eso de regenerar la flora intestinal, y un paracetamol. Y caí rendida.

13
Una buena butifarra

¡Por fin era viernes! Cuando sonó el despertador y abrí los ojos, lo primero que hice fue agitar las piernas. Respondían. Temía que no podría ni moverlas, pero logré hacerlo. Y sin tanta dificultad como el día anterior. ¡Formidable!

Las soluciones de Edu, mi *personal trainer* —me gustaba llamarlo así, ¡sonaba tan bien!— resultaron muy eficientes: actividad repetida y moderada y una pastillita. Decidí inmediatamente que, en materia gimnástica, ya no le haría más caso a Paz. Solo obedecería a Edu.

Sin embargo, había cantado victoria antes de tiempo. En cuanto me puse de pie, los abdominales me mortificaron y mi trasero era como una gran inyección andante de pinchazos. ¡Qué daño!

Pensé en Tiger y en su puntual salida al parque, pero afortunadamente estaba con Dany. Por suerte siempre lo tenía a él para que me echara una mano y así fue una vez más. Esta mañana no tenía que preocuparme de sus necesidades, Dany se encargaría gustosamente. Así que me centré en el aseo y en el desayuno. ¡Fatalidad! Había acabado con la fruta. Solo me quedaban cereales. Los comí en un bol de leche, a pesar de que no me gustaban mucho.

Como ya llevaba dos días de ejercicio, me sentí con fuerzas para lucir el vestido negro. Me lo puse, adornándolo con un collar étnico de madera que me había comprado Marta en un tenderete de playa y una pulsera a juego. Las alpargatas de cuña completaban un atuendo entre *hippy* y sofisticado. Natural con un toque de distinción. Una mezcla perfecta, me convencí. Eso suponía alterar el plan de ropa que tenía, pero pensé que estaba bien improvisar y así lo hice.

En la puerta me encontré con un mensaje de Dany.

«No te perdono. Me abandonaste *one more time*».

Pensé que tendría que recompensarlo y pronto. ¡Pobrecito!

Salí a la calle aún con el pelo mojado y los labios de rojo cantón. Quizá solo los libros me lo agradecerían, porque no tenía pensado ver a nadie que apreciase el detalle, pero, ¡qué narices!, lo hacía por mí, para sentirme guapa. Y esa sola razón ya me pareció poderosísima y más que suficiente.

Después de la leche nada eches, dice el refrán. Por eso prescindí de la infusión. Iría luego al bar de Manolo a desayunar. Así me despejaría un poco a media mañana.

El tabernero me vio pasar de largo y salió a darme el alto:

—¡Sonia! —gritó.

—¡Hola! ¡Buenos días! —le saludé.

—¡No me digas que esta chica tan hermosa ha cambiado de bar! Mira que hoy invitamos a las mujeres con vestido negro y collar. Es la promoción del viernes.

Me hizo reír.

—Y si sonríen, pueden pedir el camarero que más les guste —añadió él.

—Pero si solo estás tú —apunté.

—Por eso. Puedes elegir entre yo —hizo una pausa— o Manolo.

Volví a sonreír.

—Tranquilo, que luego vendré, en la media horita que tengo para almorzar —le argumenté, no fuera a pensar que le estaba haciendo un desplante.

—Ah, ya empezaba a pensar mal. Creía que me dabas plantón.

Me volví y le dije picaronamente:

—¡Y ya me pensaré a quien elijo para el servicio!

Un «buenos días», una charla amable y unas sonrisas: la receta ideal para empezar una nueva jornada. Aquellas palabras de buena mañana me ayudaron a levantar el ánimo. Me había pasado meses sin interactuar con nadie a aquellas horas. Y, desde luego, ese pequeño cambio me estimulaba.

Con poca cosa me contentaba. Pero era una más dentro de una dinámica positiva. Había tenido una vida mecanizada últimamente. Era solo una anécdota, pero también una buena señal de mis cambios.

Me resistía a creer que aquella metamorfosis hubiera sucedido por haberme apuntado a un gimnasio, pero desde luego algo debía influir. Serían las endorfinas, concluí. «¡Oh, Edu, cuánto sabes! ¿Tendrás novia? ¿Me invitarás un día a tomar algo?». «Sonia, por favor, toca con los pies en el suelo: debe de tener una larga lista de pretendientes». «Quítatelo de la cabeza, Sony. No te obsesiones». El consejo de mis amigas apareció reparador. «Vale, ya está. Relaja la raja, Sonia».

Entré en la biblioteca. Lo primero que hice fue ponerme una alarma en el móvil: «Compra. Compra. Compra. No tienes comida».

Por la tarde fui al Metropolitan. Tenía mi primera cita con la piscina. Edu me la había recomendado, mínimo una vez a la semana. Recordé que me había dicho que la natación es lo más completo que hay porque lo mueves todo. Y además, tonifica. Pero me había olvidado el bañador y tuve que cambiar el agua por la cinta de correr. Por suerte llevaba ropa limpia y las zapatillas en la bolsa de deportes.

Me situé en una máquina al lado del ventanal que daba a la calle, en el lugar más escondido que pude localizar —me seguía dando mucho reparo sentirme observada— y puse el volumen del mp3 a tope con OBK. Empecé a trotar e inevitablemente a sudar. Los primeros minutos solo pensaba en parar. Yo quería ir más deprisa, pero mis piernas no daban más de sí. Sin embargo, al cabo de un rato... ¡milagro! Me sentía cada vez mejor, con energías renovadas. Cuanto más corría, más goterones y más ganas de seguir. La música me llevaba a un plácido paisaje interior. El ejercicio era como una inyección de buen rollo.

Me entretuve viendo a la gente pasar: un grupo de madres esperaba a sus chicos que salieran de la escuela de música; un repartidor de *pizza* aparcaba la moto encima de la acera; una chica ciega con su bastón blanco esperaba en el semáforo; un obrero lucía su hucha en los pisos de enfrente; un joven muy interesante, con chaleco y gorrita, caminaba apresuradamente...

¡Un momento! ¡Oh, Dios! No me lo podía creer. ¡Era él! ¡El mismísimo Tripiquilabing! Bajé de la cinta y me situé junto al cristal para no perderme detalle. Me emocioné. A la luz del día, se le veía mucho más guapetón. E interesante, también. Parecía un escritor o un artista bohemio. «¡Pintor, no, por favor! ¡Ya tuve bastante con el sinvergüenza de Miquel!».

¡Vaya sorpresa! Me quedé embobada contemplándolo. Se detuvo en el semáforo e indicó a la joven invidente que aún estaba en rojo. Luego, ya en verde, le informó de que podía pasar. «¡Qué mono!». Aquel gesto de humanidad le daba un nuevo valor. Sin duda, era un chico guapo y, además, tierno y con sentimientos.

Al otro lado de la acera, levantó la mano y yo lo saludé efusiva, como si se dirigiera a mí. Noté un vuelco interior. ¿Por qué narices me había quedado allí de pie en lugar de ir en su busca? ¡Qué tonta, Sonia!

Entonces, tuve el impulso de salir corriendo a su encuentro. Tarde. Y de gritar, pero me separaba una inmensa vidriera y no podía oírme aunque chillara. Además, aunque hubiera corrido como una gacela, no habría tenido tiempo de descender del primer piso del gimnasio, bajar las escaleras, atravesar el *hall*, llegar a la calle y alcanzarlo. Lo vi subirse a un taxi. Y desaparecer. ¡Otra vez!

Lo había perdido de nuevo. Me prometí que nunca más me sucedería lo mismo. Si el azar me daba la oportunidad de acercarme otra vez a aquel ladrón de besos al aire, iría directamente a por él. Bueno, yo lo llamé así poéticamente, aunque nunca me robó ningún beso. Se los di con ganas. Y más que le daría, aunque yo sola, sin compartirlos ya con Carlota.

Me fui al vestuario y me duché. El chico de la gorra se instaló en mi cabeza. Recordé la conversación con Paz y concluí que Tripiquilabing podría reunir mis dos requisitos indispensables para aspirante a novio: sensible y... gran *empotrador*.

Al salir, ya más relajada, me acerqué a un puesto nuevo de *sushi* de la avenida Gaudí, comida ligera, nutritiva y saludable. Ideal. Así también sorprendería a Dany. Durante el recorrido, miré y remiré por todas partes por si a Tripiquilabing le daba por volver. Nada.

Finalmente me llevé un menú completo para dos: gambas en tempura y *maki* de salmón, de atún y de aguacate con queso. También fideos *udon*, abundante *wasabi*, del picante picante, soja y un helado de té verde. Compré luego un par de botellitas de Gilda muy fresco y me fui a casa de mi amigo.

Al verme, Tiger se puso supercontento. Me lamió las manos y, al agacharme, también la cara. Después, se desparramó por el suelo. Quería mis mimos. Se cobraba mi ausencia en cariñitos. Me encantó dárselos.

Dany, en cambio, no me hizo ni puñetero caso. Fingía estar enfadado conmigo.

—Venga, guapo, saca un par de copitas que vamos a brindar —le solté para ver si le arrancaba una sonrisa.

Se mantuvo en su papel, firme y con cara avinagrada. Le hice cosquillas para romper su coraza de ofendido, pero tampoco funcionó. Tuve que probar con el truco infalible:

—En el gimnasio he conocido a un chico que te encantaría.

—Cuenta, cuenta —se interesó inmediatamente Dany.

—Primero las copas. No, primero una sonrisa y luego las copas —le ordené.

Dany me hizo una mueca. Le recriminé su impostura y me regaló, esta vez sí, un abrazo sincero. Se puso digno.

—*Primera* tengo que *desir* que esta *new* Sonia no me gusta *nothing.* Abandona a sus *friends* y a su *perito.* Muy mal.

—Muchas gracias, Dany, por cuidar tanto de Tiger. Eres un sol. Y por invitarme a cenar ayer. Pero anoche estaba destrozada. Estoy reconstruyéndome. Un poco de paciencia, *please.*

Dany se hacía el duro, pero era muy blandito por dentro y me quería un montón. Yo también a él.

—Lo cierto es que estás muy *pretty*. Guapísima y radiante. Venga, abro el *wine* y me explicas —dijo.

Asentí. Me quité los zapatos y me tumbé en el sofá. Antes de dar cuenta del *sushi* ya nos habíamos bebido la primera botella. Le expliqué las clases del gimnasio y le hablé de mi cambio interior y de Edu.

—¿Dices que *is very* bueno? ¡Podrías montar una *sena* con los tres y lo hago mío!

—Eres un desvergonzado, Dany. Además, creo que le gustan las mujeres. Yo no, desgraciadamente. Pero me he fijado en cómo miraba a las *buenorras* del gimnasio.

—¡Tú también te estás poniendo *very good*, eh! Dale tiempo.

Me gustó el cumplido, aunque viniendo de Dany...

De Tripiquilabing, ni una palabra dije. Me hubiera ganado una de sus broncas por no ser más decidida. Con Tripiquilabing o sin él, terminamos hablando del amor y del sexo.

—El amor es química —aseguré yo.

—Y física. No lo olvides —apuntó Dany—. Si una pareja no funciona como una *sex machine*, no tiene nada que hacer.

Tenía razón. Pero yo seguía pensando que lo primero era el cosquilleo, las mariposas en el estómago, las miradas furtivas, el «ay», el no saber qué decir, el vaivén, la ilusión. El querer, en definitiva. Luego, ya vendría el meter.

—Nena. Como una buena butifarra no hay nada.

La metáfora era muy ilustrativa. Nos recordó que teníamos que cenar. Sacamos el *sushi* y la segunda de vino.

Para amenizar la velada, Dany había puesto *Best of Bossa Nova Cover, Relaxing Music.* Dos horas de melodías buenísimas.

Era ya momento de sacar el *sake.* Uf, yo no podía con más alcohol. Estaba ligeramente mareada. Solo tomé un chupito. Dany progresó adecuadamente.

Estaba muy contenta. No habíamos abordado la fase «sonrisas y lágrimas». Las primeras generadas por sus conquistas; las segundas, por mis desventuras. Ni tampoco habíamos puesto película. Dos avances muy significativos. Y todavía mejor: yo no tenía penas que contarle. Él seguro que sí tenía una buena colección de hombres. Incluso podría aparecer uno en el armario en cualquier momento. Menudo era Dany.

Nos habíamos acomodado ya en la terraza. Yo bebía agua. Cualquier otro día hubiese estado con un copazo en la sobremesa. Hablamos de lo divino y lo humano. Y también de cosas terrenales. Como la promiscuidad de Dany y sus últimos dos rollitos, simultáneos, con un bailarín y un modelo. ¡Qué facilidad para el contacto!

—Eso es así porque somos mucho más *open-minded* y sabemos qué es lo que queremos en cada momento —dijo Dany—. Nos mueve el impulso y lo disfrutamos libremente. Somos *more* inteligentes.

—Discrepo totalmente —afirmé enérgica—. Eso podría ser antes, pero ya no. Las mujeres también nos hemos liberado. Y hay cientos, ¡miles!, de citas sexuales a diario de mujeres con hombres. Porque quieren y porque les place. La mentalidad ha cambiado.

—Tal *ves* tengas la *rasón*. Sí. Es muy posible. Las cosas cambian —asintió Dany. Y siguió—: Hoy es mucho más *fásil* follar con alguien que encontrar una pareja.

—No sé qué decirte. Yo paso un hambre...

Ciertamente hacía mucho tiempo que no gozaba de verdad con un chico. Mi última experiencia había sido un fracaso total.

—Pero es porque no quieres. Tú te pones el freno.

—Tengo un listón de calidad, sí. No me vale con que sea bípedo y respire —lancé tajante.

—Pues *entonses* no te quejes y date una alegría con el dedito mágico. Pero, de verdad, hay montones de *men* dispuestos. Y, si quieres catar alguno, espabila, que ya tienes una edad.

—¡Serás! —Le tiré el agua del vaso—. ¡Oh, Dany! Perdona, perdona. Ha sido un impulso.

Tenía que revisar seriamente qué me pasaba con el agua. La semana anterior había regado a Las Pipicañeras y ahora a Dany. Tenía que corregirme.

—No pasa nada. Está fresquita. Me va a despejar.

Menos mal que se lo tomó bien.

Incolora, sin sabor y no deja mancha. Quizá esas cualidades, las del agua, eran las que también tenía yo y por eso no dejaba huella en la especie masculina.

Dejé el debate interno para mejor ocasión, pero debía reflexionar sobre ello. Y seriamente.

Dany, ciertamente, no paraba de tener relaciones, pero él quería también, creía yo, un hombre que le hiciera feliz. Una pareja. Mi vecino lanzó su teoría.

—Mira, nena, pillas a un tipo que te haga tilín del *gym*, o de la biblioteca, que será más instruido, y te lo cepillas. Luego lo conquistas. Te resultará más *sensillo* que encontrar a un príncipe montado en un caballo y que te regale una rosa. Eso es una *cuenta*.

—Cuento. Se dice *cuento*, no *cuenta*.

—*Thank you* —apostilló él con mala cara.

—Pero no es lo que quiero. Una relación no se crea en una habitación. Hay vida más allá de la cama.

—¿Sí? —interrogó Dany.

—Yo necesito cariño previo, que me endulcen y me enjabonen. ¿Entiendes? Sigo buscando a mi príncipe azul.

Me sobrevino un cosquilleo que me estremeció enterita. Sobre todo, porque llegó asociado a la imagen de un chico en concreto. Mi príncipe tenía cara y ojos. Un chispazo fugaz me trajo a Tripiquilabing a primer plano. Allí estaba con su gorrita y su chaleco, con una media sonrisa. Y me lanzaba un beso.

Era poco más de la una. Estaba muy cansada. Sabía que, si me daba por desvelar mi secreto, la conversación con Dany el curioso se prolongaría hasta la madrugada. Así que decidí que mejor sería dejarlo para otro día y opté por retirarme, acompañada de mi fiel Tiger.

Había sido una noche muy graciosa y gratificante. Volvía a casa con temas en los que pensar. Pero, sobre todo, con más ganas de soñar.

14
El chico del autobús

El jueves siguiente tenía fiesta y estuve vagando durante buena parte del día. Por la tarde, después de una siestecilla, decidí ir al gimnasio. Enchufada a los cascos y con la música a tope, me sentí libre. Devoré metros y más metros, rompiendo a cada paso la frontera de lo imposible para abrazar el territorio donde todo es posible. Y allí, en ese mundo paralelo, la vida y el amor me sonreían.

Después de hora y media de gimnasio y una ducha, era una Sonia nueva. Me puse mis cremitas, curiosamente como aquella señora a la que vi hacerlo en primer día, me vestí y salí a la calle pletórica y recuperada.

Aún no lo sabía, pero el azar se había aliado conmigo. Lo descubrí en un instante. Eché la cabeza hacia atrás dejando caer mi media melena para recogerme el cabello con una goma y, al incorporarme y alzar la vista, ¡magia!

Con su andar danzarín, como un bailarín con *swing*, moviendo el culito respingón de derecha a izquierda, su espalda ancha y sus brazos fuertes, descendía por la otra acera de la calle Nápoles. Llevaba unos tejanos, deportivas blancas y una camiseta de color crudo, con un chaleco y una gorrita a juego, tipo tenista de los años veinte. ¡Era él! ¡Era Tripiquilabing!

A la nueva Sonia no se le iba a escapar aquel bombón una segunda vez.

Aunque me temblaban las piernas, solté la bolsa y fui hacia su encuentro como una poseída. «¡Esta vez no se me escapa!». Crucé el paso de cebra. Una moto roja casi me lleva por delante, pero no me importó nada. Solo quería alcanzarlo y estrujarlo contra mi pecho. Y cuanto antes, mejor. Me aventajaba en unos cincuenta metros. No podía gritar su nombre, así que mi obsesión fue correr y correr cuanto más mejor.

Si corría con todas mis fuerzas, lo podría atrapar de un momento a otro. Ya casi lo tenía. Ya era mío, pero giró en la esquina con la calle Mallorca. Al verlo desaparecer de mi vista temí que se esfumaría para siempre, como si se lo tragara la tierra o lo abdujera una nave extraterrestre. Entonces, me invadió un miedo repentino que paralizó mis músculos inmediatamente. Una funesta premonición de la desgracia que me aguardaba: me fui al suelo.

Debí pegarme un morrazo de campeonato por el «¡oooh!» prolongado que lanzaron dos abuelitas con las que casi impacté. Me levanté *ipso facto*, cual muñeco de base circular que siempre permanece en pie por más manotazos que le propines. Reprendí la carrera con todas mis fuerzas, zapato de tacón partido en mano.

Al superar la esquina, sin aliento, la figura del chico de los besos se había disipado. Ni rastro. El mayor de mis temores se había confirmado.

«Piensa, Sonia, piensa. Rápido y claro». Escruté el escenario como si tuviera un escáner en el cerebro. Nadie en el paseo, ningún bar próximo. Un autobús iniciaba su marcha. Ahí estaba, seguro.

Arranqué la carrera más veloz de mi vida. Avancé tan deprisa como pude. Mi propósito era llegar a la altura del vehículo en el primer semáforo, abrir la puerta y abrirme paso entre el gentío hasta llegar a él. Tripiquilabing estaría de espaldas, lo tocaría ligeramente, se daría la vuelta y nos besaríamos como en una peli romántica.

Puse todo el empeño en el intento, pero no conseguí atraparlo. Al llegar al cruce, sudorosa y loca de ganas, el bus número 33 ya había hecho camino y se alejaba irremediablemente.

Me quedé como una estatua, con el zapato en la mano. Permanecí largo rato así. Me reprochaba no haber sido capaz de correr más deprisa y blasfemaba contra el infortunio de haberme caído en el peor sitio en el peor momento. La suerte se me había presentado de cara y luego me había dejado tirada.

Lo hubiera dado todo por ser como Superman, el gran héroe que tenía poderes para girar la Tierra en sentido contrario y hacer que el tiempo volviera hacia atrás, y detenerlo en el justo instante en que yo hubiera podido subir al autobús en la parada, alcanzar a Tripiquilabing y tocarlo de verdad.

Exhalé profundamente y dejé escapar la rabia. Volví, abatida, sobre mis pasos hasta la puerta del Metropolitan para recoger la bolsa. No estaba allí. Enseguida salió Valeria, la recepcionista, que me vio llegar, imagino, a través de la cámara de seguridad.

—¡Dios! ¿Qué te pasó?

No pude decir nada. Ladeé la cabeza.

—Me han dicho que saliste zumbando, que casi te pilla una moto y que luego te diste un porrazo contra el suelo. ¡Ay! *Vení. Vení. Sentate* en el sofá. Enseguida te preparo una tila. *Descansá.*

Yo estaba como una zombi acabada de aterrizar en el planeta de los humanos. De repente me vi cariñosamente asistida, pero en medio de un corro de gente que me miraba como si fuera un mono de feria. Nunca me he sentido bien siendo el foco de atención. Por suerte, Valeria lo captó enseguida y me llevó a una salita detrás de la recepción. Le agradecí infinitamente su compañía. Le conté lo sucedido, desde la noche que conocí a Tripiquilabing, y ella fue interrumpiendo mis sorbitos de la infusión con reconfortantes abrazos.

—¡Tripiquilabing! Menuda historia, digna de una novela.

—Así es. El chico del autobús se fue y yo me quedaré con el morado en el culo como recuerdo —dije.

—Nena, pues *tenés* que ponerte más en forma para correr más y atraparlo la próxima vez.

Me hizo sonreír.

—¡Claro! Eso es lo que voy a hacer. Y entrenarme para no ser tan patosa y evitar las caídas.

—¡Eso también! —concluyó la recepcionista—. Yo te enseño. Me he caído muchas veces —añadió con una sonrisa cómplice.

Al incorporarme, me di cuenta de que me dolía el moflete del pompis del cachiporrazo. «Menos mal que lo tengo gordito y el mullido me ha amortiguado el golpe», pensé.

Me despedí de Valeria con un abrazo, agradeciéndole una vez más su atención.

Ya en la calle, tras unos cuantos pasos, el dolor remitió un poco. Con todo, mi herida física era insignificante. Mucho más me había dolido no alcanzar a Tripiquilabing. ¡Quizá no volviera a tener una oportunidad como aquella en la vida!

Pero no servía de nada lamentarme. En el camino de la nueva Sonia cabía el deporte, la dieta, las ganas, unas braguitas sexis y mirar hacia adelante con espíritu de superación, pero no los lamentos. Simplificando mucho, esas eran las cosas más sencillas de mi proyecto de reconstrucción personal. Paso a paso. Ánimo y perseverancia. No podía darme por vencida. Eso jamás. No iba a tirar la toalla al primer tropezón.

Al llegar a casa, Tiger me dio la ración de cariños del día. Sus lametones me supieron a gloria bendita. Después de los arrumacos, me preparé una ensalada y tomé una rodaja de melón. Lo bajé al parque y fui al pipicán del lago para evitar a los conocidos. No tenía ganas de encontrarme a alguna de mis amigas y tener que contarles lo que me había pasado. Ya habría tiempo. Ahora me apetecía estar sola. Así que me senté en un banco y prendí un cigarrillo. Luego regresaría, vería una peli y me echaría a dormir.

Me levanté, de madrugada, aturdida, con la cabeza espesa. ¿Era realmente Tripiquilabing el hombre al que había perseguido aquella tarde o había sido un espejismo? No, no podía ser. Era él. El cazador de besos tripartitos. Lo distinguiría entre un millón, me convencí.

Aquello era una estupenda noticia, quería decir que era un hombre de carne y hueso, no un holograma ni un producto de mi imaginación. Si lo había visto en el barrio, existía la posibilidad de que pudiera volver cualquier día por cualquier motivo. Podía ocurrir. Era real. Probable, al menos. Y, si volvía, tal vez podría verlo. Ya había sucedido dos veces.

Me acosté de nuevo, más reconfortada. Los sueños volvieron a encontrar acomodo entre mi almohada y mi soledad. El chico del autobús y el encantador Tripiquilabing se fundieron en uno para arroparme toda la noche.

15
Una ola

Grabé tu nombre en mi barca, me hice por ti marinero,
para cruzar los mares surcando los deseos.
Fui tan feliz en tus brazos, fui tan feliz en tu puerto,
que el corazón quedó preso de tu cuerpo y de tu piel.

Como una ola tu amor llegó a mi vida,
como una ola de fuego y de caricias,
de espuma blanca y rumor de caracola,
como una ola.

Y yo quedé prendida a tu tormenta,
perdí el timón sin darme apenas cuenta.
Como una ola tu amor creció,
como una ola.

Bajé del cielo una estrella en el hueco de mis manos
y la prendí a tu cuello cuando te dije «te amo»,
pero al mirarte a los ojos vi una luz de desencanto,
me avergoncé de mi estrella y llorando me dormí.

Como una ola tu amor llegó a mi vida,
como una ola de fuerza desmedida.
Sentí en mis labios tus labios de amapola,
como una ola.

Me sabía la canción de Rocío Jurado, la más grande, de memoria. La había cantado infinitas veces con Dany. Al despertar por la mañana la tatareé entera.

«Deseo», «cuerpo», «piel», «sin timón», «luz», «desencanto», «me dormí». «Y el amor llegó a mi vida como una ola desmedida». Era exactamente el fiel resumen de la noche que había vivido cuando salí con Carlota. La noche de Tripiquilabing. Increíble. ¡¿Cómo era posible que la realidad y los sueños pudieran casar de aquella manera?!

Y al llegar al penúltimo verso. ¡Virgencita! ¡Lo más, el beso tripartito!

«Sentí en mis labios tus labios de amapola».

El chico de la gorrita emergió como un rayo que relampagueó en mi mente. Su perfume fresco e intenso, sus palabras aterciopeladas y el liviano roce de su lengua en mi mejilla. Su caricia en mi espalda, el roce sutil en uno de mis senos. Todo lo sentí de nuevo y con más intensidad, aún, que la primera vez. Era él. Tripiquilabing había estado cobijado dentro de mí todo el tiempo. Mi sentimiento por él había crecido como una perla escondida en la concha de una ostra.

Me había colgado de Tripiquilabing, «como una ola que me arrastró» mientras dormía. Su estampa apareció como una lágrima de San Lorenzo fundida en el cielo y, en su camino fugaz, me atrapó.

Entonces, quise alargar mi mano hasta el infinito y entrecruzar mis dedos con los suyos para que no se me escapara jamás. Para que me adoptara en sus brazos y me cobijara en su nido para siempre. Y besarlo y achucharlo.

Quise gritar su nombre, pero ni lo había mencionado. No lo sabía. De hecho, nada sabía de aquel hombre que había aparecido y desaparecido como por arte de magia, como un destello en la oscuridad, primero; luego, en otro taxi, mientras yo estaba detrás de un ventanal, y en un autobús, después, mientras yo me pegaba un gran topetazo. Retenía su aroma, su estampa, su voz y su dulzura. Y unos besos ciegos lanzados al aire. Tres pedacitos, más bien. Tres besitos, suaves y cariñosos, compartidos con Carlota.

Me tumbé en la cama de nuevo y seguí pensando en él. El misterioso chico de los besos había entrado definitivamente en mi vida con todo su esplendor, como una esperanza nueva. Sí, me había enamorado de él. ¡Oh, el amor! Había traspasado mi sueño y se había hecho real. Se había colado en todos mis pensamientos. Lo imaginaba todo el tiempo por todas partes.

Puse música y Tripiquilabing se convirtió en Fred Astaire. Hizo piruetas en mi comedor y brincamos bajo la lluvia. Me senté a tomar el café y, ¡zas!, apareció a mi lado en la mesa, levantando su taza. Caminé hacia la habitación y cayó del cielo. Me agarró de la cintura y me dio una vuelta, suspendida en el aire como una bailarina. Al entrar en el baño, me sostuvo al vuelo con sus fornidos bíceps y me llevó al galope a lomos de su caballo blanco por verdes prados.

Sí. Era un juego de ilusiones, un carrusel de emociones que iban y venían. Tenía los sentidos en estado de frenesí permanente.

Pero, de golpe, la angustia me partió en cachitos porque temí que nunca más lo encontraría. Tal como había venido, se había ido. No sabía nada de él. Ni nombre, ni profesión, ni dónde vivía, ni aficiones, ni qué lugares frecuentaba. No tenía ni idea de por dónde empezar a buscarlo.

Me vi a mí misma de madrugada haciendo guardia en la puerta de Luz de Gas, en el rincón de los fumadores, consumiendo nicotina y nervios. «Fumando espero al hombre que yo quiero», como Sara Montiel.

Pasaba de un extremo a otro, entre el temor y la fantasía. Quizá, para mi mal, Tripiquilabing solo había existido aquella noche y no volvería nunca jamás. O me lo encontraría haciendo su juego a otras chicas. Y yo moriría de pena, al mismo tiempo que se marchitarían las noches, una tras otra. «¡Jope, qué dramática te estás poniendo, Sonia! ¡Frena un poquito, guapa!».

Al instante, me sentí pletórica. Radiante. Fantaseé con la idea de volver a verlo cuanto antes. Me alegré inmensamente. Me sonrió Fred Astaire y el chico del caballo blanco, que habían regresado joviales a mi cabeza. Ambos me saludaron y me hacían gestos para que los acompañara.

16

Como las chicas de Sexo en Nueva York

Después del jueves festivo, el viernes me tocó ir al trabajo. La jornada laboral pasó despacio, con Tripiquilabing apareciendo aquí y allá. En mi imaginación, claro. Entre el sueño y la realidad. No paré de pensar en él.

Salí a las tres como compensación del *finde* que trabajaba al mes. Comida, un poco de tele y la compra semanal. Me fue bien un poco de distracción para sosegar el latido de mi estrenado amor. Me aprovisioné de vegetales, frutas y zumos naturales. Pavo y pollo para hacer a la plancha. Mejillones, sepia y unos salmonetes. Había perdido peso ya y no era cuestión de recuperarlo. Poco a poco y con voluntad inquebrantable lo estaba consiguiendo. «¡Adelante, Sonia!».

Después de cenar, salí a dar un paseo con Tiger. Volví a la media horita, la mitad de lo habitual. Con tantos sobresaltos emocionales, estaba rendida. Ya en camisón, me disponía a aplatanarme en el sofá, cuando sonó un bip bip. Era un wasap del grupo de Las Pipicañeras. Lo miré enseguida.

Estefi: «¡Che! ¿Ké hacen? ¿Tienen algo xa mañana? No keden con nadie. Despejen agendas. Tengo un planazo xa todas».

Paz: «Joder, Estefi. ¡Que estaba casi durmiendo!»

Estefi: «Abuelita».

Yo: «Un plan tradicional para una solterona. Cena y peli. ¿Qué nos has preparado para mañana? Yo libre. Me apunto».

Paz: «¡Japuta!».

Marta: «Acostando a los peques. X la mañana no puedo. X la tarde, sí».

Estefi: «Sos una cascarrabias, Paz. *Serenate*. X la tarde, *OK*».

Yo: «Pero ¿qué es? ¿Cuál es el planazo?».

Paz: «Ojalá te disloques el tobillo en el próximo tango».

Estefi: «¡Sorpresa! Les encantará. Y están invitadas. Vengan guapas y saldremos, reguapas».

Marta: «Vale. Contad conmigo».

Estefi: «Paz, *sos* una bruja. Ya no estás invitada».

Paz: «Yo voy la primera, cacho cabrona».

Yo: «¿A ké hora kdms?».

Estefi: «A las 5, sin rimas. ¿*OK* para todas? Paz, no contestes. Vos no venís».

Paz: «Yo voy. ¿Qué rima?».

Marta: «¡Paaaaaaaaaaaaaaaz! Estefi te pica y tú caes».

Paz: «Vale. Vale. Pero ¿qué rima?».

Estefi: «Venid lindas y aseadas. Vestido y taconazos, sugiero».

Paz: «¿Orgía?».

Estefi: «Kevos no venís, abuelita. *Dormite* ya».

Yo: «¿Dde kdamos?».

Estefi: «Esquina pipicán».

Paz: «Aún espero la rima para volver a dormir. *OK*. Me voy al sobre. A las 5?».

Marta: «¡Por el culo te la hinco! Jejeje».

Estefi: «Venga. Ya te *podés ir* a planchar la oreja».

Paz: « Que os den a todas. ¡A cascarla!».

Marta: «¿Ké sperabas? ¿Un poema de Bécquer?».

Yo: «¿Y Carlota?».

Estefi: «Ni idea».

Marta: «Camino de la magia».

Estefi: «Descansen. Hsta mañna».

Marta: «¡Buenas noches!».

Yo: «Soñad con los angelitos».

La mañana del sábado me dediqué a vaguear entre la cama y el sofá, con Tripiquilabing acompañándome en todo momento.

Luego tocó batallón de limpieza. Escoba, mocho y bayeta para dejarlo todo impecable. Me encantaba que mi pisito estuviera como los chorros del oro. Me hacía sentir mucho mejor. ¿Maniática? Yo prefería pensar que era muy organizada.

«La organización es la clave de la vida». Esa frase de una profesora que tuve en COU —concretamente Carmen, de Lengua castellana— se me había quedado grabada a fuego. La había hecho mía y la practicaba siempre que podía. También era autora de otra máxima: «Haced el amor siempre que podáis», cosa que yo nunca he podido ejercitar tanto como hubiera querido.

Antes de ducharme, revisión. Todo había quedado perfecto. Me había esmerado como chacha. «Eres una campeona, Sonia». Y el toque final, el ambientador. Opté por una bañera reparadora, con sales y pompas de jabón. Puse el CD de lo mejor de Human League a todo volumen y me entregué al desafino. *Louise, The Lebanon, Electric Shock*... Iba tatareando, según la canción. ¡Qué grande es la música! ¡Cuánta compañía hace y cuánta energía me despierta!

Hice un gazpacho de rechupete. Luego media docena de salmonetes y de postre, sandía. Sin haberlo previsto, preparé una comida en rojo. Sería porque mi ánimo era pura pasión. Me gustó.

Me quedaba casi una horita para la cita. Entraba un airecito fantástico a través de las hojas de la veneciana. Me espachurré en la butaca y me quité la blusa y las braguitas. La brisa me acariciaba toda, ¡qué delicia! Mi piel desnuda reclamaba un regalo. Abrí las piernas. Y me mordí el labio. Me hubiera encantado que Tripiquilabing apareciera de la nada y aplicara su magia lingüística por todo mi cuerpo. Lo vivía como si fuera de verdad, ahora suave, ahora más fuerte. Cerré los ojos y me toqué. Fue un orgasmo rápido y explosivo. Me quedé en la gloria.

Una duchita rápida y a acicalarme. Me atavié con el vestido negro y unos zapatos recién comprados. Al cuello, un pañuelo de color granate.

Me juré no decir nada de Tripiquilabing ni del millón de hormiguitas que me acariciaban el ombligo cada vez que pensaba en él, que era casi todo el tiempo. Me prometí callar para no despertar falsas expectativas entre mis amigas y evitar que me achicharraran a preguntas. También para salvaguardarme, porque sabía que me dirían que me tomara las cosas poco a poco. Que me había montado un peliculón en mi cabeza.

A las cinco clavadas estaba donde habíamos quedado, en la pirámide al lado del pipicán. Allí esperaba ya Paz. Se había puesto un vestido *beige* con flores estampadas y escotazo, y llevaba una pamela que le daba un toque muy *british*. Tenía toda la pinta de ser la indumentaria de la última boda a la que había ido. Marta llegó con un modelo amarillo liso por encima de las rodillas, unas sandalias tipo romano y el pelo suelto. Nadie diría que había tenido dos niños. ¡Qué envidia! Y faltaba Estefi, claro. El tiempo de echar un cigarrillo y apareció deslumbrante: mono blanco con espalda al aire y pantalón de pata ancha, unos taconazos de vértigo y el cabello recogido en un moño.

—Bueno. Aquí estamos. ¿Preparadas? —preguntó la capitana argentina.

—Sí, y he llegado la primera. Que conste en acta —se hizo notar Paz.

—Claro, cariño. Cómo nos íbamos a dejar a la abuelita en casa —rio Estefi—. Lo de anoche era bromita, mi amor —especificó.

—Claro, como cuando me dejasteis tirada en la cama de Sonia, ¿no?

Todas nos echamos a reír. Justo en aquel momento vimos llegar a Vicky, también esplendorosa, con un moño alto y un vestido negro con dos tirantes finísimos cruzados a la espalda. Y, sí, iba suelta, sin sujetador. Impresionante.

—¿Ves cuánto te quiero, *yayi*? Invité a Vicky, y todo para darte una sorpresa. Tenía que reparar el «olvido de la otra noche».

—En el fondo eres una sentimental —le respondió Paz guiñándole un ojo.

Ya estábamos todas, así que ¡en marcha!

Ocupábamos todo el ancho de la acera, caminando con desenvoltura y elegancia. Parecíamos, sin duda, las chicas de *Sexo en Nueva York*, poderosas y guapas.

Nos introdujimos en la boca del metro. En la multitudinaria pasarela del suburbano exhibimos palmito y regodeo. ¡Nos habíamos elevado al terreno de *celebrities* de barrio! Nuestro destino: Uñas Esmeralda, un palacio de *glamour* oriental.

Estefi había alquilado un salón de belleza chino en exclusiva para nosotras cinco. ¡Qué puntazo! En la misma puerta nos esperaban cuatro chicas y un mancebo con una cubitera y cinco copas de cava.

Nuestras anfitrionas llevaban puesta una bata de raso negra con un dragón en la espalda en la que se podía leer: «El club de Las Pipicañeras».

—Es en nuestro honor, chicas —advirtió la argentina. Estefi había cuidado hasta el último detalle.

El chico era muy resultón. Iba vestido con una especie de quimono de color rosa con la misma inscripción y, al girarse, vimos que estaba recortado por detrás y tenía el culo al aire. Todas gritamos de espanto, aunque tenía su gracia ¡Qué imagen, por Dios!

—Nenas, vayan con la chica que deseen.

Las cuatro mujeres chinas sonreían y decían que sí al unísono.

—Lo primero es relajarnos un poco. Así que empezaremos por un masaje de una hora y media, que incluye reflexoterapia. Ustedes mismas.

—Yo me pido al chico, y que me haga la especialidad que desee.

Paz se acercó al joven y le agarró la mano para llevarlo a una de las cabinas. Él se quedó muy extrañado y la miró esperando la orden de Estefi, que intervino:

—Querida Paz. *Limpiate* bien los oídos o *ponete* el *sonotone*. He dicho que podían elegir a cualquier chica. ¿Me oíste nombrar a Rubén? No, ¿verdad? Pues hay una razón: está reservado para mí.

Marta y yo la abucheamos. Sabíamos tan bien como la propia Estefi que era la gran oportunidad de Paz de llevarse una gran alegría *pal* cuerpo, en el caso de que el masaje incluyera un final feliz. No tenía muchas citas, últimamente.

La publicista nos miró como si nos fuera a romper por la mitad. Ella pagaba la fiesta y sabía perfectamente qué había abonado y en concepto de qué.

Seguimos a la nuestra:

—¡Paz, Paz, Paz! —vitoreamos. Y lo repetimos hasta que Estefi proclamó:

—Por aclamación popular cedo mi lugar a nuestra querida yayita para que se deleite con los servicios de Rubén.

La ovacionamos.

Paz no perdió ni un segundo en acercarse al muchacho y entrar en una habitación. Antes, Estefi susurró al chico unas palabras al oído.

A mí me tocó, naturalmente, una de las chicas. Me hizo desnudar entera mientras ella reducía la intensidad de la luz. Puso una música suave y me roció la espalda con aceite. Lo que vino a continuación fue espectacular. Se esmeró en todo mi cuerpo, recorriendo con sus manos y sus dedos desde la cabeza hasta los pies, desatando un continuo de exclamaciones cuando me tocaba puntos específicos de mi anatomía que creía desconocidos.

—Aquí mal. Mucho mal. ¿*Dolel*?

—Sí, un poco, pero sigue. Sigue, por favor —dije yo.

Era una mezcla entre gustazo y «uy, qué daño», pero me encantaba. Fue un deleite que jamás había experimentado. Me invadió una relajación suprema hasta el punto de que me quedé en un estado de semiinconsciencia, diría que incluso dormida. Juraría que no me tocó el..., ya me entendéis, pero tampoco me hubiera importado, tal y como estaba, en un paraíso de los sentidos.

Tras el masaje, me ofreció un batín como el suyo y me hizo pasar de nuevo al salón, donde nos reencontramos todas. Estefi, Marta y yo teníamos las mismas caras de éxtasis. Vicky, a la que miré de reojo, quizá un poco más. Tendría que preguntarle luego por qué.

Paz tardó unos minutos más en volver. Se llevó el dedo a la boca y, después de humedecerlo, agitó la mano, indicando gestualmente que había sido increíble.

—¡Oh, nenas! ¡Apoteósico! ¡Qué pasada!

Todas habíamos vivido una experiencia táctil similar y por eso la entendíamos tan bien, pero ninguna había estado con un hombre, por lo que la instamos a que desembuchara cuanto antes.

—Y qué, ¿cómo ha ido, Paz?

—Mejor no, lo siguiente. Me he sentido como un demonio en el cielo.

Estefi disparó con bala.

—De esta no te *quedás* embarazada, ¿no?

—¡Pero si soy menopáusica! ¡Imposible! —gritó Paz—. Dadme un poco de cava, chavalitas, que me viene el sofoco.

Compartimos burbujas entre risas. Y Paz confesó:

—A ver, no me ha penetrado, ¿eh?

—¡Coño, claro! Es un profesional del masaje, no un gigoló —especificó Estefi.

—¡Un profesional excelente! Doy fe —puntualizó Paz.

—Pero cuenta, cuenta. ¿Qué te ha hecho? —preguntó Marta muerta de envidia.

—Lo mismo que a ti: unas friegas —respondió con suficiencia.

Finalmente, admitió que le había hecho una fricción muy especial en los glúteos y que ella palpó todo lo que pudo, pero nada más.

—¿Le tocaste el paquete? —disparó Marta.

—No. Eso no. Le acaricié torso, piernas, hasta un poco el culo: como tenía apertura, pues aproveché. Él no decía nada. Solo sonreía. Como un pulpo, nenas. Me faltaban manos. Pero la pieza, no —detalló Paz.

—Pues entraba en el *pack*. Te lo perdiste —aclaró picarona Estefi.

—No me digas eso, que vuelvo. ¡Dios! —se lamentó la cincuentona.

—Es broma. Ya te dije que es solo masajista.

—¡Ah, vale!

—Oye, ¿y eso de la fricción? ¿Cómo ha sido? —Marta volvió a la carga.

—Eso sí os lo puedo explicar. Después de estrujarme entera, me invitó a que me quitara las braguitas, para que no se me mancharan con los ungüentos. ¡Me quedé desnuda! Y me dispuso tumbada boca abajo. El airecillo del ventilador aplacaba mi calor interno. La mente se me encendió. Imaginé que en cualquier momento me iba a atacar por detrás con su sable oriental.

—¡Hostia, Paz! ¿Y qué pasó? Cuéntalo todo —insistió Marta.

—Por descontado, me dejé hacer. Se centró en mis posaderas. Primero con la punta de los dedos me fue acariciando suavemente. Después con los pulgares me apretó algunos puntos estratégicos, supongo. Yo notaba un ligero dolor liberador. Aún tenía esa sensación en el cerebro cuando, en una décima de segundo, sin saber cómo, sus manos empezaron con un baile delicado sobre todo el culo, introduciendo a cada paso sus yemas por la frontera que separa ambos mofletes, de arriba abajo y de abajo arriba. Os juro que el placer era tal que era imposible decirle que parase. No había manera humana ni animal de ordenar el fin de aquella danza de microorgasmos. Como si estuviera poseída, solo podía darme al disfrute sensorial. Un festival. Fue entonces, cuando también lo toqué a él.

—¿Y? ¿¡Y!?

—Nada más. Ahí se acabó la aventura. Inició el proceso inverso. Volvió a apretar algunos puntos estratégicos y acabó con un liviano masaje, como había empezado. Juro que no pasó nada más. Creo que formaba parte del programa. ¿No, Estefi?

La argentina asintió. Marta, que aún tenía la boca abierta y babeaba, dijo:

—La próxima vez me pido a Rubén.

Yo también lo pensé, aunque me quedé muda. Mi experiencia también había sido excelente y con eso me contentaba. Y, ¿qué queréis que os diga?, tenía desde siempre la firme convicción de que jamás pagaría por sexo. Pero, si formaba parte del masaje, ¡a nadie le amargaba un dulce! Vamos, digo yo.

—Me he quedado tan relajada, que ni me voy a tocar cuando llegue a casa —concluyó Paz.

Todas nos reímos

Esta vez me lancé:

—Yo tampoco. Ya lo hice antes de venir.

Mis amigas celebraron mi revelación con vítores. Por una vez había roto la frontera del qué dirán y me sentí muy satisfecha de mi paso hacia adelante.

Apuré la copa y volvimos a llenarlas para un nuevo brindis:

—Por nosotras, que somos cojonudas —proclamó Paz.

Su sobrina no había dicho ni mu en toda la conversación, mirándonos como ausente, con una sonrisa complaciente.

—¿Y tú, Vicky, no dices nada? ¿No te ha gustado? —pregunté.

—Uy, sí. Me ha encantado. El local tiene mucho que mejorar, pero el masaje y el personal son geniales. Además, yo tenía esto, que resuelve el tema del antes o el después, y el deseo se satisface mientras tanto.

Todas nos quedamos con los ojos como platos, cuando la joven nos mostró con una mano un pequeño estuche, discreto y lujoso como el de un anillo, y con la otra un cuco mando a distancia. Estefi lo pilló al vuelo. Marta y yo, ni idea. Paz, tampoco, por supuesto. Preguntó incrédula:

—Y esto, querida Vicky, ¿las llaves del parking?

—¡Ponte al día, estimada tía! ¡Son las llaves de la felicidad!

Vicky explicó que se trataba de una de las últimas novedades para el mercado femenino: un masajeador de forma ovalada que era capaz de transmitir fascinantes sensaciones y que se podía utilizar de manera externa e interna. Tenía un diseño futurista que parecía el auricular de un móvil, recubierto con una suavísima silicona y, como señaló Vicky, era totalmente sumergible e increíblemente silencioso.

—Ni se nota, ni traspasa —apuntó Marta con una carcajada.

A Paz le costó un poco más pillar el concepto. Y cuando lo hizo gritó como una poseída:

—¡Un vibrador! ¡Un vibrador! —Vicky asintió con una mueca picarona. Su tía se marchó sonrojada—. Me voy a fumar un cigarrillo. ¡Dios, con la niña!

Estefi hizo como si ya conociera el tema y, dado su carácter liberal, no le dio más importancia. Marta y yo moríamos de curiosidad. Vicky nos relató las intimidades del producto. Explicó que el mando alcanzaba hasta una decena de metros y que se podían programar los ritmos. De hecho, los modos de vibración se podían controlar tan solo con inclinar el mando, a mayor o menor velocidad, a gusto de la usuaria. Mostró los accesorios. Nos interesó especialmente uno que aumentaba el tamaño y otro que conectaba directamente con el punto G. Finalmente, una exquisitez muy práctica: disponía de un chip inteligente para sortear interferencias provocadas por otro aparato, como el teléfono.

—¡Vaya juguete más interesante! —apostilló Marta, muy satisfecha con los detalles.

—Realmente lo es... ¡y completo! —añadí yo sonriendo.

Vaya, vaya con la sobrina de Paz. Esa chica se las sabía todas. Se formaba en el intelecto, se llenaba el bolsillo, tenía trapitos gratis y además se autocomplacía tan ricamente. Y todo ello sin cortarse un pelo. ¡Cuánto me quedaba por aprender de la bióloga bloguera! ¡Cuánto!

Después del intermedio vibratorio, siguiente paso: manicura y pedicura. Nos dimos a la charla.

Como me temía, en este punto, todas las atenciones se dirigieron a mí y mis amigas me despellejaron sin piedad para constatar cómo me iba en la búsqueda de novio. Yo omití todo lo relacionado con el enamoramiento y el avistamiento de Tripiquilabing. No era el momento. Además, tenía un plan y pronto daría sus frutos, o eso esperaba.

Me costó morderme la lengua, pero salí airosa de la batalla. Les expliqué, eso sí, las novedades más destacadas: gimnasio, compra de indumentaria, cuidado alimenticio, elección diaria de ropa y complementos.

Mis evoluciones me valieron su aplauso y reconocimiento. También les hablé de Edu, el monitor de gimnasia. Me sorprendió que Estefi no lo conociera. Pero seguro que tomó nota y pronto tendríamos novedades. Omití lo de las agujetas.

—Y *pedí* hora al psicólogo, nena. Te irá rebién —apuntó Estefi.

—Esta semana lo haré, descuida —afirmé. Sin embargo, seguía sin estar muy convencida de ello, me estaba yendo bastante bien sin la ayuda de ningún terapeuta.

Sería por el masaje, por el cava, por aquella maravillosa atmósfera, porque me había soltado o por todas esas circunstancias juntas, que me sentí con fuerzas para desvelar uno de los secretos que me había guardado para mí: Miquel. Lo conté todo, de principio a fin. Las Pipicañeras me abrazaron y me dieron cariño y aliento. Noté, como nunca, su solidaridad y su apoyo.

Finalmente, el gentil equipo de Uñas Esmeralda nos obsequió con más cava antes de la limpieza de cutis, un magnífico broche a aquella tarde de belleza y confidencias. En mi caso, me desenterraron un sinfín de puntos negros y sedimentos varios escondidos en mis poros cutáneos. ¡Mi cara entera parecía un volcán! Me perfilaron las cejas y, como guinda, un impresionante masaje en la cabeza. Sin palabras.

Sobre las nueve de la noche, nos despedimos de nuestros cinco artistas de la estética. Regresamos como en la ida, cual chicas de *Sexo en Nueva York*, pisando con garbo y mucho más bellas de como habíamos llegado. Y mucho más relajadas. Yo me había quitado un peso de encima al contar toda la historia de Miquel. Respiré hondo. Podía estar contenta, más que amigas tenía un repóquer de ángeles.

17
Tres en uno

«Ánimo, la vida te sonríe, Sonia», me convencí al salir a la calle. Mi vida había cambiado mucho en solo unas semanas: tenía una rica actividad social, el gimnasio iba fenomenal y hasta me invitaban en el bar. La dieta empezaba a dar sus frutos. Y mi armario me había rejuvenecido. Eso sí, era obligada la compra de ropa de temporada, sobre todo para lucir nuevos modelitos y, en breve, para exhibir mi tipito. La asignatura pendiente seguía siendo la lencería. ¡Aún iba con las bragas de cuello alto! De momento, no necesitaba material de artillería, pero ya lo dice el refrán: «Mujer precavida vale por dos».

Me sentía estupendamente. Superaba los miedos y ganaba en autoconfianza cada día. Probablemente siempre tendría una mirada tierna de la vida, cándida quizá, pero qué le iba a hacer. Cada una tiene su prisma. Era mi marca personal e intransferible.

Ah, y tenía ya en mi mesita de noche el tesoro que nos había mostrado Vicky en Uñas Esmeralda. No me pude resistir a la tentación y me lo compré por internet. Ciento diecinueve eurazos me soplaron, pero del precio me olvidé tan pronto pude comprobar sus magníficas vibraciones.

Desde que había visto a Tripiquilabing, cuando no iba al gimnasio, daba un paseo con Tiger para ver si lo veía de nuevo. Había empezado por el barrio, cerca del gimnasio, pero poco a poco amplié el territorio y tracé un plan de búsqueda sistemática. Cogí un mapa de la ciudad y dividí las calles por colores. Marqué cada área con un número y arranqué con las pesquisas.

Salía de batida, hacía ejercicio y Tiger evacuaba. Un tres en uno. Además, meterme en la piel de una detective me ponía. Sabía que sería complicado encontrarlo, casi imposible, pero no iba a desfallecer. Me lo había propuesto y lo iba a hacer sí o sí.

A Las Pipicañeras no les había contado nada de lo del autobús, ni mucho menos lo de mis nuevas investigaciones. Me hubieran insistido en que fuera a un psicólogo. Lo del loquero ya lo tenía descartado, así que prosperé en solitario. Cuando tuviera algo importante que decirles, ya se lo contaría.

Esa tarde era mi salida número siete. Me tocaba la zona de la plaza Lesseps, el pequeño San Francisco de Barcelona.

Recorrí la Travesera de Dalt desde el campo del Europa hasta la misma plaza. El móvil me indicó que había hecho 2.927 pasos. Conté a cincuenta y un hombres entre los treinta y los cuarenta años. Y de ellos, cinco con gorrita. Ninguno, obviamente, el hombre deseado. «*Tranqui,* Sonia. No pasa nada. No desesperes. Mañana, más», me daba moral a mí misma.

No lo tenía previsto, pero me dio por subir por la calle República Argentina. Serpenteé hasta alcanzar el puente de Vallcarca. La verdad. No fui hasta allí porque siguiera a Tripiquilabing, sino por una razón más banal. Quería ver una pintada de la película *Tres metros sobre el cielo,* una historia que me encantaba, aunque acabara mal. Allí mismo, su protagonista, Hache, había dejado inmortalizada para el séptimo arte la frase «Tu y yo a 3MSC» Tu y yo a tres metros sobre el cielo, el lema de su estado de felicidad con Babi, su amada. Quería ver aquella leyenda, pero fue un chasco. No había nada, ni rastro de ella. «Seguramente para la película lo hicieron con Photoshop. Fue virtual», certifiqué.

Si me hubiera encontrado a Mario Casas, al menos —otra quimera—, el paseo hubiera valido la pena. «¡Qué buenazo está el tío!». Pero ni el mago de los besos, ni Hache. Nada de nada. Otro día sin recompensa. «Mañana vuelve a salir el sol», me dije.

Tocaba retirada. Estaba ya a punto de emprender el camino de vuelta cuando de repente atisbé una figura que me resultaba muy familiar. «¡Oh! ¡Ay! ¡Uh! ¿Sí? ¿No? ¡Sí, sí, sí!». El corazón se me escapaba por la boca. Resoplé. Me froté los ojos. Floté de la emoción. A tres metros sobre el cielo, estaba yo. ¿Qué digo a tres? ¡A mil!

Al otro lado de la calle, había un chico con chaleco y gorra a juego. ¡Era él!

¡Bingo! El plan me había dado resultado aunque fuese por casualidad. No me lo podía creer. ¡Dios! Tripiquilabing. Me apresuré a cruzar la calle.

Iba a entrar en una portería. Picó al portero electrónico y accedió al interior justo cuando pude sortear los coches. Había vuelto a desaparecer de mi vista.

Pero si había entrado, tendría que salir, deduje. ¿Viviría allí? ¿Había ido a casa de un amigo? «De una novia seguro que no», me esperancé.

Temblaba de la emoción. Miré el reloj. Faltaba un minuto para las ocho y media. «Paciencia, Sony». Inspiré hondo y poco a poco me fui tranquilizando. Una calma aparente, que se convirtió en inquietud y luego en ansiedad. La gran cuestión era qué le diría al verlo, porque estaba clarísimo que lo iba a esperar.

Inicié ensayos de cómo romper el hielo:

«¡Hola! ¡Qué tal! Tú eres Tripiquilabing. ¿A que sí? ¿Repetimos?».

«Me llamo Sonia. Nos conocimos una noche en Luz de Gas... Quizá no te acuerdes de mí. Seguro que no. Bueno. Nada. Pues eso, ¡adiós! Que te vaya bien».

«¡Hombre! ¡Cuánto tiempo! ¿Qué haces por aquí?».

«¡Me alegro de verte! Yo, Sonia...».

«No me acuerdo de tu nombre. ¿Te llamabas?».

«¡Mmm!».

«Mira, estaba por aquí con mi perrito, Tiger, y me he dicho, acércate a ver a Tripiquilabing».

«¡Alto! ¡Policía! Identifíquese, por favor».

«Llevo días buscándote y, por fin, te encuentro».

«¡Cabronazo! Por tu culpa me comí el suelo, aunque tú no lo sepas».

«¡Qué gorrita más chula! ¿Dónde te las has comprado?».

Los viandantes me miraban con rareza. Ciertamente una chica que dialogaba con un perrillo al que paseaba de aquí para allá, no era muy normal. «Será mejor que pares, Sonia». Y eso hice. Además, ninguno de los saludos que se me habían ocurrido para hacerme la encontradiza me convencía.

Tal vez una buena opción sería empezar a hablar de cualquier cosa y esperar a que me reconociera. Descartado. No tenía el don de la improvisación. ¿Y si le daba un beso directamente? Arriesgado. Todo me parecía mal.

Tenía que sosegarme. Volví a mirar la hora. Las 08:47. Quien espera desespera. Y así andaba yo, al borde del ataque de nervios. Acerqué a Tiger a un árbol. Soltó una cagada de campeonato, diarrea incluida. ¡Toma ya! En qué momento. No llevaba más que una bolsa, así que tuve que ingeniármelas rápido para arreglar el desaguisado. Lo limpié todo como pude a base de hojas de platanero.

Miraba constantemente al portal. Controlaba no fuera a ser que Tripiquilabing saliera en aquel momento. Muerta me hubiera quedado si lo veo entonces. Imposible presentarme con el pastel en la mano y pretender un acercamiento dulce. Caca de chucho con aquella tremenda pestilencia y una sonrisa no pegaban nada para una cita romántica.

Solté el desperdicio en el contenedor más cercano. De reojo vigilaba la puerta. Me olí las manos repetidamente y no me pareció que me hubiera quedado fragancia. Tampoco ninguna mancha. Eso me alivió. Con todo, saqué del bolso una toallita húmeda y me froté bien. Luego, un poquito de colonia.

Pasaban siete minutos de las nueve, ya. Decidí que tenía que pasar a la acción. Llamé a un timbre y pedí que me abrieran porque me había dejado las llaves. Lo logré al quinto intento. No reconocí como suya a ninguna de las voces del interfono. Pensé que hubiera sido una buena idea llamar piso por piso y probar suerte. Tarde, ya estaba dentro. Podría hacerlo después, si lo reconsideraba.

Husmeé en los buzones, como había visto en series de policías de la tele. Albergaba la esperanza de que lo localizaría rápido. Pero había nueve plantas, cuatro puertas por rellano y tres locales comerciales.

Necesitaba una estrategia. Primera búsqueda, vivienda con un solo nombre de varón. Sería ese, seguro. Pero no había ninguno. Luego pensé: si era cierto que tenía un hijo, quizá vivía con él. Serían como mínimo dos residentes. Debía buscar una placa con dos miembros masculinos y que coincidieran en el primer apellido. A ver, a ver. ¿Y si estaba casado? Me acojoné. Horror. «¿Qué narices haces aquí, Sonia?». «Vete ya, que aún te van a dar». «Una chica decente no va llamando a los pisos buscando hombres».

Me entraron ganas de irme corriendo. Además, Tiger estaba ya muy nervioso, también. Lo llevaba atado de aquí para allá, cuando él con lo que más hubiera disfrutado sería con unas carreras en el pipicán. Se puso a ladrar.

Ya enfilaba hacia la puerta para irme, cuando alguien entró. Un abuelo con bastón, pelo blanco y espalda encorvada. Dudé, pero pudieron más las ganas y lo abordé.

—Perdone, señor. Estoy buscando a un chico. Siempre va con gorrita y un chaleco a juego. Debe tener unos treinta años, quizá alguno más.

—Uy, señorita. No sabría decirle, con esa pinta no me suena, la verdad.

—Nada pues. Muchas gracias. Muy amable —contesté y me despedí. Cuando estaba a punto de salir de la portería, se giró hacia mí y me dijo:

—¿Está chiflado, el chico que busca?

Me dejó descolocada.

—¿Cómo dice? ¿Perdone? —acerté a responder.

—Sí, mujer. Si está un poco ido de la cabeza, si le falta un tornillo al chaval ese que busca.

No supe qué contestar, la verdad.

—¿Por qué me lo pregunta? —insistí.

—En el tercero hay un *psicoloco* o como se llame eso. Pruebe ahí.

—¿En el tercero ha dicho? —repregunté de nuevo.

—Sí. Tercero primera.

—Muchas gracias, muy amable. Buenas noches.

El señor subió con el ascensor y yo me quedé en la portería cavilando cuál debería ser mi siguiente paso. Pasar a la acción o esperar, ese era el gran dilema. Pero, desde luego, algo había que hacer, ¡no iba a dejar pasar esa oportunidad!

¿Y si regresaba al día siguiente? Aunque tal vez él solo estaba de visita y no regresaba jamás... Mi yo interior estaba en ebullición.

Me armé de valor y decidí quedarme. Una espera activa. Fui a dar una vuelta de reconocimiento. Subí por las escaleras para echar un vistazo planta por planta. Quizá obtendría una pista.

¡Horror! No me gustó nada lo que vi. «Ahora sí que la has cagado, Sonia». El edificio, construido sobre un gran desnivel, ¡daba a dos calles! Por una de ellas, la del puente, se accedía al inmueble desde la planta baja. Por la otra, directamente al tercero, que estaba a pie de acera. Dos entradas, dos salidas... Debía de haber un único bloque de aquel tipo en Barcelona y tenía que ser ese. Maldita suerte la mía.

Aquel descubrimiento fue funesto. Me noqueó definitivamente. Mis expectativas se derrumbaron. Tripiquilabing podía haberse ido por la otra puerta en cualquier momento y yo sin enterarme. Eso sí, certifiqué que en el tercero primera visitaba un psicólogo.

«Ahora sí que sí, Sonia. Toca levantar la parada y dejarlo para otro día». «Una retirada a tiempo es una victoria», recordé.

18

«No te rindas»

Volví a casa abatida. Tenía una nota de Dany en la puerta para que pasara a verlo. No tenía ánimo. Entré en la mía. Solté a Tiger. Le preparé su comida y me fui directamente a la ducha. Comí una manzana y unas rodajas de piña.

Tenía la cabeza como una lavadora de tanto centrifugar. Tripiquilabing por aquí, Tripiquilabing por allá. Y vuelta a empezar. Estaba agotadísima. Lo había vuelto a ver y se me había vuelto a escapar, me lamenté una y otra vez.

Desde el día del autobús hasta esa tarde habían transcurrido tres semanas. Por una parte, había sido realmente afortunada. Lo había visto dos veces, ¡dos!, y aquello era más que improbable. Sin embargo, mi felicidad había sido incompleta en ambas ocasiones: en ningún caso pude ni siquiera acercarme a él. Era una suerte amarga.

Regué las plantas y me eché un cigarrillo de buenas noches. Allí, al fresco en la terraza, me sosegué un poco. Ya no podía seguir afrontando aquel sinvivir sola, era el momento de compartirlo. «Sí, señora. Esta es la nueva Sonia, que sale de su caparazón», me dije. Necesitaba consejo y para eso nada mejor que las amigas. Seguro que Las Pipicañeras me aportarían un poco de juicio o soluciones disparatadas. Cualquiera de las dos posibilidades me servía.

Puse un wasap al grupo.

Yo: «¡Nenas! ¿Aún despiertas?».

Un minuto, y sin respuesta. Dos. Cinco. Era momento de una alarma.

Yo: «Eo. Eo. Eo».

Un segundo. Medio minuto. Uno. Tres.

Yo: «Nada. Que si mañana viernes os apetece, cenita en mi casa».

Reacción inmediata.

Estefi: «¿Novedades de tu carrera hacia el altar o alguna tragedia? Si es lo segundo, paso».

Yo: «Puede».

Estefi: «¿Puede ké? ¿Lo primero o lo segundo?».

Yo: «Quiero compartir con vosotras una cosa que me ha pasado. Necesito opinión».

Estefi: «Che, si el mundo te dio la espalda, me rajo. No estoy para esas cosas».

Marta: «Cómo eres, Estefi».

Estefi: «Mala. Como Cruella de Vil. Jejeje».

Marta: «¿¿¿Y Paz???».

Carlota: «La abuelita debe de estar ya durmiendo».

Yo: «¿Entonces ké? ¿Cuento con vosotras? Paz seguro k viene».

Marta: «Yo voy seguro».

Carlota: «Yo también».

Estefi: «Pues yo mañana no puedo, de verdad. He kedado para k me den un buen meneo. No te lo tomes como algo personal, Sonia. Sabes que puedes contar conmigo. Lo de antes era broma».

Yo: «Tranquila. Lo sé. Haz. Ya me gustaría estar en tu situación. Vale. Pues seremos cuatro. Repaso: Carlota, Marta, Paz y yo».

Estefi: «Aplácenlo para el sábado».

Carlota: «No. Yo no puedo el sábado. He kdado».

Marta: «Yo tampoco. Salgo con mi maridito. Aplaza tú la cita de mañana con ese macho ibérico».

Estefi: «Imposible. Necesito el tapón para mi botella. Es una máquina y he tenido una semana muy estresante. La siguiente vengo fijo».

Marta: «Bye».

Carlota: «Ciao».

Yo también me despedí.

Me animé. Había dado un buen paso. Me fui a dormir contenta. En un santiamén estaba con los angelitos. Y Tripiquilabing pululando entre ellos.

El viernes pasó muy despacio. Llamé a Paz y, desde luego, se apuntó al festín. De hecho, me dijo que ya había hablado con Marta y que no me preocupara por hacer la cena, que se encargaban ellas y que a mí me había tocado solo el vino. Acepté a regañadientes, me gustaba ser la anfitriona perfecta.

Al salir del trabajo, compré un par de botellas de cava y tres de Inquieto, un vino blanco buenísimo. «Mejor que sobre, que no que falte». Eso siempre. Y, si fuera menester, tenía *gin* y tónica. Me tomé un zumo y pasé a saludar a Dany. Le invité, pero tenía plan. El «por fin es viernes» lo aprovechaba siempre mi vecinito ligón, pero no dejó pasar la oportunidad de interrogarme:

—¿Así que hay *news*? Cuenta, cuenta, *darling*.

—Vente a la *party* de chicas y te lo explico. Si no tendrá que ser otro día —le dije para picarlo.

—Ni hablar, *my girl*. Ahorita mismo. *Right now*! Dame un titular, que me tengo que ir *immediately*.

Como a él ya le había contado lo de mi enamoramiento y el suceso del bus, me referí solo a lo de la noche anterior.

—*I can't believe it*. No me lo puedo creer. Se te escapó, otra vez, Sonia.

—Ya. Pero así fue. ¿Qué quieres que te diga? Un desastre —me lamenté.

—Tenías que haberme hecho una mamada —ordenó mi vecino tan servicial.

—¿Cómo? ¿Una mamada? ¿A ti? —respondí altamente sorprendida.

—*Excuse* me, perdón, *llamada*, en qué estaría *thinking*. Hubiera ido corriendo con una fiambrerita para pasar allí la *night together* esperando a *Tripis*.

—Sí, hombre, lo que me faltaba. Con el perro, contigo y con la mesa de campin. El kit completo. ¡Ni hablar!

—*Go for it. No surrender*! ¡No te rindas, Sonia! ¡Ve a por él!

Tras sus palabras de aliento, Dany se fue rápidamente. El sexo no espera. Fue un rápido intercambio de impresiones, pero me quedé reconfortada. Me animó, aunque estaba hecha un lío.

Mis amigas iban a llegar pronto y podría conocer al fin sus opiniones. Nada más entrar en el baño, timbrazo. «Esa debe de ser Paz». En efecto. Allí estaba. Llegó cargadita de provisiones. Se presentó con el carrito de la compra y todo.

—No te preocupes por mí, cariño. Ve y arréglate. Yo me encargo —anunció tan voluntariosa como siempre.

Me di un agua rapidita. Mientras me ponía un poco de color, bocinazo de Paz.

—Cenamos en la terraza, ¿no?

No sé para qué preguntaba, ya había dispuesto la mesa, cinco sillas, cubiertos y copas. Al salir, le dije:

—Retira una silla y un cubierto. Estefi no viene. Tiene sesión de *trikitraka*.

—Lo sé, lo sé. Joder con la tía. No para. Unas tanto y otras, para vestir santos —refunfuñó—. De todos modos, el cubierto lo mantengo, le he dicho a mi sobrina que viniera. No te importa, ¿no?

—Claro que no. Me encanta. Una opinión fresca y juvenil será muy bienvenida —dije.

En el centro dejó una bandeja de canapés fríos, de salmón con paté de aceitunas negras, taquitos de atún natural marinado, mantequilla de higo con anchoas del Cantábrico y no sé cuántas cosas más.

—En la cocina están los sándwiches calientes. Solo falta hornearlos —informó.

Tenían un aspecto increíble, también. Rebanadas de pan de molde, sin corteza, cortadas a cuadros y sobre cada una de ellas un trozo de *bacon*, quesito y cebolla.

Llegaron Carlota y Marta. La primera había comprado coca de *trempó*, una especialidad mallorquina de su tierra, ya que ella nació en Palma y se trasladó a Barcelona cuando empezó la universidad, a base de pimientos y berenjenas asadas. Marta había elaborado unos pinchos de frutas con kiwi, piña, manzana, pera y fresa.

Poco después llegó Vicky. Trajo una gran pieza de chocolate con forma cilíndrica y una caja, cuyo contenido no estaba a la vista, una sorpresa.

—He traído un pecado, chocolate. Si, lo sé, estamos en plena operación bikini, pero no me he podido resistir —nos anunció—. ¿Lo ponemos en frío? Es esta pieza.

—Anda, pero ¿cómo nos lo vamos a comer? ¿A bocados? —preguntó Paz.

—No, tía. El chocolate se pone en esta hendidura. Y al girar, como un antiguo molinillo, estas cuchillas van haciendo unas finas láminas que recoges con los dedos y te lo vas comiendo a tu antojo —explicó mostrando el aparato auxiliar, que había permanecido oculto hasta ese momento—. Este te lo regalo, Sonia.

Se lo agradecí con un beso. Me encantó el artilugio.

—Yo he visto estos aparatos. También sirven para quesos. ¡Son muy caros! —informó Marta, muy puesta en artículos *gourmet*.

Vicky le quitó importancia y me felicitó:

—Qué buena pinta tiene todo, Sonia.

—No tengo ningún mérito, todo esto lo ha hecho tu tía Paz —aclaré. A cada uno lo suyo. Ovación cerrada para Paz, que miró la ensaladera del guacamole y advirtió:

—Vigilad, que esto es afrodisíaco.

«Joder, cómo viene la abuelita. A ver si le va a dar otro calentón y tendré que sacar la manguera otra vez», pensé.

—Ten cuidado tú, que nosotras ya vamos bien servidas —deslizó Carlota, guiñándome el ojo.

—Habla por ti, guapa. A mí se me acaban ya las pilas del Magic Finger versión Vicky. ¡Una pasada! —dejé caer.

Todas nos reímos y, antes de pasar a la mesa, pedí a Carlota que me acompañara a la cocina con el pretexto de ir a por la primera botella de vino y el sacacorchos. No estábamos solas desde la noche que salimos juntas al Luz de Gas y quería que me pusiera al día.

—Desembucha, venga novedades, nena —la apremié.

—¡Prodigioso, Sonia! Tiene una «varita» realmente mágica. ¡Y está forrado! Me trata como a una reina. Además, he cortado con... mis antiguos rollos y ahora estoy muy feliz.

Estaba claro que no me iba a confesar que había estado liada con su jefe, pero no importaba. Se la veía realmente bien y eso era lo único que queríamos todas, ser felices. Aquella noche había visto clarísimo que Carlota iba a triunfar. ¡Y yo, mientras, con aquel inglés y dejando escapar a Tripiquilabing!

—Secretitos en reunión son de mala educación —dijo Paz entrando en la cocina—. Venga, venid y empecemos, que tengo hambre.

Nos sentamos. Marta, nuestra amiga más sensata, tenía la mirada ausente, triste. No se la veía radiante como acostumbraba. El motivo lo descubrimos al instante:

—Ya sé que nos ha convocado Sonia, pero tengo algo que deciros. Estoy muy preocupada. Creo que Joan me los está poniendo.

—Pero ¿qué dices, Marta?, ¿en qué te basas? Joan, no. Eso es imposible —trató de tranquilizarla Paz.

—Hace mucho que no lo hacemos, desde nuestra última cena aquí, precisamente. Además, se ha puesto una contraseña en el móvil y no se despega de él. El otro día le miré la cartera y tenía la factura de una joyería por valor de casi quinientos euros. ¡Un anillo!

«Piensa mal y acertarás», me dije, aunque no lo exterioricé. Salía mi lado más doloroso. ¡Maldito Miquel!

—A ver, a ver. En quince días cumples cuarenta, ¿no, Marta? Será un regalo sorpresa —continuó Paz en su línea de darle ánimo.

—Sí. Eso. Ya verás, qué contenta te vas a poner cuando te dé el *anillaco* de brillantes. Por cierto, Las Pipicañeras tendremos que hacer algo para celebrarlo. No todos los días una amiga se hace cuarentona —apunté para corregirme.

—*Cuarentañera.* Se dice *cuarentañera,* en el caso de las mujeres. Los cuarentones son ellos —precisó Vicky, aportando un nuevo concepto, muy festejado por todas las demás.

—¿Y la ausencia de sexo? ¿Cómo se explica eso, eh? —insistió Marta.

—Porque él ya es un viejales. Ya es un cuarentón avanzado y está en plena crisis. Empieza a acostumbrarte. Todo lo que sube, baja —respondió Paz. Y añadió—: Que se compre esas pastillas azules y verás qué alegría. O apúntate a un grupo de sexo tántrico. Metértela no van a metértela, pero se disfruta un montón.

Marta se rio y pareció que volvía a recobrar la serenidad.

—Marta, no te preocupes. Date cariño y deja que pasen unos días. Ya verás que todo vuelve a la normalidad en breve —zanjé yo misma. Ella asintió.

—Eso sí, cómo lo descubra con otra, se la corto —sentenció—. O me apaño un amante yo también.

—Eso, mucho mejor. ¡Di que sí! Pero no te hará falta, ni lo uno ni lo otro. Ya verás, Marta, será una mala racha. Joan debe de estar agobiado por el trabajo. Por cierto, Paz, ¿has vuelto al tantrismo? —preguntó Carlota, reprimiendo la carcajada.

—¡Nunca lo he dejado! ¿No me veis?, equilibrada y satisfecha —afirmó Paz con ironía. La verdad es que, a pesar de todo lo que había sufrido, no le faltaba sentido del humor.

—Sí, ya te vemos, tan satisfecha que la última vez que viniste tenías sueños eróticos ¡con tu ex! —replicó Carlota aguantándose la risa.

—¡Envidiosa! Ya te habría gustado a ti estar en ese sueño… —Paz estaba lanzada y añadió—: Para vuestra información, satisfecha estoy. Pero no gracias al sexo tántrico, sino al cacharrito aquel, el que nos enseñaste el otro día, Vicky. ¡Es fabuloso! —concluyó poniendo los ojos en blanco.

No pudimos seguir reprimiendo las carcajadas y Vicky se congratuló de que nos hubiéramos puesto al día para contentar nuestro botoncito más sensible.

—Joder, pues solo falto yo —apuntó Marta, un tanto disgustada.

—Ya estás tardando. ¡Te aliviará las penas! —replicó Paz.

—No tengo el chichi para farolillos, ahora. Pero lo pensaré. Gracias.

Carlota aprovechó también para decir que a ella el ingenioso artefacto no le hacía falta para nada. Y acto seguido contó, con pelos y señales, la relación que había iniciado. Quizá, en consideración a la sequía sexual y sentimental de Marta, se habría podido ahorrar algunos detalles, pero era loable que quisiera compartir con nosotras su felicidad.

—A ver, a ver. Carlota, ¿de qué estamos hablando, de un platanito, de un rollete-polvete o de alguien que te hace vibrar de verdad? ¿Palpitas? —lanzó Paz directa.

—¡Palpito! ¡Palpito de amor! Y también me da mucho mambo. Es muy completo, el chico. Me llena absolutamente —certificó llevándose la mano al pecho.

—Me alegro por ti. El mercado está plagado de hombres que no tienen sal ni pimienta, o que son rancios o que les falta mucho rodaje.

Aseveramos. Seguro que Tripiquilabing era encantador e iba sobrado de especias y experiencias, pensé para mí.

—Y, sobre todo, me alegro de que hayas dejado al cabrón de tu jefe, que te daba tan mal vida —concluyó Paz en un arrebato de sinceridad.

—Pues sí. —Nos miró a todas, que nos habíamos quedado en silencio tras el comentario de nuestra amiga—. Deduzco que todas lo sabíais ya, aunque lo teníais muy callado. No pasa nada, lo entiendo. Ya no tiene por qué ser un secreto, lo confieso: estuve con mi jefe, y ya he cortado con él. Bueno, lo hice justo después del *finde* en que conocí al hombre de mi vida.

—¿Y te regala flores, «el mago»? —preguntó Marta.

—Es un sol. Más que eso. Un día hasta me llenó la cama de pétalos de rosa —dijo para envidia de todas nosotras.

—¡Oh, qué romántico! —apunté imaginándome a Tripiquilabing en mi lecho con la misma escena.

—Sí que es detallista —subrayó Marta.

—Es el séptimo cielo. La verdad es que echaba mucho de menos esa sensación de que alguien piense en ti, de que te hagan sentir especial. Esas llamadas a media mañana para preguntar cómo va el día, o que te recojan por sorpresa al salir del trabajo —relató Carlota muy contenta.

Me alegré sinceramente por ella. Pero ¿por qué me costaba todo tanto a mí y, a Carlota y Estefi —que por cierto estaría en un festival de revolcones— les salía todo a pedir de boca?

Desde que tenía sueños de princesa, el sexo en sí mismo había pasado a un segundo nivel. Yo estaba más bien como una quinceañera, embobada por su primer amor. Ya no deseaba tanto que me empotraran contra la pared, como que me mimaran como a Carlota.

19
Agente secreto

Propuse un brindis para dar la bienvenida a la segunda ronda.

—¡Por lo que todas más queremos, por el elixir de la vida, por lo que nos hace latir de alegría...! —No pude acabar la frase.

—¡Por un buen polvo! —me interrumpió Paz.

—¡Calla, animal! —la reprimí y volví a empezar—: ¡Por lo que todas más queremos: el amor!

Coincidimos en alzar nuestras copas y repetimos a la vez:

—¡Por el amor!

Paz no se pudo contener:

—¡No me digas que ya has encontrado a tu Príncipe Azul! ¡Qué calladito te lo tenías, Sonia! Ten amigas para esto.

Me decidí. Conté todo lo sucedido desde nuestro primer encuentro, la noche del Luz de Gas y, por supuesto, Tripiquilabing. Sí, también me vi obligada a revelar lo de Billy el rápido, claro. Una hazaña que me valió unas sonoras risas. Se mofaron de mi conquista, pero el tema estrella era otro.

—¿Te has enamorado? ¿De verdad? Y no habías dicho nada. ¡Qué cabrona! Una cosa así se anuncia a bombo y platillo —me recriminó Paz.

Tenía razón. Pero no lo había hecho. Me lo había reservado. Había llegado el momento. Detallé que Tripiquilabing había llegado a mí como una ola. Hablé del episodio del autobús y de mis evoluciones como investigadora privada hasta encontrarlo en aquel maldito edificio de dos puertas de entrada y de salida, cacas de Tiger mediante.

—¡Qué grande! —gritó Paz, se la veía muy feliz por mis evoluciones.

—Ya sabía yo que Tripiquilabing te había hecho tilín desde el primer momento. Me alegro muchísimo, Sonia —aseguró Carlota—. ¿Y ahora qué?

Marta también expresó su sorpresa y su alegría. De inmediato, antes de que pudiera responder, Las Pipicañeras se alborotaron entre felicitaciones y lamentos.

Toqué una copa con una cucharilla y reclamé un poco de atención.

—Chicas, ahora ya conocéis mi historia completa. Decidme, *porfi,* qué tengo que hacer, qué pasos tomar. Sed sinceras, *please.*

La primera en tomar la palabra fue Paz:

—¿Te has enamorado realmente de un tipo al que no conoces de nada? ¿Y si es un asesino en serie? ¿O un tarado de esos que te echan una sustancia en la bebida y luego abusan de ti?

—¡Pero qué dices, Paz! —repliqué.

Ella, menos bruta, siguió:

—A ver, Sonia. Tú ahora estás de maravilla. Vas al gimnasio, te has puesto guapa, estás cuidándote, estás tranquila. ¡Estás como nunca! Date tiempo. Tu hombre ya llegará.

—Mi hombre ya ha llegado, es Tripiquilabing. Estoy segura. Estoy enamorada de él hasta las trancas. La cuestión es cómo encontrarlo. Lo veo por todas partes —confirmé.

—Cariño, perdona, ¿y no será ese el problema? ¿No te estarás confundiendo? ¿Seguro que era el mismo chico el de aquella noche, el del autobús y el que entró en la portería? ¿No te habrás obsesionado? He leído que a veces este tipo de trastornos puede llevar a alucinaciones —dijo con mucha precaución Carlota.

Yo me lo tomé a mal.

—¡Joder, no tengo ningún trastorno! En todo caso, el del amor.

Carlota se acercó a mí, me dio un abrazo y siguió:

—Lo siento, Sonia. No es mi intención atacarte, pero estás persiguiendo a un tipo que no conoces de nada y al que solo vimos un día, de noche, y estábamos un poco pedos, reconócelo. Quizá el chico que has visto no es realmente quién crees que es. Quizá te has enamorado del concepto de

Tripiquilabing, de un hombre que imaginas simpático, tierno e inteligente, pero que no existe realmente. En todo caso, tendrás que comprobarlo. ¿Estás convencida de que le pones cara y de que eres capaz de reconocerla?

—¡Cara y culo! Estoy segurísima. No me puedo olvidar de esa gorrita, esos mofletes, esa narizota, esa sonrisa... —apostillé.

—¡Ya estamos con los culos! ¿Sabéis que es la zona más erógena del cuerpo masculino? —Paz introducía sus píldoras, al tiempo que el alcohol aumentaba su calentura.

En mi interior, sabía que científicamente no estaba segura del todo, no tanto como que estaba a punto de mearme encima.

Cuando volví a la terraza, el chismorreo se paró en seco. Intuí que hablaban de mí, pero no me importó.

—A ver, chicas, confieso: 100% no puedo confirmarlo. Me pongo en vuestras manos. ¿Qué puedo hacer para certificar si el chico que vaga por mi cabeza como un fantasma, el que conocí aquella noche y el que he creído ver son el mismo hombre?

—¡Ghostbusters! Tu-ru-ru-ru-tu-tu. ¡Ghostbusters! Tu-ru-ru-ru-tu-tu... —cantó Paz de cachondeo, por lo bajini.

—¡Hey, que te he oído! ¡Poca broma, por favor! —le reclamé.

Marta tomó la palabra:

—Mira, hace un rato me has dicho que dejara pasar unos días, que todo volvería a la normalidad con Joan, ¿verdad? Pues lo mismo te digo: deja pasar unos días.

Vicky estaba muy calladita. Una opinión distinta me iría bien, así que la interpelé directamente:

—¿Qué harías tú, querida bloguera?

—Me daría un respiro, sin dudarlo. ¿Por qué no haces una escapadita de fin de semana? Te aireas, ves otras cosas, te cultivas un poco y vuelves renovada. Recuerda mi máxima: las mujeres somos independientes. Date una satisfacción, venga, te irá muy bien. Y cuando regreses lo verás todo más claro.

—¿Sola? —interrogué.

—Pues claro. Piensas en ti, comes bien, te relajas, cambias de perspectiva. ¡Te irá formidable! Anímate. Viajar sola es estupendo. Te permite conectar con tu yo más íntimo. Un poco de distancia siempre ayuda.

¡Uy, lo que me había dicho! ¡Pero si yo era una miedica! Sin embargo, me seducía imaginarme en una terraza tomándome un Spritz, con un aspecto de chica bien interesante. Quizá no era mala idea. Sea como fuere, eso sería un paréntesis, y a futuro no resolvía mis urgencias más inmediatas.

Me percaté de que faltaba más vino. Vicky me acompañó hasta la cocina muy discretamente. Ya en ella, le agradecí la idea del viaje y prometí que, si lo hacía, le pediría algún consejo. Me los daría encantada, contestó. Entonces, me lanzó una sugerencia:

—Disculpa, Sonia. Ahora que has hecho un giro a tu imagen ¿Has pensado en arreglarte el pelo? Creo que te falta eso, cuidártelo un poco más.

Esa chavalita siempre tan directa al grano, joder. Me miré un momento en el frontal del microondas. Lo que más me fastidió era que parecía verdad: tenía el cabello apagado y mortecino, pero no podía reconocerlo.

—Pues yo no me lo veo tan mal —opiné.

—Con lo guapa que estás, es una pena. El pelo es una parte fundamental del *outfit,* lo digo en mi blog. Ni te lo has mirado aún, ¿no?

Me había cazado. Tuve que admitirlo.

—¿Para qué leerte si me lo cuentas en vivo y en directo? —respondí.

—¡Pero eso no me da visitas y sin visitas no me van a pagar la publicidad! Aunque, bueno, contigo no importa, ¿qué son dos visitas más o menos? —añadió entre divertida y resignada.

Aquella chica tenía algo especial. Era auténtica, como Paz, su tía. Tal vez deslenguada, un tanto tosca, sí, pero no se andaba por las ramas y me ayudaba. Por eso me gustaba tanto.

Al final lo acepte: tenía el pelo fatal.

—Lo tienes muy dañado, como seco por el sol, y eso que el verano aún no ha llegado. Tienes que repararlo y fortalecerlo. Te voy a escribir aquí, en la pizarrita esta que tienes en la nevera, un champú hecho a base de aceites de linaza, jojoba y sésamo. Nada de colorantes, ni sulfatos.

—¿Y con eso será suficiente? —interrogué.

—Con eso y perseverancia. Puedes usarlo a diario. Mejorará aún más si te pones también esta crema para hidratar. Te la apunto. Es fluida y no tendrás que aclararla después. Verás la diferencia en unos cuantos lavados y aplicaciones.

—Jope. Muchas gracias, Vicky. Eres una enciclopedia de estética —le agradecí.

Después del consejo para bordar mi nuevo yo exterior, volvimos a la terraza.

—Sonia. Tú lo que tienes que hacer es escrutar ese edificio palmo a palmo. Comprobar si ese chico vive allí y, cara a cara, verificar si es él o no —soltó Paz nada más vernos regresar.

—Qué inteligente. Eso ya lo había pensado yo.

Mi amiga hizo una pausa para darle al vino y remató:

—Si es Tripiquipollas, lo empujas contra la mismísima puerta y le pegas un morreo de campeonato para saber si merece la pena seguir enamorada de él. Si no es él o no te empapa las bragas con el beso, a otra cosa mariposa, que el tiempo pasa volando.

Ahí estaba otra vez Paz en estado puro. El alcohol tenía un poder de transformación brutal sobre aquella mujer. Pasaba de ser nuestra gran mamá a una bestia deslenguada.

Yo estaba enamoradísima. Algo tenía que hacer para salir del laberinto. O me olvidaba del asunto, algo que se me antojaba imposible, o iba a por todas. Ir a buscarlo. Eso es lo que quería hacer, pero no sabía el camino.

—Voy a ir a por él. Fijo. Pero ¿cómo lo hago? —pregunté.

—Fácil. Hazte unas fotos bien sexi, con tanga, medias, tacones y un plumero. Cuelgas un letrero como porno *chacha* y todos los solteros del edificio se te rifarán —insistió Paz. Definitivamente era la consejera más ingeniosa y menos realista. Sus respuestas me servirían de poco en ese momento.

Yo también empezaba a estar chisposa.

—Sí, hombre. Seguro que el primer cliente es el abuelito que me encontré en el portal. Lo mato de un infarto —expuse.

Nos echamos unas risas. Empinamos otra ronda de vino.

—Mira, Sonia, tienes que ir casa por casa. Como vendedora de enciclopedias, vendedora de perfumes o lo que se te ocurra, pero ve —apuntó Marta.

—Joder, nena, pero nadie me abrirá la puerta, ¡ya no compran así ni las yayas!

—Eres una carcamal, querida. «Avon llama a tu puertaaaaaaaaaaa» —se rio Paz, dirigiéndose a Marta.

Carlota había estado muy callada. Creo que no quería meter la pata y volver a herirme.

—Venga, va. Saca lo que llevas dentro. ¿Qué hago? —la interpelé directamente.

Se lo pensó un poquito y dijo:

—Tú necesitas un aliado en ese edificio. No puedes ir a las bravas —arrancó—. Te expondrías totalmente.

—Eso estaría muy bien. Pero, ¿qué propones? Te advierto que no hay portero en la finca —contesté.

—A ver, Sonia...

—Dispara, Carlota, por Dios —insistí.

—Has dicho que en el edificio había un psicólogo. ¿No? Y lo mismo tendrá una secretaria o recepcionista, podrías hablar con ella, sonsacarle algo...

—¿Y qué hago, me planto allí y empiezo a pedir información? ¡Entonces sí que me tomarían por loca, y vaya un sitio como para parecer una desequilibrada!

No entendía cómo se le había podido ocurrir aquella locura.

Sin embargo, parecía que Carlota no había terminado:

—Espera, espera. No te lo tomes a la tremenda, por favor... en realidad...

—Va, dime —insistí.

—En la otra cena te dimos unos cuantos consejos. ¿Recuerdas? Comentamos que tal vez te iría bien ir a un psicólogo. Pasaste una mala época y ahora estás recolocando muchas cosas en tu mente, te ayudaría mucho. Cariño, el otro día nos dijiste que querías un novio y de repente vas y te enamoras de un chico que aparece y desaparece como el Guadiana y te vuelves loca, en el mejor sentido, buscándolo. Te iría estupendamente un profesional. Podrías ir a ver a ese y así matarías dos pájaros de un tiro. Podrías inspeccionar el terreno una o dos veces por semana y aprovechar para conocerte más y mejor.

Visto así, realmente tenía sentido, pensé. Me ayudaría a encajar las piezas del rompecabezas. Tenía que admitir que, a pesar de mis reticencias, el planteamiento de Carlota era bastante sensato. *Mens sana in corpore sano.* Yo había empezado por lo segundo. Quizá había llegado el momento de revisar la azotea.

A todas les pareció una buena idea.

—Y si el plan de agente secreto no funciona, por lo menos te servirá para aclararte el coco. Y, hazme caso, ¡empotra! La cama alimenta el amor —replicó Paz, ya turbada por el vino.

Nos reímos. El resto de la velada transcurrió sin más sorpresas. Hablamos de los perrillos, de los planes para las vacaciones, un poco del trabajo y de sexo, ¡cómo no!

Nos despedimos con el propósito de vernos pronto, también con Estefi. Le agradecí a Vicky una vez más sus consejos para mejorar mi imagen y le prometí pensar en una escapadita de fin de semana. Ella me comentó que el secreto de ir sola era prescindir del qué dirán, disfrutar de una misma y hacer lo que a una le diera la gana. Sí. Definitivamente iba a hacerlo, me había decidido.

La sobrina agarró fuerte del brazo a la tía Paz, ligeramente perjudicada. Bajé con ellas y, después de despedirlas, me quedé conversando un rato con Marta en la portería. Traté de animarla. Seguía un poco pocha. Nunca la había visto así, con los ojos vidriosos, dudaba de su esposo y temía que su matrimonio se fuera a pique.

Justo cuando se marchó Marta, volvió Carlota muy ajetreada.

—¡Me he dejado el móvil!

Subimos a buscarlo. Se había quedado encima de la mesa de la terraza, junto al paquete de tabaco. Decidimos echarnos un cigarrillo. Fue una buena oportunidad para conversar un poco. Antes, Paz nos había interrumpido. Se me había quedado en el tintero contarle lo de Miquel. Como faltó al festival de sensaciones orientales de Uñas Esmeralda, no pude contárselo de viva voz y quería hacerlo. Se apenó muchísimo de lo que me había sucedido y se congratuló de que lo hubiera superado.

—¡Ahora estás en manos de Cupido y va a ser todo muy diferente! ¡Ánimo! —me dijo.

Nos abrazamos y nos deseamos suerte. Me había gustado mucho el cambio de Carlota. Desde que estaba con aquel chico era mucho más cercana. Me alegré mucho por ella y por nuestra relación. Habíamos dado un salto de calidad al sincerarnos.

Al final, fueron tres pitillos. Con ellos acabamos aquella noche de confesiones entre amigas.

Recogí y puse el lavavajillas. Luego regué las plantas y jugué un buen rato con Tiger. Me tumbé en la hamaca. Decidí que pasaría una semana tranquila. Gimnasio, dieta, dormir temprano. Y el siguiente fin de semana, una escapadita. Después iría al psicólogo a ver qué tal.

Dicen que la verdadera vida empieza cuando sales de tu zona de confort. ¡Pues iba a probarlo! Un viajecito sola y después a desnudarme por dentro. Estaba entusiasmada y acojonada a partes iguales. Eso sí, no podía sacarme a Tripiquilabing de la cabeza. Realmente necesitaba un *reset*.

20
Más tieso que un palo

El asunto de Tripiquilabing me había trastocado. Era cierto. Necesitaba esa salida, un poco de aire fresco, ver cosas nuevas, gente nueva y, sobre todo, despejar la mente. Además, dicen que una vida sin viajar es como quedarte en la primera página de un libro. Te lo pierdes casi todo.

Dicho y hecho. Opté por una excursión organizada a Carcasona, de sábado a domingo. No era como viajar sola exactamente, pero sí con desconocidos, que ya era más de lo que había hecho nunca. Y, lo más importante, era un viaje ¡a Francia! La excusa perfecta para superar definitivamente lo de Miquel y París, que aún me escocía en la memoria. Además, era una ciudad medieval preciosa. Con sus murallas y su castillo, su ciudadela y su conjunto arquitectónico declarado Patrimonio de la Humanidad por la Unesco. Un poco de conocimiento nuevo siempre viene bien, me dije.

Salimos en autocar sobre las nueve de la mañana en dirección a Girona. Me había provisto de un libro para amenizar el trayecto con una buena lectura y de mi mp3, con una variada selección musical, que iba de AC/DC, por si necesitaba caña, a Händel y Vivaldi, y pasaba por música disco de los ochenta. Incluí a Rocío Jurado, la más grande, por supuesto.

El grupo era heterogéneo, por no decir muy variopinto. Cuatro abuelas de unos setenta años o más; media docena de parejas de mediana edad; una familia con tres niños; un cuarentón, también solo; el guía y yo misma. «Menuda colección». ¿Y si aparecía Tripiquilabing por sorpresa en el último momento? Pura fantasía. Me quité la idea de la cabeza. «Desconecta, Sonia, desconecta. Vuelve a la tierra».

Me ubiqué estratégicamente, alejada de los yayos y del clan familiar para evitar en lo posible la conversación, los gritos o la temida vomitera de los niños. Me acomodé en un asiento de la última fila, junto a la ventana, y desplegué mis pasatiempos.

Me las prometía muy felices hasta que vi al cuarentón levantarse de su butaca y avanzar por el pasillo. Pensé que sería una falsa alarma y que iría en busca del lavabo, lo mismo padecía de incontinencia. Mis peores designios se confirmaron de inmediato. Venía flechado hacia mí. Pensé en hacerme la dormida, pero ya era demasiado tarde. Me había descubierto con los ojos bien abiertos.

¿Qué querría aquel tipo? Era, por lo menos, curioso. Llevaba unas sandalias, unos tejanos cortos y un polo de rayas. Un clásico, de cabeza a los pies. ¡Ah! Y el detalle final: una bolsa mariconera, cuya cinta le atravesaba el pecho para acomodarla hacia un costado. Menos mal que se había olvidado de ponerse los calcetines blancos. O los había omitido voluntariamente, lo cual hubiese sido un punto a su favor. La estampa viva del hombre que deseaba para un *finde* tranquilo y prometedor, vamos.

—¡Hola! ¿Te importa si me siento aquí? —dijo educadamente.

No sé por qué lo preguntó. Antes de poder articular una respuesta, ya se había apalancado a mi lado.

—Esto parece el Imserso —añadió, buscando mi complicidad.

«Joder, encima se cree muy gracioso. La que te espera, Sonia».

—Sí, puedes sentarte. Ningún problema. Me disponía a leer y a escuchar un poco de música, pero ya lo haré luego. No te preocupes.

En efecto, no se inmutó lo más mínimo. Ni se percató de mi indirecta.

—Me llamo Fernando. Encantado —se presentó. Y acto seguido añadió—: Tú tienes toda la pinta de llamarte Silvia. ¿A que sí? Si ya lo sabía yo. Soy un adivino.

«¡Dios mío! ¡Esto va a ser mucho peor de lo que me temía!», confirmé.

—Casi. Casi aciertas. Me llamo Sonia —le aseguré.

—¿Ves? Estaba seguro que empezaba por S.

Me bastaron solo algunos segundos para tener claro que Fernando sería un auténtico palizas, además de un egocéntrico de tomo y lomo. En la distancia corta pude apreciar que, como mínimo, era un hombre aseado. Un afeitado apurado, unas uñas bien cortadas y un aroma que no supe precisar, pero que imaginaba en la línea de Nenuco. Nada sofisticado. Desde luego, no era mi tipo. Para nada.

En un santiamén empalmó una frase con otra, desgranando a toda velocidad su pasado, su presente y su futuro. Lo hizo con una verborrea atropellada, como si tuviera prisa por dejarme claro a la primera de cambio que era un buen partido.

Así detalló que era biólogo y que trabajaba de profesor en un instituto de Badalona. Que su gran pasión eran las plantas y que atesoraba decenas de álbumes con miles de especies y su correspondiente nomenclatura en latín. Su afición, salir al campo y recolectar vegetales. Que no bebía, ni fumaba. Que vivía con su madre, pero que tenía dinero suficiente para comprarse un piso casi al contado en cuanto se diera la ocasión. «Encontrar una buena mujer y casarse», pensé yo, aunque obviamente no lo mencioné.

Que también le gustaba mucho pasear. Que detestaba las discotecas. Y, por supuesto, los gimnasios y sus habitantes, chulitos musculitos y chicas que solo quieren lucirse.

—No tengo vicios, como ir al bar o jugar en las tragaperras. ¡Ah! Y el fútbol, ni fu ni fa —aclaró, como si aquello fuera el sumun.

Él estaba absolutamente convencido de que era una joya. Tentada estuve de preguntarle cómo era que seguía soltero, pero desistí para no alimentar una nueva tanda de autocomplacencia. Aguanté el rollo como pude. Prometo que no hice nada estimulante para incentivar la charla. No formulé pregunta alguna, miré a través de los cristales siempre que pude o al suelo, hice varios intentos de iniciar la lectura e incluso llegué a girarle la cara en varias ocasiones. Pero aquel ser nada captaba. Seguía a lo suyo con un monólogo que para mí resultaba cada vez más demoledor. Me entretuve pensando que tenía muchos de los atributos que borramos de la lista que elaboramos con Paz: sin cargas familiares, ahorrador, trabajador, honesto, cuidadoso. «Sería un candidato ideal para ella. ¡Virgen santa! ¡Mi amiga en su casa y yo apechugando con semejante ejemplar!», bromeé.

Pensé que Tripiquilabing sería completamente su opuesto, y eso me reconfortó.

Paramos en La Junquera y, con la excusa de que tenía una urgencia, desaparecí de su vista en busca de un lavabo. ¡Menudo descanso! Me cercioré bien de que lo tenía lejos y me fui al bar del otro lado de la autopista. Me comí el pequeño sándwich que me había preparado y me tomé una infusión de menta con hielo. Pude desconectar un rato de la pesadilla.

Regresé pronto al autocar con la intención de subir cuanto antes, apalancarme y hacerme la dormida. Mientras esperaba en la puerta, lo vi agachado por un pequeño bosque como si estuviera recolectando flores. ¡Alarma! Me temí lo peor.

Le insistí al conductor en que me dejara subir al vehículo con la excusa de que me moría de sueño. Accedió. Estaba salvada. Antes de que el resto de la expedición se acomodara en sus asientos, yo ya planchaba la oreja, primero de modo ficticio y luego de verdad. Fue reparador.

Al abrir los ojos, vi que el que se había dormido era Fernando. Estaba a mi lado, cómo no. Impagable su estampa. Sostenía fuertemente con ambas manos un ramillete de margaritas. Tras mi primer movimiento, se despertó de golpe, cual Drácula que se levanta de su ataúd, automáticamente. ¡Plinc!

—¡Toma! ¡Son para ti! Las he recogido yo mismo hace un rato —dijo, seguro de que me iba a gustar el detalle.

Justo lo que quería evitar a toda costa.

—¡Muchas gracias! Pensaba que dormías.

—Sí. Pero tengo un sueño muy ligero. Además, estaba atento para poder entregarte las flores cuanto antes.

«¡Madre mía! ¡Aquel hombre no descansaba nunca!».

—*Bellis perennis,* llamada margarita común. Tiene hojas obovado-espatuladas o dentado-redondeadas de diez a sesenta milímetros, contiene antoxantina, que es la responsable de la coloración amarilla. Son de Europa y el Norte de África.

—Qué información más completa —le dije aséptica, sin ningún interés. ¡Seguro que lo había escrito en la Wikipedia!

—Es mi especialidad. De eso sé un poco —aseveró como quitándose importancia, pero dejando patente su conocimiento.

—Desde luego —concluí.

—No te creas. —Hizo una pausa mínima, para arremeter inmediatamente muy entusiasmado—: Si quieres te explico cómo se extendió por Asia. Es muy interesante.

—Te lo agradezco. Pero no hace falta, la verdad —decliné.

El guía me salvó. Cogió el micrófono y nos informó que parábamos para comer. Lo haríamos en Homps, cerca ya de nuestro destino, junto al Canal du Midi, una vía navegable que une el río Garona, en Toulouse, con el mar Mediterráneo.

Tomamos un almuerzo en una hermosa casa de la campiña francesa. Lo hicimos en una terraza de mesas de madera, rodeados de agua y de árboles.

Ni osé preguntarle a Fernando. Hubiera estado dos meses detallándome la fauna y flora del paraje. A mí, con apreciar que era verde y muy bonito, me bastaba.

Cocina típica del sudoeste francés: *foie*; ensalada de alcachofas; caracoles acompañados de jamón, cebolla y tomates, y *confit* de pato con verduras. Todo ello regado por un vino del país. Y de postre, queso.

Aprovechando que Fernando se había ausentado para ir al baño, me ubiqué en el único lugar libre que quedaba en la mesa de las abuelitas. Cuando regresó, le hice un gesto de que lo sentía mucho y se tuvo que ir al lado del guía y del conductor. ¡Pobrecillos! A mí me fue divino. Tuve un buen rato de tranquilidad.

Aquellas cuatro señoras septuagenarias tenían más marcha que Las Pipicañeras. Se pimplaron botella y media de vino y un chupito, como antesala del festival que les esperaba. Su gran motivación era llegar al hotel cuanto antes, porque se celebraba el tradicional baile de bienvenida del verano, una cita a la que acudían juntas desde hacía diez años, desde que enviudó Catalina, la mayor del grupo, ochenta y una primaveras y la más activa. Por eso se habían apuntado al viaje.

Cati, como la llamaban, me dio un consejo: «En esta vida solo importan dos cosas: querer y meter. Lo primero, mucho. Lo segundo, más».

«Joder con Catalina, cosa fina», me dije.

Nos dieron veinte minutos de tiempo libre antes de tomar de nuevo la carretera. Fernando volvió a mi vera. De hecho, me esperaba antes de que me levantara de la mesa. Parecía un novio a la antigua usanza. Las yayas se percataron del fenómeno y Cati me sonrió y me hizo un gesto inequívoco con el dedo índice entrando y saliendo del orificio que había dibujado con la otra mano. Se equivocaba totalmente. Negué con la cabeza.

Mi lapa me reveló que para él aquella salida solo valía la pena por visitar el jardín de Maria y Pierre Sire, un espacio natural al pie del puente del Aude, en la misma Carcasona. Y que tenía intención de conocerlo aquella misma tarde. Y que sería un honor si pudiera ir con él. Tiré de manual chino, esto es, decir a todo que sí y luego hacer lo que me diera la gana. Obviamente había decidido que no lo acompañaría, pero para qué adelantarle el chasco.

Nos montamos en el autocar y en menos de una hora estábamos ya en la ciudad medieval. Esta vez me dio poco la lata. Sobre todo, porque me puse los cascos y no lo oía con la música. Yo indistintamente, le decía que sí o que no con la cabeza.

El guía nos indicó que quien quisiera podía apearse, pero que luego tendríamos que bajar el equipaje, o seguir hasta el hotel. Bajamos todos, excepto las cuatro tigresas. Ya en tierra, Fernando hizo un ademán de cogerme la mano para ir cual parejita a los jardines del amor, pero logré esquivar con elegancia su intento al extender mi abanico. Y entonces le saqué de dudas por la directa:

—Fernando, me encantaría ir contigo, pero nunca he visitado la ciudadela y no voy a perdérmela. Lo siento. De verdad.

Noté la decepción en su rostro. Por un instante dudó, pero finalmente le ganó la botánica. Prefirió la vegetación francesa a mi flor.

Respiré tranquila. Por fin, un poco de libertad.

Pasé la tarde la mar de bien. Un té verde con hielo en una terracita me devolvió la paz interior. Luego transité sin prisa por las viejas cuestas adoquinadas de la *cité* y acabé pagando la entrada al castillo. Me apliqué la doctrina de Vicky: ir a mi aire y disfrutar de mí misma.

No hice mucho, pero me encantó. Descubrí que superaba la prueba. Estaba conmigo a solas y me sentía bien. Ni me hizo falta interactuar con otras personas.

Y sí, pensé un poco en Tripiquilabing, la verdad. El paseo que me había propuesto Fernando me hubiera encantado hacerlo con él. Le hubiera dado la mano sin rechistar. Y algo más. La ciudad era preciosa y con su compañía hubiera sido genial. Pero no estaba allí y me había prometido no calentarme el coco con suposiciones. Así que traté de despacharlo de mi cabeza. Con poco éxito. Siempre volvía. Ahora me sonreía en la puerta del castillo.

Cenamos todos los viajeros en un restaurante que estaba dentro de las murallas. Pequeñito, muy acogedor, de madera, decorado con aperos de labranza. Yo tomé solo una ensalada y unas tostaditas de salmón. Y vino, que me subió rápido a la cabeza.

Fernando se sentó junto al guía como señal de reproche a mi plantón, cosa que le agradecí. Pero mi rondador, extrañamente, estaba contento con mi distancia. Hablaban mucho entre ellos. «Estarás perdiendo facultades, Sonia». Las abuelitas estaban ya ausentes por una buena causa, intuí. Estarían ya en el *afterhours* o soñando con los angelitos.

Fuimos al hotel caminando. Ya en la recepción, el guía se me acercó un poco apurado. Fernando seguía a su lado, bien atento.

—Sonia, tenemos un pequeño problema. Tú habías solicitado una habitación individual, pero no hay ninguna disponible. Fernando está en la misma situación. Así que una solución, si a ti no te importa, sería que compartierais los dos una doble.

—¡¿Cómo?! —solté totalmente fuera de mí.

—Naturalmente, dado que es un error del hotel, se avienen a que sean camas individuales. Y sin coste alguno.

—¡¿Perdona?! —repliqué alterada.

—Lo siento mucho. Es lo que hay —se disculpó el guía.

—¿No hay ninguna otra opción? —pregunté malhumorada.

—Me temo que no. Han estado llamando a otros establecimientos, pero a estas horas no hay vacantes. Lo siento, de verdad —volvió a lamentarse.

Aquello era el colmo. Me arrepentí de haber hecho la salida. ¡Con lo bien que había ido la tarde! «Siempre tiene que pasarte algo malo, Sonia».

Me tocaba apechugar. A ver cómo salía de aquella. Presentí que Fernando conocía la noticia antes que yo. Por eso siguió la conversación con tanta atención. Cuando di el sí a regañadientes, pues no me quedaba otra, a él se le escapó una sonrisa.

En el jardín interior aún sonaban clásicos franceses. Me pareció reconocer la voz de Charles Aznavour, un cantante francés que me ponía Dany de tanto en tanto. El grupo de abuelitas había desfilado. Fernando, en un gesto inesperado, me invitó a tomar una copa. Pedí otro vino. Él, un coñac. Un hombre chapado a la antigua, sin duda. Estuvo agradable y comedido en su oratoria. Por fin, me hizo alguna pregunta. Lo típico: a qué me dedicaba, dónde vivía, qué música me gustaba. Con que no hablara como un loro ya era una gran victoria.

Y llegó el momento de ir a la habitación. Pensaba dormirme inmediatamente. Y si roncara, cosa que podía ocurrir porque estaba muy cansada, tampoco me importaría dado el percal.

Fernando propuso ir primero al baño. Después sería mi turno, dijo. Dos minutos. Cinco. Diez. Un cuarto de hora. Cuando estuve a punto de tocar la puerta, salió, como si nada, con un pijama de feo estampado: chaquetilla con botones y pantalones cortos a juego. Lo peor, lo que dejó detrás de sí: un rastro de tufo pestilente, mezcla de sobredosis de perfume y evacuaciones varias.

Me apliqué con el dentífrico a fondo y con el enjuague. Cremita de noche. Y un pipí. Me desvestí y me puse el camisón. «Por Dios, que me lo encuentre ya durmiendo». Lo que ocurrió a continuación superó todas las expectativas.

Salí con cautela, parapetada tras mis ropas y el neceser, con la intención de meterme rauda en la cama. Estaba encendida la luz de la mesita.

Allí estaba Fernando, estirado en su lecho, como su madre lo trajo al mundo e izando bandera. Más tieso que un palo, vamos.

Contemplé la opción de gritar, de insultarlo, de avisar a recepción o de llamar a la gendarmería y que lo pusieran de patitas en la calle por exhibicionista. En lugar de eso, decidí que era un pobre hombre que se merecía mi desprecio más absoluto.

Apagué la luz, me sumergí en las sábanas, le di la espalda y me eché a dormir, regalándole la nada. «Valiente gilipollas. Si su pobre madre se entera, le da un *yuyu* o tienen que encerrarla».

Cuando desperté, ya no estaba. No me merodeó ni un segundo más, tampoco se disculpó.

Por la tarde, ya en Barcelona, les conté lo sucedido a mis amigas en el grupo de wasap. Paz lo bautizó como «el espantapolvos». Me reí mucho con el apelativo. Fin de los viajes en solitario. Nunca más, de momento. Era la hora de encontrar a Tripiquilabing. Ahora, sí.

21

Víctor, DJ

Rebusqué como una loca. En el archivador de sobremesa había un montón de fichas con los datos de los clientes, ordenadas alfabéticamente. Las iba mirando y descartando al mismo tiempo. No sé qué hacía allí, me reproché, y menos husmeando como una policía. Me puse muy nerviosa. Por mucho que mirara los nombres y los apellidos no podía averiguar nada. Necesitaba un golpe de suerte. Y ya.

Casi al final, en la S, había un tarjetón con un clip. Por delante, como en las demás: apellidos, nombre, diagnóstico y notas escritas a mano. Por detrás, una fotografía. Cuando la cogí en mis manos y la miré, un poco más y me da un patatús. Apreté el documento contra mi pecho, como si fuera un peluche. ¡Dios! Temblaba toda. Brinqué de alegría y grité para adentro, no fuera a levantar sospechas.

En la foto se veía a Tripiquilabing con el psicólogo, ambos de pie, enlazados con uno de sus brazos sobre el hombro del otro, en la cubierta de un velero. No se identificaba dónde se había hecho. Era un plano medio, desde la cintura. En cualquier caso, fue una casualidad maravillosa porque habitualmente los médicos no adjuntan a la ficha instantáneas con sus pacientes. Se conoce que habían salido juntos a navegar o habían coincidido en algún puerto. La razón era lo de menos. Lo de más es que pude identificar al hombre que yo buscaba desesperadamente desde hacía semanas.

¡Oh, sí, era él! Era la prueba irrefutable de que existía, que era de carne y hueso, que no me lo había inventado. Y que era quien yo creía que era.

Sentí una alegría inmensa. ¡Ya te tengo, Tripiquilabing! ¡Voy a por ti! Pronto serás mío. ¡Por fin!

Miré su nombre completo: Sentmenat Martí, Víctor. ¡Víctor! «Qué bien suena».

Dejé el papel y la foto con su clip en su sitio. La recepcionista podía volver del lavabo en cualquier momento. Aún de pie, resoplé y luego inspiré y expiré varias veces para sosegarme un poco. Me temblaban las piernas. Vaya subidón.

Me senté de nuevo en la salita vacía. Lo remiraba todo, como si hubiera hecho una gran fechoría. Tres sillas de madera de color marrón oscuro y un sofá tipo chéster, en torno a una mesa revistera del mismo color, sobre una alfombra roja. Presidiendo la estancia, dos grandes pósteres, uno de Freud y otro de Andy Warhol. Una extraña combinación, pensé. Una lámpara de pie iluminaba el espacio tenuemente.

De repente, la taquicardia. Moví la cabeza de lado a lado. Los labios y los mofletes bailaban solos, descontrolados, como mis piernas. Sudor frío.

«¡Coño, Sonia! ¡¿En qué estabas pensando?! ¡Qué tonta eres!», me reproché. «Pero ¿cómo se te ha olvidado lo más importante?». Con tanta emoción y con las prisas no había mirado ni la dirección, ni el teléfono, ni nada. ¿Cómo lo iba a encontrar? Fatalidad. ¿Qué podía hacer? Tenía que arriesgarme. Era ahora o nunca.

Me levanté cual relámpago. Menos mal que no había venido ningún paciente. Brinqué hasta la mesa como un saltamontes y volví a rebuscar en el archivador. Me resbalaban las manos. Oí el ruido de la cisterna. «Ahora se lavará las manos y vendrá. Tengo diez segundos. Nueve, ocho, siete...».

Menos mal que era fácil. La ficha del clip con la foto. Ahí estaba.

¡Virgen Santa! Ya había abierto la puerta y escuché los tacones de la recepcionista que se aproximaban por el largo pasillo. Venía hacia mí. Lo dejé todo como pude y corrí a la salita a sentarme.

Me quedé a medias con la dirección. Solo pude ver que era en el Puerto deportivo de Barcelona. Nada más. Bueno, sí. Diagnóstico: DJ. «¿Qué sería eso?».

¿Viviría en el barco de la foto? Ya no me extrañaba nada. «¡Virgen santa, un marinero! La perdición. Esos tienen un amor en cada puerto». «¿DJ, de pinchadiscos?»

Poco me importaba eso ahora. Tenía una identidad y una seña. Un botín mayúsculo. Un tesoro. Tenía que ir inmediatamente al puerto. Tenía que ir a por él. Sabía por dónde empezar. Tenía que probarlo.

—Disculpe, me tengo que marchar. No me podré quedar a la sesión. He recordado que tenía que hacer algo que no puede esperar.

Al cerrar la puerta escuché que era la primera sesión y que tendría que pagar la hora igualmente. Lo sentía mucho, pero aquello tendría que esperar. Ya tendría tiempo para saldar mis cuentas e inventar alguna excusa.

Una vez en la calle, paré a un taxi.

—Al puerto. Y todo lo rápido que pueda.

Volví a resoplar. Tenía que avisar a mis Pipicañeras. Wasap al grupo.

«¡Nenasssss! ¡Lo tengo!¡Lo he encontrado! Sé dónde vive. Voy ahora mismo a su encuentro».

—¿Puede ir más deprisa, por favor? —insistí al taxista.

Estefi: «¡*Yes, you can*! ¡Tú puedes! ¡Vamos!».

Me repasé a ver si iba guapa para la ocasión. Vestido negro y sandalias de tacón. Bien. Me convencí. Horror. Estaba sudando a mares. Serían los nervios. Bajé la ventanilla. El viento rebajó mi sofoco exterior. Por dentro era un horno.

Tenía que pintarme un poco la raya de los ojos. No atinaba. Imposible. Desistí.

—A ver, acelere un poco. Dele caña. Haga el favor.

Ni caso. El conductor no entendía nada o se hacía el sueco.

Saqué la cabeza entera. Ya no podía respirar. El aire templado de la tarde me alivió.

Marta: «¡Oh!».

Con aquellos ímpetus no me había percatado de un detalle esencial: allí iba yo al encuentro de mi amado, con la emoción a borbotones, ilusionada, a medio pintar, dando por supuesto que él se rendiría a mis pies nada más verme. Que Tripiquilabing correría hacia mí y me abrazaría con sus brazos fuertes de Popeye el marino.

Entonces caí. ¡Pero si lo mismo ni me reconoce! No sabe de mi existencia. De hecho, no sabe nada de mí. Quizá me ignore. ¿Qué le voy a decir?

No sé para qué apremiaba al taxista. ¿Para llegar antes al desastre? ¿Para ir más rápido a la hostia de mi vida? Ya había tenido bastante con el amargo abandono de Miquel.

Era un manojo de nervios, de sentimientos encontrados, de sí pero no. Mi mente viajaba mucho más veloz que yo misma. Del polo positivo al negativo. Y al revés. Apreté los puños y los dientes.

«Esta vez sí. Tienes que ir y ver qué sucede. Venga, Sonia. Sacúdete el miedo. Tira *pa'lante.* Estás muy cerca. Venga. Tienes que jugártela».

Carlota: «¡Bravo! ¿Pero dónde vas? ¿Dónde está tu amor?».

Y eso mismo me preguntaba yo: «¿Dónde vas, Sonia?». Más dudas. Mil dudas. Pero ya no había vuelta atrás. Había decidido ir al puerto y allí iba a ir.

«Sé fuerte, Sonia», me dije. «Hasta el final. Y si pasa de ti o no lo encuentras, tendrás que afrontarlo. No puedes detenerte ahora».

Ya habíamos bajado la Rambla. El mar, al fondo. El dedo de Colón señalaba al horizonte. Y el mío, a Tripiquilabing. Tan cerca y tan lejos. «¡Vamos, Sonia, a por él!».

Seguí con la melena al viento y los ojos bien abiertos. El cielo azul, con algunas nubes livianas, como de pasteles de azúcar. Llegamos hasta la altura del Hotel Ars.

—Déjeme aquí, por favor.

Aboné la carrera y salí disparada. Corrí por el paseo de la calle Marina como si al alcanzar el mar fuera a toparme milagrosamente con mi hombre, el encantador de besos cazados al vuelo. Llegué hasta el fondo de la calle. Lo examiné todo, mirando aquí y allá. Ni rastro. Faltaba bajar a la zona de amarres. Había cientos de barcos, yates, veleros de todos los tamaños y colores. En uno de ellos tendría que vivir Tripiquilabing. ¿Pero en cuál?

Me saludaba el *Pez Dorado* de Frank Gehry. Sus reflejos de bronce marcaban el inicio del paseo del puerto olímpico. En ellos clavé mi vista para tratar de encontrar una brillante inspiración. ¿Por dónde empezar?

Solo había una manera de saberlo. Volví sobre mis pasos. Descendí por la rampa e inicié la inspección. Salté una cuerda y me adentré por el caminito de madera en el que estaban amarradas las embarcaciones. Noté cómo se aceleraban mis latidos a cada paso y los ojos se me iban a salir de las órbitas. «¿Y si me lo encuentro aquí de bruces? ¿Qué le digo?».

Fui escrutando barco a barco. Había un chico de espaldas limpiando el casco de un yate con un cubo y una esponja. De espaldas podía ser él. Me acerqué muy despacio con la esperanza de que así fuera. Nada. Venga, más allá. Aquello era como un pequeño barrio flotando sobre el mar. Eso sí, muy pijo. Aquí cenaba al fresco una familia rusa, allí tomaban champán en la cubierta unos franceses. Un grupo de veinteañeros salía de punta en blanco a devorar la noche barcelonesa. Tenía ciertas dudas de que entre aquella gente pudiera encajar un tipo del perfil de Tripiquilabing, al que yo creía de espíritu más bien bohemio.

Vuelta a empezar. «Vamos allá, Sonia». Estaba atacada. Los nervios me devoraban. Ansiaba encontrar a Víctor, pero al mismo tiempo me daba terror. ¿Cómo reaccionaría? Seguramente él ni me reconocería.

Fui escrutando la cara de los chicos que me cruzaba para ver si alguno de ellos, por casualidad, fuera mi príncipe. Ponía toda mi atención. Con gorrita, alto, moreno, ojos pequeños y brillantes, grises, y potente nariz, signo de gran personalidad. Eso fijo, gran personalidad aunque no se viera a simple vista. Yo eso lo tenía clarísimo. ¿Quién, si no, se escapa en medio de la noche con una gatita en celo ronroneando a su alrededor? Alguien que tiene que acompañar a su hijo a hacer deporte. Pues eso, un hombre seguro de sí mismo, con convicciones y compromiso. Eso es lo que quería creer, porque no me había engañado con lo del niño, ¿no?

En cualquier caso, lo reconocería al instante entre un millón. Y allí no estaba. Y yo, cada vez más nerviosa. Completé dos vueltas al perímetro de embarcaciones. Nada de nada.

«¡Ay! ¡Que me viene, que me viene el ataque de ansiedad! Esta vez, sí. ¿Y si me muero?». Ya me podía despedir de este mundo, confesar los pecados y proclamar mi amor desesperado a un hombre que ni lo conocía. ¡El colmo! ¡Y lo mismo lo tenía allí mismo y yo sin dar con él!

Estaba fuera de mí. Necesitaba un descanso para dejar de hiperventilar y aplacar tanta excitación. Me senté en las rocas y recordé aquella noche, la noche en la que lo conocí. Estaba intacta en mi memoria. Él hablaba y sonreía. Siempre sonreía. Suspendió su dedo índice en el aire en un punto equidistante del espacio. El punto en el que se iban a cruzar nuestros labios, un poquito, por primera vez. Bueno, también los de Carlota. Recordé su roce y su caricia en la espalda. Esos fueron solo para mí. Cerré los ojos, como entonces, e imaginé que estaba a mi lado. Incluso pude oler su perfume. Y casi tocarlo. Me fundí en la memoria con él. Respiré hondo un buen rato. Me calmé.

Al abrirlos, vi una oleada de gente que iba de aquí para allá. Familias enteras, grupos de chicos, manadas de guiris, una pareja de la mano, otra más. ¡Qué envidia! Un sinfín de corredores, más turistas, lateros y artistas ambulantes desparramados por el paseo abrazaban el encanto de un atardecer primaveral.

Y me pregunté, otra vez, que hacía yo allí. «Buscar un imposible», me contesté. No había vuelta atrás.

Miré el móvil. Tenía un montón de mensajes de Las Pipicañeras. Me apremiaban a que les contara novedades. Claro, les había levantado una expectación gigante. Y no tenía nada que decirles todavía. Por lo menos nada bueno.

Guardé el teléfono de nuevo. Para matar el tiempo y los nervios mientras decidía qué hacer, me encendí un cigarrillo, como si el humo fuera a darme alguna respuesta. Dejé que la vista se perdiera en el horizonte y la dejé reposar sin pensar en nada.

De golpe, un chispazo. «¡Despierta, Sonia! La batalla no está perdida. Por lo menos, todavía no». Recordé que al otro lado del paseo de La Barceloneta, junto al Aquàrium y al Maremagnum, había también una zona con muchos más amarres. ¿Quizá se habían hecho allí la foto que vi en la consulta del psicólogo? No había tiempo que perder.

Recorrí el camino alumbrada por esa nueva esperanza. En diez minutos tenía ya delante un nuevo mar de yates, veleros, barcas y motoras. Vuelta a empezar. Esta vez estaba un poco más complicado. Había una cancela metálica que barraba el paso a los transeúntes. Y las embarcaciones se disponían en calles perpendiculares a la línea del frente marítimo.

Lo primero que tenía que hacer era acceder al recinto. Tenía que aprovechar la salida o entrada de alguna persona para colarme. No tuve tiempo de pensar otro plan, alguien me embistió por detrás.

—Perdona, casi te atropello. Tenía la cabeza en la luna.

Reconocí una voz que me resultaba familiar y, al girarme, ¡Bienaventurados todos los dioses! ¡Un milagro! ¡Una aparición divina! ¡Estaba allí! En carne y hueso.

Era el mismísimo Tripiquilabing con su sempiterna gorrita. No tuve que pensar nada, ni improvisar mil maneras de romper el hielo. El destino nos había juntado. Nos había encajado el uno contra el otro. Así, de golpe y porrazo, como caído del cielo, del mismo firmamento al que tanto le había implorado volver a verlo.

Me quedé paralizada, sin respiración. Y sin palabras. Muerta, vamos.

—¡Discúlpame, por favor! No sé en qué estaba pensando —repitió.

Yo sí. No podría imaginarse jamás de los jamases que yo pensaba en él todo el tiempo, que llegó a mi vida como una ola y que yo estaba allí porque lo estaba buscando como una desesperada. Que lo perseguí detrás de un autobús, que lo vi en el puente de *Tres metros sobre el cielo* y que estaba como loca por encontrarlo.

Sentí unas ganas infinitas de abrazarlo y comérmelo a besos. Y decirle «te quiero» un millón de veces. Y a punto estuve de hacerlo, pero frené el impulso. No sabía qué hacer, ni qué decir. Solo podía mirarlo. Fueron unas décimas de segundo sin fin.

De repente, su sonrisa se fue. Miró hacia el suelo y dijo secamente:

—Bueno, ¡adiós! ¡Lo siento!

Me dio la espalda y se alejó rápidamente. Lo vi irse con su andar danzarín, mientras me frotaba los ojos, incrédula, y decía que no ladeando la cabeza una y otra vez. No me lo podía creer. Había chocado con él. Lo había tocado. Había tenido su boca casi pegada a la mía. Y fui incapaz de decirle nada. Una vez más. El silencio. El muro. La quietud. La nada. «Tonta y retonta, Sonia. Esto no te lo perdonarás en la vida. Te arrepentirás», me reproché sin piedad.

Solo podía maldecirme por todo lo que no había dicho ni hecho. Tal como había aparecido, se fue. Lo seguí con la mirada. «Por lo menos, sabré hacia dónde va», me consolé. «No sé para qué, la verdad. No volveré a tener una oportunidad como esta nunca jamás. Cosas así solo pasan una vez en la vida». Ver como se alejaba me dejó hecha polvo. Me di la vuelta y me puse las manos en la cara. No había alivio al que agarrarme. ¡Ni siquiera me había reconocido! Las lágrimas me desbordaron. Lloré y lloré.

Me sentía fatal. ¡Qué desgarro, Dios! Quería desaparecer. Tenía que marcharme de allí, cuanto antes, pero no tenía fuerzas ni para dar un paso.

22
Donjuanismo

Noté un escalofrío, como el roce de una pluma ligera en la punta de los dedos.

¿Era una fantasía? ¿Oía voces en mi interior? ¿Había enloquecido? Creí que estaba soñando al escuchar que alguien pronunciaba mi nombre, como si el espectro que vagaba por mi cabeza fuera el que me llamara.

—¡Sonia! —Era una voz real. Venía de detrás de mí. Me sonaba.

Me quedé inmóvil. Temía que, si hacía algo, el más mínimo gesto, se rompiera el embrujo. Resucité de golpe. La vida volvió a mí, como si me hubieran descargado toda la corriente de mil pilas. La sonrisa me estiró de los mofletes hacia arriba. El río de mis ojos continuó. Esta vez, de felicidad.

Era él. Se acercaba corriendo y jadeando. Permanecí quieta, sin pestañear siquiera. Iba a morir de una taquicardia. Tripiquilabing, al que había buscado por tierra, aire y mar, estaba a unos centímetros de mí y requería mi atención. Unos minutos antes me había despreciado. Pero estaba claro que me había reconocido y que recordaba mi nombre. ¡Yo sí me había presentado, y se acordaba de mí! De él, sólo sabía el apodo, seguramente ocasional, con el que le llamaron aquellas chicas en la puerta del Luz. Y desde hacía un rato, que se llamaba Víctor y que vivía en el puerto. ¡Ah! Y que en su ficha del psicólogo ponía un extraño DJ como diagnóstico.

No podía ni moverme. Él dio dos pasos y se puso de cara a mí.

—¡Hola! —dijo agitando la mano extendida.

En ese justo instante, lo hubiera abofeteado. O me hubiera abalanzado sobre él para incrustarme dentro de su cuerpo y llenarlo de mí. Menuda contradicción, pero es que era para matarlo. ¿O no? Aunque, en realidad, quería que me diese el abrazo más grande del mundo.

Me incliné hacia él para besarlo, pero me frenó con la misma mano con la que me había saludado.

—Me gustaría decirte algo. ¿Me podrías escuchar, por favor?

Puse cara de póquer. Llegados a ese punto, creía yo que no hacían falta palabras, sino otro tipo de artes lingüísticas. Pero una vez más, me equivoqué.

—Creo que te debo una explicación. Es importante.

Yo seguía sin entender nada: chocamos, se disculpó, sonrió, a la vista estaba que me reconoció, se fue, me dejó sola, volvió, me saludó, ¿y ahora quería hablar? Inaudito.

Y todo eso después del viacrucis que había sufrido hasta dar con él. Una carrera de obstáculos y de esperanzas que crecen y se desvanecen a cada paso. Una búsqueda a ciegas por toda la ciudad, guiada por un presentimiento.

Y allí estaba, delante de mí, gracias a un golpe providencial del destino. Y yo absolutamente desconcertada y superada por lo ocurrido.

«Socorro. Por favor, que alguien venga y me explique qué está pasando».

Aún estaba en *shock,* cuando arrancó:

—Primero de todo quiero disculparme. Sé que eres Sonia. Que nos conocimos una noche en la puerta del Luz de Gas. Lo he sabido nada más verte. Yo ni siquiera te dije cómo me llamaba. Pero hay un porqué.

—¡¿Ah, sí?! —dije con cierta ironía, marcando una distancia que no quería, pero que él me había impuesto.

—Sí. Por eso me fui enseguida. En cuanto certifiqué que eras tú —confirmó muy seguro de lo que decía. Me dejó sorprendidísima. Vamos, que si me muerde un vampiro no me encuentra ni una gota de sangre.

—¡Vaya! ¡Muchas gracias por decirme que tengo el poder de ahuyentar a los hombres! —lancé lacónicamente. No sé de dónde rescaté el sentido del humor. Aquello era rocambolesco.

—Perdona, Sonia. No quería decir eso ni mucho menos —trató de aclarar.

—Pues es exactamente lo que has dicho. Y, peor, lo que has hecho.

—Soy un patán. Disculpa. Estoy un poco nervioso. El problema soy yo, no tú.

—No entiendo nada, la verdad —volví a insistir.

—Por eso. Te debo una explicación. Vivo aquí al lado. ¿Me acompañas y hablamos más tranquilamente? ¿Te parece?

—No voy a casa de desconocidos —afirmé, aunque me moría de ganas de ir.

—Pero a mí me conoces. Un poco, por lo menos. Y mira, mi casa es ahí. No temas. Nos verá todo el mundo —dijo, señalando un pequeño velero que teníamos a un centenar de metros. Seguramente era cierto. Antes, yo me había puesto a llorar y no había calibrado bien la distancia.

Estaba totalmente desconcertada. Era el episodio más extraño que me había sucedido en la vida. La historia con Tripiquilabing había sido extraordinaria desde el inicio, ciertamente. Desde la manera en que nos conocimos hasta que nos habíamos juntado por casualidad hacía unos minutos. Desde que me enamoré, sin saber cómo ni por qué, todo había sido un camino alucinante, lleno de idas y desencuentros.

Llegados a ese punto, no me podía echar atrás. Ya había hecho la locura de enamorarme de alguien a quien no conocía de nada y lo había idealizado. Yo, que quería un novio normal y corriente, me había colgado tontamente de un tipo misterioso y escurridizo, que quizá estaba para encerrar en un psiquiátrico. Caminé a su lado, magnetizada por su presencia e impaciente por saber qué me iba a contar. Nada era cómo yo me había imaginado. Ni mejor, ni peor, absolutamente diferente. Aquello, sin duda, tenía su encanto.

Además, me hablaba con una voz tan aterciopelada que no podía resistirme.

—Bienvenida a bordo. Espero que te guste —dijo cuando puse un pie en la embarcación y me acercó su mano para ayudarme a franquear la pasarela. Al tocarlo, noté un cosquilleo en el estómago.

—¿Puedo ir un segundo al baño? —dije, señalándome los ojos de manera un poco torpe. Asintió con una sonrisa. Necesitaba un respiro, recomponerme.

Mientras yo bajé, él se quedó en cubierta. En efecto, recapitulé, allí se había hecho la foto con el psicólogo. Me miré en mi espejito de mano. Tenía la cara como un mapa, entre las pinturas y las lágrimas. Me lavé bien e hice un pis. Fisgoneé un poco. Un poco más allá del minúsculo lavabo había una cocina y una habitación, una cama con un colchón grande y un ventilador de madera en el techo. Por unos ojos de buey se intuía el mar. Respiré hondo varias veces y salí dispuesta a que me desvelara tanta intriga.

—¿Mejor? —preguntó.

Afirmé con la cabeza.

—Ven, aquí en popa estaremos bien. Puedes sentarte, si te apetece.

Había una especie de banco de madera en forma de media luna, con unos cojines naranjas y una mesita central. Muy cuco. Había encendido unas velas que descansaban sobre el suelo.

—¿Qué quieres beber? Iba a abrir una botella de vino. Está fresquito.

Hice un gesto de aprobación. Me acomodé y levanté la vista. Me encantó lo que vi: el paseo Marítimo iluminado, el reflejo de las luces en el agua, la luna. Era una postal bellísima. Y yo, mecida por el mar y el frenesí.

Desde luego, si no hubiera sido por lo accidentado de nuestro encuentro, podría decir que estaba de lujo, vamos. Descorchó la botella y llenó dos copas. Cuando tuve la mía en la mano, le di un buen trago.

—Ahora, que estamos aquí los dos tan tranquilamente, me gustaría hacer las cosas bien. Primero, presentarme como Dios manda. Me llamo Víctor. Tal vez te quedaras con mi mote, el de la noche del Luz. Fue algo accidental. De hecho, nadie me conoce como Tripiquilabing. Me lo pusieron aquellas chicas, imagino, porque les había explicado lo del beso a ellas antes. Tengo muchos nombres, según la ocasión. Pero, en realidad, soy Víctor Sentmenat y vivo en este barco. Eso es tan cierto como que debajo de nosotros está el mar.

Me sorprendió aquel arranque de sinceridad. Me pareció un buen comienzo, después de todo. ¿Qué sería eso de que tenía muchos nombres, según la ocasión? A ver cómo seguía.

—Sonia, tengo que contarte algo más que quizá te sorprenda.

«Arráncate ya, por Dios, que me va a dar un algo», pensé estimulada por la escena y por su cercanía. Mi pensamiento volvía a tener vida propia.

—Cuando nos conocimos, te mentí.

«Vaya novedad», zanjé para mí. «De noche todos los gatos son pardos».

—Te dije que me tenía que ir corriendo porque mi hijo jugaba a balonmano. Y no es verdad. No tengo ningún hijo.

—Bueno, no te preocupes, tus motivos tendrías. No pasa nada —contesté amablemente.

—Sí. Sí que pasa. ¿Quieres saber por qué?

—Ya te he dicho antes que ahuyento a los hombres. Primero, los atraigo, sí. Y algunos hasta me besan, pero siempre terminan largándose. ¡Los repelo! —solté irónicamente.

—Exacto —afirmó convencido.

—Oye, guapo. Un respeto, ¿no? Que lo decía en broma —respondí con firmeza. Joder, tampoco se trataba de que me lo restregara por las narices.

—Disculpa. No me he expresado bien. Me refería a la primera parte de lo que has dicho, a la atracción.

—¿A la atracción? ¿Qué quieres decir? —dije casi susurrando y poniéndome la mano en el pecho.

Suspiraba por aquellos morritos. No sabía cuánto tiempo más me podría resistir. Notaba yo que estaba muy suelta. Sería aquella atmósfera, que me embrujaba. O la falta de costumbre. O eso y el efecto Tripiquilabing. O la combinación completa. También que había pasado tantos nervios, tantos, que ese momento de relax y el vino, claro, hacían estragos en mí.

—Sonia, tengo que hacerte una confesión —respondió Víctor suavemente.

Yo era una brasa incandescente. Di otro sorbito y me preparé. El beso, y este de verdad, no uno compartido al vuelo, estaba a punto de llegar. Y con el primero, otro más. Y luego, bueno, luego, me imaginaba en cubierta haciendo el amor salvajemente. Llamadme lunática.

—Estoy yendo a terapia. Tengo un problema serio.

Que algo le pasaba era evidente, al fin y al cabo estaba yendo a un psicólogo. A ver si Paz tenía razón. ¿No sería un maníaco? ¿Mi vida corría algún riesgo? Estaba un poco asustada. ¿Y si le daba por sacar un cuchillo o llevarme a alta mar y secuestrarme?

—Disculpa, Sonia. No sé cómo contártelo y te estoy confundiendo. Déjame que me explique —trató de aclarar él pausadamente.

—Sí, por favor. Hazlo. Hazlo, cuanto antes —le invité a que siguiera, lo más serena que pude.

—Sonia, me gustaste nada más verte aquella noche. Pero, en cuanto me sentí especialmente atraído hacia ti, tuve que inventar una excusa para irme.

¡Dios, era eyaculador precoz! ¡Coño! Ya me había tocado Billy el rápido, ¿acaso no era suficiente?

Corregí mi diagnóstico: repelía a los hombres en general y atraía solo a los que se iban sin que me enterara. De todo esto no dije ni pío, evidentemente.

Puse cara de circunspecta, esperando una explicación más concreta.

—Es un tema importante, pero tiene solución. Tengo un trastorno que me impide, por un tiempo, tener relaciones, digamos que de un modo normalizado.

Me quedé de una pieza. Él continuó:

—Como te decía, estoy en tratamiento. Bueno, de hecho, ahora ya casi lo he acabado.

—Vaya, pues lo siento, la verdad. —Evidentemente me moría de ganas de saber qué era. Y no había otra manera que preguntándoselo—: ¿Y qué te pasa?

—No temas. Por favor. No te voy a hacer nada malo.

—A ver, ¿qué te ocurre? Suéltalo, ya, por favor —insistí muy nerviosa.

Tripiquilabing se puso la mano en la cabeza, titubeó. Miró al suelo. Se notaba que le costaba expresarse. Luego, dijo del tirón:

—Donjuanismo.

—¿Donjuanismo? —repetí sonriendo. A mi aquello me pareció de guasa ¿Me estaba tratando de decir que era un ligón, un conquistador empedernido?

«Claro con razón tiene este barquito. Aquí se las debe traer a todas después del juego del beso, y venga, a darle».

—No. No es lo que te crees. Es un tema complejo.

—¿Ah, sí? Pues explícamelo, anda.

—Sí. Lo es.

—¿Y qué es exactamente? —pregunté aturdida.

Resopló y dijo directamente:

—Soy adicto al sexo.

Me quedé muerta. Me podía esperar cualquier cosa, pero aquello superaba todo lo imaginable. Él se acabó de explicar:

—Hasta hace un tiempo, todo mi comportamiento estaba orientado a satisfacerme. Ahora, afortunadamente, con la terapia, mi conducta ha cambiado y he aprendido a moderarme.

Para aquello sí que no estaba preparada, la verdad. Yo, en un velero, con un hombre encantador, una copa de vino y con la pasión a punto de estallar como una olla a presión, y me soltaba que había aprendido a moderarse. ¿Significaba aquello que no me iba a tocar ni un pelo? «Eres gafe, nena. Te han echado un mal fario». Todo aquello no me podía estar pasando a mí. Pensé que era una pesadilla, que en cualquier momento me iba a despertar.

—Lo he pasado mal. Muy mal. He sufrido mucho. He tenido muchos problemas. No te lo puedes ni imaginar. Los últimos tres años de mi vida han sido un infierno —siguió él muy abatido.

Con el sofoco no había caído en la parte más dramática, la de la enfermedad. Su última revelación cambió mi punto de vista inmediatamente. Me zarandeó por dentro su angustia. Me incliné hacia él y puse mis manos sobre las suyas.

—Vaya, lo siento muchísimo.

—Muchas gracias, Sonia —dijo, con una caricia sobre mi mejilla.

Aquel gesto, sencillo y espontáneo, fue como un orgasmo para mi atropellado espíritu. Aplacó mi calor y brotó toda la ternura que yo tenía acumulada. Permanecimos mirándonos un buen rato. Mi mirada, no mi boca, le dijo cuanto lo amaba.

—¿Puedo ayudarte en algo? —le pregunté.

—Ya lo estás haciendo.

—Pero si no he hecho nada —apostillé.

—Digamos que lo mejor es que yo no haga nada. Ahora mismo, me estoy exponiendo mucho. Estoy en situación de alarma máxima. Estamos solos. Mi impulso hacia ti es grande, pero tengo que controlarlo. Es una lucha constante para frenarme. Eso es lo que me ha enseñado mi psicólogo en un montón de sesiones. Tengo que reprimir mi apetito sexual, que no se ponga en marcha una respuesta animal, como hacía antes.

Tomó aire y continuó pausadamente:

—Por eso hace un rato, al chocar contigo, no me he atrevido a decirte nada y me he ido corriendo, tenía miedo de no saber controlarme, como la noche que te conocí. Luego he reaccionado, me he dicho que no podía volver a dejarte escapar, que tenía que poner en práctica todo lo aprendido este tiempo en terapia, y he ido a por ti.

Me quedé de una pieza. Mi cabecita no daba para entender qué me estaba pasando. «Yo quería un novio normal. Joder, qué complicado todo. ¿Por qué te pasa esto, Sonia?». Estaba en una montaña rusa. Ahora tenía que asimilarlo. Y rápido.

No sabía qué decir. Ni qué hacer. Pensé que, ahora sí, tendría que ir yo misma a aquella eminencia en psicología para ordenar mi convulso paisaje interior. Estuve a un paso de irme a toda velocidad. Los acontecimientos estaban a punto de vencerme. Por lo menos ya sabía qué significa lo de DJ en su ficha.

23
La búsqueda de lo imposible

«A ver, Sonia, haz balance rápido. ¿Has estado buscando a este hombre como una posesa? Sí. ¿Lo has encontrado? Sí. ¿Quieres estar con él a pesar de todo? Sí. ¿Estás dispuesta a arriesgarte y ver qué sucede? Sí. Sí, quiero». Ese era el resumen. «Entonces, adelante», concluí.

Tripiquilabing seguía allí, a mi lado, sin decir nada. Se diría que me había dado tiempo para asimilar lo que me había dicho. Me miraba con una media sonrisa, esperando pacientemente una respuesta. Me pasó por la cabeza, otra vez, fugazmente, la idea de huir a toda prisa. Pero, en el fondo, lo que más quería era permanecer allí. Fue lo que hice.

Yo me moría de ganas de achucharlo, pero imaginaba que sería contraindicado. Pensé que sería como si tuviera un brazo roto y yo se lo agarrase fuerte. Le haría daño, seguro. Pues eso. No podía hacerlo. Mi amor, frágil y delicado, era como un muñequito de peluche al que solo podía mirar.

Me sirvió un poco más de vino. Me bebí un buen trago y, con nuevos bríos, disparé sin pensar:

—Entonces, ¿yo te gusto? —lancé entre timorata y esperanzada.

«Joder, Sonia. Te podías haber esmerado un poco más», me reproché nada más soltar aquella pregunta. Pero tenía las luces fundidas. Necesitaba una confirmación por su parte. Un ancla para amarrar mis sentimientos y no dejarme ir a la deriva.

Él me atravesó con su mirada grisácea, intensa y sincera. Se me clavó profundamente. Creía que me iba a caer abatida.

Cogió mis manos y dijo:

—Mucho más que eso.

No esperaba aquella declaración, la verdad. Superó todas mis expectativas. Un tsunami de emociones me sacudió enterita. Cerré los ojos, saqué todo el aire que me oprimía por dentro y respiré aliviada. Me hubiera enganchado a su cintura. Y allí hubiera permanecido eternamente, pero hubiera sido demasiado contacto después de lo que me había contado. No hacía falta que me dijera nada más. Estaba dispuesta a surcar el mar de sus deseos, ahora lamentablemente apagados por prescripción médica, y a navegar por aquellas aguas revueltas sin saber qué destino me deparaban. Quería zarpar rumbo a lo desconocido con él. Era mi victoria. El triunfo de la fe, de mi búsqueda de lo imposible.

Había vagado por las calles, corrido detrás de un autobús, subido al puente del cielo. Me había caído y levantado. Y, finalmente, había pescado al marinero junto al Mediterráneo. Mi amor era real. Y me correspondía. Eso era lo único que importaba.

Pensé que, si yo no hubiera dado el paso, si no lo hubiera perseguido, jamás nos habríamos encontrado. Mi lado más romanticón diría que hubiéramos sido dos enamorados vagando en el continuo espacio-tiempo.

Permanecimos unidos por la yema de los dedos. Decidí contarle toda la verdad yo también. Era un buen momento para las confesiones. «La confianza es la base de una relación», me dije. Con mentiras solo te acercas poco a poco al abismo. O a la separación irremediable. Yo ya la había padecido en mis propias carnes con Miquel. La farsa cubre el cariño hasta que lo mata y yo solo quería vida, pura y transparente.

Si había sido capaz de dar tantos pasos para acercarme a Tripiquilabing, tenía que ser igual de valiente para explicarle la gran aventura que había hecho, el *rally* que me había conducido del Luz al mar.

Mi relato empezó con el cosquilleo de los besos compartidos. Después, con las dos veces que lo vi. Con el topetazo al perseguirlo. Luego, la voz de Rocío y su copla. Una ola que me había acercado a su orilla. Continuó con los bailes de Fred Astaire, caballos blancos y tacones rotos a la carrera. Cenas y salidas con mis amigas, confidencias con mi vecino Dany. Gimnasio. El finde en Carcasona con el «espantapolvos». Risas, sudor y llantos. Salidas cual detective *apatrullando* la ciudad. Hache, Babi y un puente de película. Un anciano que me condujo a un psicólogo y un robo de información confidencial. Un taxi. El puerto Olímpico. Un atropello. Esperanzas. Un sueño roto. Mi nombre al viento. Un barco. Él y yo. Y toda la verdad.

Aquel fue el resumen de mi frenética primavera.

—Ya sabía que te llamabas Víctor —confesé riendo, al final—. Lo que me tenía confundida era lo de DJ que ponía en tu ficha. Creía que eras *disc-jockey*. Fíjate si soy ingenua.

Víctor no pudo evitar echarse una gran carcajada.

—Eres genial. ¿Todo eso has hecho por mí?

—Sí. Y lo volvería a hacer, una y mil veces más. Cruzaría los océanos y los cinco continentes para dar contigo.

Tripiquilabing me dio un pellizquito en el carrillo derecho. Yo sonreí.

—Pero si apenas me conoces. Quizá no soy quién imaginas. Para empezar, mira que sorpresón te has llevado hoy.

La verdad es que su secreto me había dejado totalmente descolocada. Pero igual de cierto era que deseaba estar a su lado. Más que antes, incluso. Su historia, con sus claroscuros, me había dejado prendada. Tripiquilabing era como un poderoso imán.

—Intuyo que eres un tipo maravilloso. Y me encantará descubrirlo. Y si no, te tiraré por la borda y que te muerdan los peces —dije como amenaza.

—¿Eso harás? ¡Seguro que no te atreves! —afirmó.

Nos enzarzamos en una guerra de cojines. Yo lo empujaba con todas mis fuerzas. Él me aguantaba sin tambalearse siquiera. Reía con cara de pillo. Me moría de ganas de poder vencer su resistencia y cobijarme en su torso. Y allí, dulcemente acurrucada, conocer a fondo sus labios y su boca. Como discerní que mi ímpetu no era lo más adecuado, le di un beso en la mejilla y me retiré un par de metros hacia atrás.

En la proa del barco había una pequeña escultura de Venus que sobresalía del casco. Víctor me explicó que la leyenda decía que la diosa había nacido de la espuma del mar y cabalgaba desnuda sobre una caracola, de isla en isla.

Me quedé embobada mirándolo. Y sentía que no me cansaría nunca de hacerlo. Era consciente que aquello sería una chifladura, pero quería estar a su lado, costara lo que costara.

—¿Y qué haremos ahora? —pregunté.

Víctor se quitó la gorrita y se rascó la cabeza tratando de hallar una respuesta. Caminó de un lado a otro, como si estuviera pensando. Lejos de improvisar, trataba de ganar tiempo, porque ya sabía lo que me iba a decir.

—¿Crees que podrás tener un poco de paciencia conmigo? No estoy seguro de poder seguir controlándome si te tengo cerca muy a menudo y necesito de verdad superar mi... problema.

Me miró de un modo que me rompió el corazón. Iba a tener que resignarme, no me quedaba otra. Había encontrado a mi amor y no podía perderlo.

—Además, tengo que resolver un asunto personal y cerrar por completo esta etapa para poder empezar de nuevo. Sé que es mucho lo que te pido. Para mí también es muy duro. Pero creo que es lo mejor para los dos. No quisiera dar ningún paso en falso. Estoy seguro de que será un suspiro, ya verás.

Tenía claro que iba a esperarle lo que hiciera falta, pero ¿qué narices era eso del asunto personal que debía resolver? Decidí abordar el tema inmediatamente, no me iba a quedar con dudas.

—No te preocupes. Forma parte del pasado. Pero, para acabar con las sombras que me han perseguido, no quiero ni puedo dejar ningún cabo suelto. ¿Lo entiendes?

Mi cabeza decía que sí. Mi corazón, que no.

—¿Es una mujer? —pregunté inquieta. Sabía la respuesta antes de formularla.

Su silencio alimentó mi celo. No tenía ningún derecho a reprocharle nada. Me había enamorado y no podía hacer un juicio de sus amores, de sus cicatrices y de sus tesoros y borrar todo lo que no me gustase. Tocaba aceptarlo al completo, con lo bueno y lo malo. Lo sabía, pero no podía reprimir el disgusto. Y sobre todo el pánico a que esa mujer fuera un finísimo hilo que lo conectara con su pasado más tenebroso. Me aterraba pensar que se acostara con ella y que se reanimara el fuego apagado. Pero tenía que despojarme del miedo si quería empezar una relación sincera con él.

—Confío en ti, Víctor. Estoy segura de que harás lo más adecuado. Y ojalá puedas cerrar cuanto antes esa etapa que tanto te ha atormentado.

Me tomó las manos y me las apretó fuerte contra su pecho. Así permanecimos un buen rato, callados y mirándonos. Levité. Me sentí a tres metros sobre el cielo.

Le di mi móvil y él, el suyo. Después, nos despedirnos. Era lo mejor. Quedamos que él me llamaría cuando estuviera listo para volver a vernos. Me ayudó a bajar la escalerilla y nos dijimos adiós.

—Nos vemos pronto, Sonia.

Con la esperanza de que sus palabras fueran ciertas, eché a andar muy despacio ya por tierra firme. Giré la cabeza y lo vi de pie al lado del timón. Una metáfora de que sabría guiarse bien y medir los tiempos. No sabría yo cuánto podría resistir con aquella maldita incertidumbre.

Las lágrimas bañaban mi pena en una mezcla extrema, de tristeza y de alegría.

De repente, unos pasos a la carrera, una mano en mi hombro y una respiración entrecortada. Me di la vuelta. Era él de nuevo. Secó mi llanto y nos fundimos en un largo abrazo. Nos miramos y sonreímos. Luego me pidió que cerrara los ojos y me besó tiernamente en los labios antes de desaparecer de nuevo.

«¿Seré feliz con él?». No lo sabía, obviamente, pero tenía que probarlo.

Inmediatamente, puse un wasap a Las Pipicañeras:

«El sábado, reunión urgente en mi casa. Que no falte nadie. A las 22h».

24
Cuernos o anillo

Improvisamos una cenita sencilla. Mi guacamole con nachos; pastel de albaricoque de Paz, que también trajo fresas y helado de mandarina para el postre; un buen surtido de quesos e ibéricos, que aportó Marta, y tortilla de patatas con cebolla y tomate natural, el toque mallorquín de Carlota.

—Me estoy meando. Mua, mua. Voy al baño —dijo esta nada más llegar. Y se fue pitando.

Estefi había quedado en traer el vino. Pero como se retrasaba decidimos arrancar con unos mojitos para hacer más llevadera la espera. Serví los dos primeros a Paz y Marta, que se sentaron en la terraza. Las veía y las escuchaba a través de la ventana mientras ponía la comida en platos.

—¿Cuernos o anillo? —disparó Paz nada más sentarse, dirigiendo su mirada implacable a la superesposa del grupo.

—Nena. Ya lo dije por el grupo de wasap. ¿No te enteraste? —preguntó Marta.

—Pues no. ¿Tú tampoco sabías que me robaron el bolso con el móvil incluido? Un estirón. Me tiraron al suelo y todo. Mira —respondió Paz señalándose la rodilla derecha, aún con una herida abierta de horroroso aspecto.

—¡Ay, qué daño! —exclamó Marta.

—Sí, vaya susto tuve. Venga, pero di: ¿los llevas bien puestos o qué? —atacó de nuevo Paz, sin piedad. En su línea, sin cortarse un pelo.

—*Lo* llevo bien puesto, que no es lo mismo. —Marta exhibió su joya: un anillo de oro blanco coronado con un diamante precioso.

—A ver. A ver. ¡Joder, cómo se los gasta tu maridito! Y tú que creías que el pobre Joan te la estaba pegando. Desde luego, qué poca confianza tenemos en el género masculino —sentenció Paz.

—Me equivoqué totalmente. Cómo siento haber dudado de mi maridito. Con lo mal que lo pasó. ¡Es un sol! —aplaudió Marta.

—Entiendo que no había otra, pues.

—Qué va. Resultó que había ido a hacerse una revisión al urólogo y tuvo que hacerse unas pruebas de la próstata. Le daba apuro contármelo y vigilaba el teléfono, porque le tenían que pasar los resultados. Y, claro, yo me había montado mi película.

—Pues eso es que ya está mayor. Cuando a un hombre le meten el dedo por el culito, mal asunto. Eso es que la pistola ya no dispara. Pronto, gatillazo. Vete haciendo a la idea —replicó Paz con su lengua viperina.

—Calla, abuelita. Qué más quisieras tú que disponer de una escopeta como la mía. ¡Ah, nada, nada, que tú gozas con el tantrismo! Perdona, no lo recordaba —ironizó Marta.

—Y con el artefacto de mi sobrina Vicky, chavala. Y tú eso aún no lo has probado, seguro.

Me reí, todavía desde dentro de casa. Me encantaba ser testimonio de aquellas discusiones, de frente, directas y frescas entre mis amigas. Si no fuera por mis Pipicañeras, pobre de mí. Ellas sí eran mi verdadera terapia.

A todo esto, reapareció Carlota, que venía del lavabo.

—Toma, aquí tienes tu mojito —le ofrecí.

—No sé si debería. Tengo el vientre un poco flojo y no me baja la regla —adujo llevándose una mano a la barriga. Con la otra se acercó la copa a la boca—. Está riquísimo. ¡De perdidos al río! —confirmó.

Eso era un notición en potencia.

—¿No estarás embarazada, no? —le pregunté alucinada.

—Calla, calla. Estoy muy preocupada, la verdad. Seguro que solo es un retraso. ¡Yo no estoy preparada para ser mamá! —exclamó alarmada.

A mí, la idea de ser madre me seducía mucho, no me planteaba si estaba preparada o no. Yo pensaba que la cuestión básica era si querías o no querías serlo. Pero, desde luego, traer un niño o una niña a este mundo era una gran responsabilidad.

—Además —continuó Carlota—, ahora estamos en nuestro mejor momento, en pleno romance. ¡Y mi chico quiere que nos traslademos a Nueva York!

—¡¿A Nueva York?! ¡Oh, eso suena genial! Pero ¿no es un proco precipitado? Hace muy poco que os conocisteis —certifiqué.

—No importa el tiempo, *darling,* sino la intensidad de los sentimientos. —Tenía toda la razón. Y si no, que me lo preguntaran a mí. Continuó—: Estamos de maravilla. Y yo necesito un cambio. Mi jefe, que como bien sabes era también mi amante, me hace la vida imposible y tengo unas ganas locas de perderlo de vista. Ir a la conquista de América me apetece un montón. Pero esto —dijo tocándose la tripa— lo trastocaría todo. Ahora no puede ser. De ninguna manera.

En el clímax de la conversación, apareció Paz con su copa vacía reclamando un nuevo combinado.

—Estoy seca. Y hay que celebrar lo de Marta —reclamó entusiasmada.

—¿Qué es lo de Marta? —coincidimos Carlota y yo.

—Coño, pues que no se separa. Que no lleva la cornamenta. Que todo fue un mal entendido. ¡¿No habéis visto el *anillaco* que luce en el dedo?! —detalló nuestra amiga.

—¡Franco ha muerto! —dijimos las dos con una carcajada—. ¡Eso es más viejo que el mear! Estás *out.* ¡Cómprate un móvil ya y conéctate a Las Pipicañeras!

—Ya. Pero yo me acabo de enterar, como lo de la cena de hoy, que casi me la pierdo. Menos mal que me encontré a Carlota y me lo dijo. No os lo hubiera perdonado, pero aquí estoy y eso es lo que cuenta. Venga, otro mojito —solicitó Paz.

Decidimos no demorar más la cena. Era tiempo de sentarnos en la mesa y descorchar una botella de vino. Cogimos uno de mi reserva, mientras llegaba Estefi. Paz aceptó a regañadientes que no le diera otro mojito. Confesó que, aunque se hubiera enterado tarde, le hacía mucha ilusión que Marta siguiera feliz en su matrimonio. Y no era de extrañar, después de lo que había sufrido ella con el suyo.

Mientras ponía el guacamole en una bandeja, pensé en nuestra agitada vida sentimental de los últimos tiempos. Cambiaba en cada nuevo encuentro.

Carlota, de una relación infernal y furtiva con su jefe a su rollo con un apuesto millonetis que se la quería llevar a Manhattan y no sabía si estaba preñada o no. Marta, de esposa y mamá modelo, a un ataque imaginario de cuernos que amenazaba toda su estabilidad emocional. Y, en un *plis*, todo arreglado, con un anillo y feliz en su matrimonio. Paz. Bueno, Paz seguía estable dentro de su gravedad. Sin pareja, sin su hijo cerca, aferrada a su perrito y a correr como una poseída para superar el día a día. Ojalá pudiera dedicarle más tiempo y un poco de cariño para aplacar su soledad, me dije. Estefi, que aún no había llegado, a lo suyo. Con una vida social frenética, una brillante carrera profesional y sus mil líos. Estupenda, como siempre, imaginábamos.

¿Y yo? Idas y venidas de locura hasta dar con un don juan que me tenía en vilo. Una ruleta rusa. No sabía qué decidiría él ni qué tenía que hacer yo. Seguir o abandonar. Aunque jugaba en desventaja: todo sería más fácil si no lo quisiera con toda mi alma.

Pero allí estaban mis amigas para echarme una mano y darme sus sabios consejos. Los necesitaba más que nunca. Mi cabeza era un magma de contradicciones, como un volcán a punto de explotar. Tenía una noticia que compartir y me estallaba por dentro. Paz, cómo no, lanzó la espoleta con su particular estilo:

—¡Un brindis por Sonia! Porque intuyo que esta cena tiene un motivo, y ¡no puede ser otro que haber encontrado a su media naranja! Que no tengo wasap, pero no soy tonta, aquí hay buenas noticias.

Todas alzaron sus copas, menos yo, que no pude evitar echarme a llorar como una catarata.

—Ay, cariño, ¿qué he dicho? ¿Qué ha pasado? ¿Te has emocionado? ¡Pobrecita!

Tenía que explicarme, se lo debía. Ellas no conocían la historia completa, así que lo solté todo, incluida la confesión íntima de Víctor.

—Nena. ¡Eso es perfecto! —soltó Paz ante la atónita mirada del resto de nosotras—. ¡Una máquina sexual! Tendrás *tracatrá* asegurado. Te va a dar en babor, en estribor, en proa y en popa. ¡Enhorabuena!

Su miopía magna para ver los problemas que aquello conllevaba le valió las críticas de Carlota.

—Desde luego, Paz. ¿Solo tienes una polla en la cabeza o qué? ¡Qué falta de sensibilidad!

Y de Marta, que fue muy contundente en su exposición:

—¿No te das cuenta de que ese es el verdadero problema? El chico está en tratamiento. Es un asunto muy serio. ¿Dirías lo mismo si fuera un ludópata? «¡Qué bonito, os pasaréis todas las tardes jugando en una tragaperras!». ¿O si fuera un alcohólico o un drogadicto?

Paz se quedó planchada. Mencionó que solo quería bromear un poco para desdramatizar el asunto.

—Desde luego. Piensa un poco antes de hablar —zanjó Carlota.

Paz viró su papel de inmediato:

—Me tienes para lo que quieras, Sonia. Para lo que necesites. Ya lo sabes. Perdóname.

—Disculpas aceptadas. Tranquila —contesté yo amablemente—. No te preocupes, de verdad, yo misma también metí la gamba al principio. Es que eso del donjuanismo tiene su gracia. Por lo menos el nombre. Una vez que conoces la dimensión del problema, la cosa cambia, claro. Es una obsesión grave. Solo vives para tus conquistas y luego, una vez satisfecho el impulso, te sientes mal, un desgraciado. Es un bucle. Te anula como persona. Eso es lo que me ha contado Víctor, que es como se llama en realidad Tripiquilabing.

—¡Joder! —exclamó Paz.

—De joder, nada. Abstinencia hasta que se cure —apunté con una sonrisa.

—¡Vaya faena! Con lo que te ha costado encontrarlo, y ahora... ¡Ay, Sonia! No ganamos para disgustos —apuntó Marta.

—Pero Víctor se está recuperando. Es lo más importante. Ha ido a terapia para eso. Ya tiene casi el alta —informé.

—Sí. Seguro que lo consigue —me animó.

—Me ha dicho que debemos darnos un tiempo. Que me llamará cuando lo tenga controlado. Y, como comprenderéis, estoy fatal. Soy una esclava del teléfono, mirando si me llama o me envía un mensaje a todas horas. Y no paro de hacerme preguntas: «¿Me conviene un hombre así?». «¿Podremos construir algo bonito juntos?». «¿Me perseguirá su pasado?». «¿Lo podré superar?». ¡Estoy hecha un lío! No sé qué hacer —me sinceré.

Bueno, ya lo había soltado. Le di un trago largo al vino. Y resoplé más tranquila. Noté que el nudo del estómago se me aflojaba un poco. Era verdad que, al compartir la pena, esta se divide.

Se inició de repente un debate intenso, mil murmullos, todas hablaron a la vez. Lamentos y gritos. Pedí un poco de tranquilidad y una intervención por persona.

Marta dio su opinión de amada esposa:

—Sonia, ciertamente, no pinta nada bien. Tú ya padeciste lo tuyo con aquel novio que te dejó. Ya has sufrido mucho. No te conviene meterte en tierras movedizas. No sabes cómo te va a salpicar esa historia. Tranquilidad y buenos alimentos.

Carlota, en cambio, arrastrada por el amor, lo tenía muy claro:

—Hazle caso al corazón. Sé libre. Déjate llevar. Siente. Vive. Además, lo de Miquel ya lo tienes superado. No tiene por qué volver a repetirse. Doy fe de que no todos los hombres son iguales —aseguró.

Faltaba la consideración de Paz. Podía salir por cualquier sitio.

—A ver, Sonia. Tienes, por un lado, la experiencia. Y por otro, el sentimiento. Y un riesgo que puedes correr, o no. La incertidumbre siempre está ahí. En cualquier cosa que comienza hay miedos e incógnitas. La opción de que una relación prospere depende de muchas circunstancias. Pero la más importante es si hay amor o no lo hay. Y desde luego el compromiso, la confianza y el respeto. Si crees que tienes todos esos ingredientes, tú misma.

Paz me sorprendió. Bueno a mí y a todas, creo. Amor. Confianza. Compromiso. Había dado en la diana. En cualquier otra relación tendría, seguramente, los mismos obstáculos. Dependía en gran parte de mí, de cómo lo viviera yo. De si sería capaz de lanzarme a la aventura o no.

—Yo no lo hubiera expresado, mejor —concluyó Carlota.

—Eso es justo lo que yo quería decir, pero no me han salido las palabras —se justificó Marta.

Yo seguía en el mismo punto de partida, pero estaba reconfortada al saber que mis amigas pensaban en la misma línea. En definitiva, era una decisión personal. Y yo estaba inclinada a darle la mano a Víctor, a izar las velas y a surcar los océanos con él. Tenía que probarlo, al menos. Me lo reprocharía siempre, si no lo intentaba. «Uno se arrepiente de lo que ha dejado de hacer, no de lo que ha hecho, ¿no?», me dije.

—Más vino, que estoy inspirada —reclamó Paz—. ¿No sabrás si Tripiquilabing tiene por ahí un amigo? Es que necesito un hombre. Un hombre de verdad. No me importa que tenga un amor en cada puerto. Ardo, lo confieso. El tantra es un asco, demasiado espiritual para mi edad. Más vale pájaro en mano que ciento meditando, de verdad.

Nos reímos a carcajadas. Nuestra querida Paz era imprevisible. Lo mismo decía una cosa que otra. Y con aquella naturalidad que la hacía tan entrañable.

Yo aún tenía algo más que contar. Dejé caer aquello del «asunto personal» que Víctor me había dicho que tenía que resolver. Eso sí me alarmaba. Estaba convencida de que sería el escollo definitivo. Y de que de su resolución dependía mi suerte.

—Seguro que se trata de una antigua amante. Entiendo que tiene que terminar con ella para poder empezar conmigo. Debe de ser el eslabón de la cadena que le une con el pasado y tiene que romperlo para ser libre, pero estoy preocupada —expliqué.

Ese sí era realmente mi problema. Me desquiciaba pensar que mi rival no era su trastorno, sino otra mujer. A él podía esperarlo. Pero saber que había otra y que mi fortuna dependía de ella me hacía hervir la sangre.

¿Cuándo se iban a ver? ¿Qué rostro tendría ella? ¿Cómo olería? ¿Qué le diría? La odiaba sin conocerla. La hubiera despellejado.

Mis amigas trataron de serenarme. Me aconsejaron que no pensara en ello. Que le diera tiempo al tiempo y que confiara en él. «Confianza, Sonia. Confianza».

Fue entonces cuando picaron al timbre.

25

¡Japuta!

Era Estefi. Llegó con todo su *glamour*, repartiendo besos y abrazos. Era *lady* Fantasy, la estrella. Lo sabía y le encantaba hacerse notar.

—Por fin, chicas. Todas juntas de nuevo. ¡Qué alegría! Mua, mua y requetemuá. Dense todas por besadas. Bueno, todas menos Paz, que no contesta ningún mensaje. —Ni le dio tiempo a que replicara. Siguió a todo trapo—: Pero qué anillo, por Dios, Marta, ¿es de verdad? Sonia, estás estupenda. ¡Qué delgada! Ya me dirás el secreto. Y tú, Carlota, cómo se nota que *cogés* mucho, qué piel más tersa que *lusís*.

La bonaerense era un torbellino. Fiel a sus costumbres, en un santiamén nos dio un buen repaso a todas.

—Aquí traigo el vino. Y una ginebra para luego. No nos quedemos secas. Además tengo un enfado descomunal. Me va a hacer falta. Enseguida les cuento. ¡Tengo un hambre!

Estefi dio cuenta del guacamole y de varias rebanadas de pan con tomate y jamón, mientras Carlota aprovechó para ir al baño. Volvió dando brincos.

—*Red river*. ¡El tomate frito Orlando ya está aquí!

—Pero ¿qué dice esta? ¿Se ha vuelto loca o qué? —se sorprendió Paz.

—Que no está embarazada. Que le ha bajado el periodo —puntualicé yo.

—Anda, pues no sabía nada. ¡Me margináis! —dijo nuestra abuelita.

—¡Cómprate un teléfono! —gritamos todas entre carcajadas.

—Ahora, sí, *New York, New York*. Me voy a la Gran Manzana —cantó Carlota.

Levantamos las copas y brindamos de nuevo. Por Carlota, por Nueva York, por su novio y por su regla. Por el anillo y por Marta. Y porque Paz encontrara pronto un buen aparato que saciara su sed de hombre. Por mi paciente espera y porque Tripiquilabing resolviera pronto y bien.

Aquella distensión me vino de lujo. Fui a la cocina a por el pastel de albaricoques. Le añadí nata de un frasco que tenía en la nevera. Cuando llegaba de nuevo a la terraza, Estefi tomó la palabra. Parecía muy ofuscada.

—Pues sí que tienen novedades, pero lo fuerte es lo que me ha pasado a mí. Aún no me lo puedo creer. Tengo un disgusto enorme.

—Y qué te ha pasado, cariño, ¿este mes no cobrarás la prima de dos mil euros? ¿Tus ideas no han triunfado en el anuncio de compresas? ¿Has olvidado el tanga en casa de tu última conquista? —replicó con mucha retranca Paz.

Los problemas de Estefi solían ser muy distintos. Desde luego eran muy alejados de los nuestros.

—Ah, entiendo. Has ido al *office* a ponerte un café y la secretaria del director llevaba tu mismo traje de chaqueta. ¿El desodorante te ha dejado mancha en tu Chanel? —prosiguió con burla nuestra Paz—. Sea lo que sea. Lo entendemos, Estefi.

—¡Insoportable! ¡Insufrible! ¡*Inconsebible*! —le replicamos todas a la vez con voz de pijas, marcando las eses. Era el soniquete con el que le respondíamos a coro cuando la gran publicista nos contaba alguna de sus milongas, habitualmente sin importancia para el común de los mortales.

—Esta vez, el asunto es muy grave, nenas —repitió con tono taxativo, su típica respuesta automática a nuestra guasa.

—Sor-prén-de-nos —le cantamos de nuevo.

—Me he quedado sin mi mejor amante. ¿Se lo pueden creer? Es verdad que llevábamos tiempo casi sin vernos. Últimamente, nunca. Viajaba mucho, decía. Ahora sé que era mentira. ¡El muy boludo! El caso es que, después de dos años, me ha dado puerta. Así, por las buenas. Qué falta de etiqueta. ¿Dónde va a encontrar a otra mujer como yo? —dijo al mismo tiempo que deslizaba sus manos por su esbelta figura.

—¡Oh, qué pena! ¡Vaya pérdida! Seguro que tienes un montón de hombres enviándote rosas al camerino. Podrás elegir a quien quieras —ametralló Paz.

—Pero a ninguno como él. En la cama era Dios —sentenció Estefi.

—Pues lo mismo se ha cansado de ti y de tus curvas perfectas. Pásame su teléfono, anda. Lo mismo quiere a una mujer en su máximo esplendor, como yo —solicitó irónicamente Paz.

—Lo dudo. Y no porque no estés estupenda, cariño. Me deja porque dice que se ha enamorado. ¡Enamorado! ¡Y de otra! ¿Qué les parece?

—El amor siempre vence —apunté yo con convicción.

—Lo que más me fastidia es que era insaciable. Siempre quería más. Una máquina. Lo hemos llegado a hacer en sitios insospechados. La última vez, en el cambiador de unos grandes almacenes. Un morbo brutal. Pero ¡adiós! Plantón. Se ve que era adicto al sexo, que estos últimos meses no nos hemos visto porque estaba en tratamiento y que se está curando —explicó la argentina—. ¿Y lo peor saben qué es?

En ese momento se detuvo para beber un sorbo de vino.

Aquella revelación me puso en alerta máxima. Enamorado. Adicto al sexo. Que la dejaba. Demasiadas coincidencias. A ver cuál sería la siguiente. Estaba atacadísima.

—Lo peor es que me confesó que nunca me había dado su verdadero nombre. Tampoco conocía su casa hasta nuestra última cita. Decía que era un lugar prohibido, que era su espacio íntimo. Jamás había llevado allí a ninguna mujer, pero el muy *pelotudo* quiso despedirse allí como prueba definitiva de que nunca iba a haber nada más entre nosotros. Con la de polvos que hubiéramos echado en aquel lugar mágico. Me dejó con la miel en los labios. Le supliqué hacerlo una vez más. Pero se opuso radicalmente.

—¿Pero qué sitio tan especial era ese? No nos lo has dicho —interrogó Carlota.

—¡Era un barco, un velero atracado al lado del Aquàrium!

No pude reprimirme más. Algo se apoderó de mí. Tal y como pronunciaba las últimas sílabas, me abalancé sobre ella con la única y clara idea de estrangularla.

—¡*Japuta*! ¡*Japuta*! —bramé poseída por el mismo diablo.

—¡Socorro! ¡Se ha vuelto loca! Deténganla —vociferó Estefi, muy aterrada.

Paz, Carlota y Marta no entendían nada, pero me sostuvieron de la cintura con todas sus fuerzas. Por más que lo intenté no pude llegar a poner mis manos en torno a su cuello, como era mi intención.

—Aléjate de él. ¡¿Lo has entendido, so zorra?! —dije antes de resbalarme y precipitar la cara sobre el pastel que estaba en medio de la mesa. Me embadurné de nata hasta las cejas. Marta aprovechó la circunstancia para situarse delante de Estefi y protegerla de mi ira.

—Dejadme. Dejadme. ¡La mato! ¡La mato! —grité haciendo remolinos con las manos con la única idea de agarrar a la mala pécora argentina por el cuello y ajusticiarla. Pero no veía nada. Tenía los ojos llenos de crema, de frutas y de bizcocho.

Aprovechando mi provisional falta de visión, Paz me redujo y me condujo hasta el baño. Enseguida acudió también Carlota. Entre las dos me limpiaron con una toallita, pero no había manera de quitar el empaste. Yo, mientras, no podía parar de llorar y gritar.

—Lo mejor será que se dé una ducha —apuntó Carlota.

—Dejadme, no quiero ducharme, ¡quiero matarla! Todo es culpa suya, ella es «el asunto» de Víctor. ¡La mato!, ¡¡la mato!!

Paz y Carlota me sujetaron para impedir que saliera del baño como una poseída y se miraron preocupadas. Estaba claro que yo había perdido los estribos.

—Cariño, Sonia... —empezó Paz.

—Ella no sabía nada, compréndelo. Ella no tiene ninguna culpa de nada —siguió Carlota, aplacando la rabia que vomitaban mis brazos y mi boca.

Poco a poco, recobré la tranquilidad.

—Necesito estar sola, por favor —supliqué.

Paz y Carlota se miraron poco convencidas, pero al final me dejaron en el baño con la promesa de que me daría una ducha y volvería a la terraza.

El paréntesis fue perfecto para rebajar la tensión. Los chorros de agua me fueron apaciguando poco a poco. Cerré los ojos mientras notaba el líquido caer sobre mi cabeza y resbalar cara abajo. Dejé que fluyeran las fuerzas del lado oscuro que se habían apoderado de mí y se fueran yendo por el desagüe.

Sola ante el espejo, revisé lo sucedido. Ciertamente no podía culpar a Estefi. Ella no sabía nada. Su historia en la vida de Víctor era anterior a mí. Y el último capítulo ocurrió en paralelo. Por lo tanto, era injusto acusarla.

Otra cosa bien distinta hubiera sido que lo hubiera hecho a propósito. «Entonces la hubiera matado sin piedad». Pero no era el caso.

Yo había concentrado en mi desconocida rival toda la impotencia y la incertidumbre que no me dejaban vivir. El peligro de una recaída de Víctor era lo que más temía. Sin embargo, visto con perspectiva, que ella fuera «el asunto personal» de Tripiquilabing era una ventaja. Así había podido conocer su versión de los hechos, desnuda y sin aditivos.

Y, si era cierto lo que había dicho Estefi —algo que no ponía en entredicho—, tenía que admitir que la actuación de Víctor había sido de matrícula de honor: Tripiquilabing le había dicho adiós al pasado, no había caído en la tentación y había verbalizado que estaba enamorado. Impecable. Absolutamente nada que reprocharle. Y además había cortado con Estefi en su casa sin querer hacer nada con ella, en el velero, para que el escenario de nuestro incipiente romance quedara inmaculado y él pudiera ser mío, libre de ataduras.

En mi ausencia, Las Pipicañeras aprovecharon para explicarle a Estefi la película completa. Me puse un chándal y salí del baño. La bonaerense me esperaba detrás de la puerta. Me estrujó con un abrazo robusto.

—Lo siento en el alma, cariño. No sabía nada. *Perdoname* —imploró con el rímel corrido y los ojos húmedos.

—Eres tú la que tiene que perdonar mi actitud. Tú no tienes ninguna culpa, Estefi. ¡Pero tienes una orden de alejamiento! —añadí con sorna—. Te quiero a quinientos metros, mínimo, del velero. Y de mi futuro novio, por supuesto.

Nos fundimos la una en la otra. Y aquel nudo embrionario enseguida se convirtió en una piña de amigas, con Paz, Marta y Carlota.

Esta lanzó el grito de guerra:

—¿¡Quiénes somos!?

—¡Las Pipicañeras! —respondimos al unísono.

—¿¡Quiénes somos!? —repitió.

—¡Las Pipicañeras! ¡Las más buenas, las mejores, las más guerreras!

Acabamos riendo y alzando las copas exaltando la amistad. Si seguíamos así, pronto entonaríamos los cánticos regionales.

Instaladas de nuevo en la terraza, yo no podía deshacerme del todo de cierto rencor hacia Estefi, que había usado el cuerpo de mi amado para darse infinito placer. Me escocía ese fuego diabólico en mi cabeza y temía que pudiera volver a prenderse. Entonces, Estefi, como si hubiera leído en mi mente, me tomó de la mano y me llevó a un rincón.

—Os lo *meresés,* Sonia. Ganaste la partida del amor. *Disfrutalo* por mí.

Aquello fue definitivo para evaporar mi miedo.

—No estés triste ni tengas miedo. Por lo menos, no por mí. Víctor es pasado en mi vida. A veces soy despiadada con mis palabras, pero nunca miento —siguió ella—. Vos *sos* felicidad. Siempre estás de buena onda. Adelante, Sonia. *Viví* y *gosá* este momento con él.

Se me saltaron las lágrimas. Nunca nadie me había dicho nada tan bonito. «Vos *sos* felicidad», me repetí. ¡Qué hermoso!

La abracé y le di un beso en la mejilla. No había mejor manera de cerrar todo el sufrimiento de aquellos días. La rúbrica perfecta para empezar una nueva vida.

De repente. No sé cómo ni por qué, me vino una vieja idea a la cabeza. Agarré la manguera y les apliqué el chorro a todas mis amigas. Era como un bautizo purificador. A mí también me llegó el turno. Nos empapamos.

Después repetimos el ritual. Como la otra vez, tuve que dejarles unas prendas mientras se secaban las que llevábamos puestas. Y, en cueros, vi mi evolución. Ya no llevaba unas bragas de cuello alto tipo Bridget Jones, sino un culote de encaje. Un detalle revelador de que había cambiado por dentro y por fuera.

Nos preparamos unos *gintonitos* y acabamos gritando de nuevo a la noche:

—¡Somos Las Pipicañeras! ¡Las más buenas, las mejores, las más guerreras!

Dormí plácidamente. Había derrotado a un fantasma y me esperaba un ángel.

26

¡10.000 metros!

En mi vida, ni en el más extraordinario de mis pensamientos, había imaginado yo que podía correr diez quilómetros seguidos. Una de mis mayores gestas deportivas, hasta no hacía mucho tiempo, había sido saltar el potro cuando era pequeña. Claro que ahora iba al gimnasio y me estaba poniendo en forma. Pero lo que se dice correr no era mi fuerte. Y hacerlo de cara al público me daba mucho reparo. Otra cosa bien distinta sería si tuviera que perseguir a Tripiquilabing. Entonces, no habría problema. Sería el mismísimo Correcaminos. Nadie me podría detener.

Pero en aquel compás de espera, mientras él acababa de resolver lo suyo, pensé que tener algo en la agenda y airearme un poco me iría bien. Me despejaría la cabeza unos días. Cuando la incertidumbre amorosa te azota, lo mejor es tener algún plan.

Estefi nos había comentado que la marca alemana que patrocinaba la carrera nos regalaba la indumentaria completa si participábamos. Nos embaucó, como siempre. La argentina siempre tenía chollos. La publicidad le abría las puertas a todo tipo de eventos. La prueba atlética, para mí no era nada estimulante en sí misma, pero un nuevo modelito me iría de perlas para el *gym*.

Estefi nos pidió que nos acercáramos a la salida para que su contacto viera que lucíamos las prendas que nos había proporcionado. Carlota y Marta no se habían apuntado a la cita. Paz sí había venido, por supuesto. Yo no tenía la más mínima intención de dar un paso más que ella. Con que nos vieran pulular por allí sería suficiente. Estefi quedaba bien y nosotras nos llevábamos el obsequio.

—Bueno, las veo luego, en la llegada. Me han dicho que la casa Músculos ha instalado unas carpas donde harán masajes gratis. He visto a un masajista negro que está como un queso y no me lo voy a perder.

La argentina nos puso los dientes largos y se marchó para tener una buena posición en el inicio. El bombón de Buenos Aires era una gacela y se había preparado durante semanas. Ella no dejaba nada al azar. Iba a correr y a competir. ¡Menuda era!

Paz me miró con ganas de decir «yo también voy a correr». Se había enterado de lo del masaje y no quería perderse un buen magreo.

—Mira, Paz. Yo estoy aquí por compromiso. Empezamos, corremos un poquito y vamos luego a las friegas. ¿Te parece bien el plan? —le propuse.

Ella hizo como que no me escuchaba. Y así, las dos, con una camiseta verde fosforito ajustada y nuestros pantaloncitos (el mío negro, el suyo azul marino), nos juntamos con el mogollón en la línea de salida. Me sentía ridícula, digámoslo sin tapujos. ¡Y con las piernas tan blancas! ¡No me había ni depilado! Por lo menos, podía exhibir mi nuevo peinado, aunque pronto se iba a estropear. «Siempre, positiva, Sonia. ¡Adelante!».

Me daba una pereza mundial, pero si la cincuentona se atrevía a correr, juraba por todos los Santos, incluido Froilán, que yo no me iba a quedar atrás.

Y así fue. Dieron la salida y desfilaron los campeones y las campeonas a toda velocidad. Yo mantenía la esperanza de que Paz se lo repensara, pero la masa empezó a moverse y ya tocaba nuestro turno. Estuve tentada de hacer la ola a los corredores y darme la vuelta. Pero ya era tarde.

Paz comenzó como un torito. Y yo, a su lado. Superé los primeros metros sin problema. No en vano llevaba semanas yendo al gimnasio. Pero al cabo de unos minutos, me faltaba el aire por todas partes. Paz, sin embargo, seguía como si nada. Lengua fuera y *pa'lante*, si ella podía, yo también.

Al cabo de unos metros más, noté los primeros pinchazos en el pecho y pesadez en las piernas. Los muslos me iban a explotar. Para colmo, se me desató un cordón.

Paz se me escapó una decena de metros. «Cómo corre esta. Ha escuchado lo del masajista y no se quiere perder sus tocamientos. ¡Cabrona!».

Frené para atarme bien las zapatillas, me serené y retomé la marcha. Creía que, en cualquier momento, Paz pondría el freno, recuperaría el aliento y aquí paz y después gloria. Pero nada más lejos de la realidad, no paraba. Y, si ella no lo hacía, yo tampoco. Por supuesto. No sabía de dónde sacaba la fuerza la cincuentona. Desde luego el mango africano que esperaba en la meta era una buena motivación. Pero ¡¿tanto?!

Seguía la estela de Paz como podía. Parecía que le habían dado cuerda. De Estefi, por supuesto, no había noticias. Estaría mucho más adelante, aún.

Tenía que tranquilizarme, dejar la mente en blanco y encontrar mi ritmo. Y así lo hice. Seguramente iría un poco más aprisa que una persona andando, pero no podía parar.

Mi respiración se normalizó. Debía de tener los carrillos al rojo vivo, como Heidi. Notaba como transpiraba a borbotones. Chorreaba esternón abajo y por toda la espalda. Estaba empapada. Menos mal que aquel *short* era transpirable y no traspasaba. Imaginarme las posaderas con un manchón de sudor y que me viera todo el mundo hubiera sido un desastre total.

Al mismo tiempo empezaba a florecer, cosida a la fatiga, una sensación muy agradable. Cada metro que superaba era una nueva energía para el cerebro. Me decía: «Tú puedes, Sonia». Y podía. Sería verdad que querer es poder.

Mi cabeza daba la orden y mis piernas obedecían. El machaque del gimnasio daba sus frutos. Solo me faltaba un poco de música y agua fresca. Por suerte estaba a punto de llegar a la mitad del recorrido, al punto de avituallamiento.

Paz estaba relativamente cerca. Como había un ligero descenso, su figura y el refresco que me esperaba hicieron el resto. Di todo lo que me ofrecían las piernas. Y casi llegué a alcanzarla.

¡Ostras! No había cola ¡Vaya palo! Agarré un botellín de agua, agaché la cabeza y puse mis manos sobre las rodillas. La gran carrera había acabado para mí. ¡Bravo Sonia! 5.000 metros como una auténtica titán. Para mí era como si hubiera ganado la medalla de oro en unos Juegos Olímpicos. Estaba súper contenta. Yo, que no pensaba ni empezar la prueba, había llegado lejísimos.

En todo eso pensaba cuando levanté el brazo y dejé caer el líquido a chorro sobre mi boca, primero, y sobre la nuca, después. Fue casi, casi, como un orgasmo. Desde luego, mucho más cansado.

Alcé la vista para localizar a Paz. Habría hecho lo mismo que yo, imaginaba, y en unos segundos estaríamos juntas compartiendo risas. Pero qué equivocada estaba. Al mirar al horizonte, la vi. ¡Seguía corriendo!

Al contemplarla, vía abajo como una jovenzuela moviendo su melena de caracoles de un lado a otro, me sulfuré. Yo no podía dar un paso más. Tenía las piernas como hormigón armado. Pero también tenía amor propio, mi orgullo, y no podía consentir que aquella anciana fuera alardeando en el barrio, a los vecinos, a los del pipicán y a nuestras amigas de que ella había acabado la carrera y yo no.

Aquello resultó ser un gran estímulo. Empecé a caminar como pude. Paso tras paso. Metro a metro. Anduve así como unos diez minutos. Se me desató otra vez la zapatilla. Ahora sí, estuve a un tris de tirar la toalla y abandonar, pero no lo hice. Empecé a corretear y llegué a la plaza Universitat. Fantaseé con la idea de que era una gladiadora que atravesaba la puerta del Coliseo de Roma y entraba en la arena para recibir las aclamaciones y los aplausos del público.

Dejé atrás la calle Pelai y crucé la Rambla. Al hacerlo vi el gentío del bar Zurich, sentadito en mesa, cerveza en mano. Los odié a todos. ¿Por qué coño seguía corriendo yo? ¿Un misterio? ¡No! Era por Paz y por las ganas de atraparla. Soñaba con la idea de hacerlo en la recta final. Entonces yo vendría como un guepardo hembra en busca de su presa y... ¡zas! Llegaría con ella.

Aquel sueño-pesadilla me acompañó hasta haber superado las tres cuartas partes del trayecto. Entonces volví a notar el pinchazo traidor.

¿Por qué seguía allí sobre el asfalto? Las pulsaciones estarían por encima de doscientos, ¿por qué carajo seguía corriendo? ¿Por qué no paraba ya de una puta vez?

Paz era la respuesta. Si ella llegaba a la meta, yo también, aunque muriera en el intento. Se había despertado mi gen competitivo y no había manera de pararlo. Entonces vi el cartel que anunciaba que solo faltaba un quilómetro. Lo que había parecido una quimera estaba delante de mis ojos.

La llegada estaba en el paseo de Lluís Companys, justo a las puertas de la Ciutadella. Ya podía olerla. Estefi ya estaría en la camilla, rociada con aceites.

Y lo que parecía un milagro se hizo realidad. Allí estaba Paz, a paso de tortuga. Podía alcanzarla. Realmente podía. Fui a por ella. Corrí con todas mis fuerzas. Más y más. Estaba en el Coliseo y la gloria iba a ser mía.

Por poco, pero Paz estaba a punto de entrar delante de mí. Giró la cabeza hacia atrás y me vio. Entonces paró en seco y me esperó con los brazos abiertos, nos achuchamos y llegamos juntas de la mano y con el puño en alto. Fue nuestro triunfo compartido. Una lección de amistad. Por su parte, claro. Yo no tuve agallas de confesarle que mi motivación para no parar de correr había sido la ilusión de vencerla... Ni agallas, ni aliento.

Por suerte, nos dieron una bebida isotónica, que me acabé en un suspiro. De mí no quedaba ni el nombre. Estaba fundida.

—¡Nena, que ahora nos queda lo mejor! —anunció Paz, mi nuevo ídolo.

—¿Ah, sí? ¿Me han traído la cama hasta aquí? —acerté a preguntar.

—Mucho mejor. ¡El masajista!

En efecto, allí estaba la sala rotulada con la palabra «Músculos» y dentro, un montón de fisioterapeutas con otros tantos atletas. Justo cuando entrábamos, salía Estefi.

—¡Reinas del asfalto! ¡Habéis acabado! —nos felicitó efusivamente el pibón.

Acto seguido alardeó del tiempo conseguido: 47' 46". Así era ella, no podía dejarnos disfrutar ni de un poco de protagonismo, ¿qué se le iba a hacer?

Vinieron a buscar a Paz para el masaje. Me tocó esperar, pero tuve suerte. La siguiente era yo.

—Señorita, por favor, acompáñeme.

¡Era el falo de ébano! ¡Me había tocado la lotería! El Cuponazo, ni más ni menos. Le guiñé el ojo a Estefi, le levanté el pulgar a Paz y me dispuse a dejarme tocar por aquellas manos enormes.

Al final iba a tener mi recompensa.

27
La reina del mundo

Veintiún días sin verlo. Veintiún días loca de amor. Una eternidad, la verdad. Pero afortunadamente ya habían pasado y en unos minutos volvería a estar con él.

Dicen que tres semanas es el ciclo de tiempo en el que los cambios se consolidan y se convierten en hábitos. En mi caso, era justo lo contrario. Aquellos días habían sido un paréntesis para llegar al principio de todo.

Hervía la tarde y yo con ella. El ardiente sol de finales de junio se desparramaba por una ciudad agitada en busca de la noche mágica de San Juan. La fiebre del verano encendía toda mi pasión, que aguardaba reprimida la cita con Víctor.

Ojalá, suspiraba, hoy su hoguera me prenda también a mí.

Unas diminutas nubes en el cielo azul se hacían y se deshacían mecidas por el viento del noroeste. Temía que una de aquellas ráfagas me levantara la falda y me dejara con el culo al aire. Era la falta de costumbre. Me sentía desprotegida. Sí. Por fin me había decidido y, como me había regalado un plan *renove* interior, lucía un tanga de color verde a juego con un sujetador de encaje.

Había bajado en la estación de La Barceloneta y me quedaban solo unos metros para llegar a mi destino. Temblaba de emoción.

Iba con un *look* ibicenco: vestido y deportivas blancas. Un sencillo collar de perlas y el cabello al viento. Mis gafas de sol, negras, de pasta, adornaban mi cara sin pintar. En la bolsa de mimbre, un jersey, un vestido de gasa negro, otra combinación de lencería, pinturas, un bikini y condones.

Si llegaba el gran momento, no podía estropearse por un detalle tan importante. Compré una caja de seis unidades, extra sensibles, normal *size*. ¡Ah, y una botella de cava! Mujer precavida vale por dos.

Víctor y victoria. Amor, de altura y de bajura. Yo lo quería todo en aquel solsticio de verano.

La velada se presentaba excitante. Primero, porque iba a ver a Tripiquilabing. Segundo, porque albergaba la esperanza de que su deseo, libre y limpio, eligiera mi cuerpo para renacer de su inactividad. Y tercero, porque el plan era divino: navegar y pasar la noche juntos en alta mar.

También tenía mis reparos, obviamente. Me inquietaba conocer su versión del asunto personal que había tenido que resolver. Yo ya sabía lo sucedido por Estefi, pero tenía que corroborarlo. «Aunque, si me había invitado a un plan tan especial, sería porque lo tenía claro, ¿no?».

Avancé con paso firme y bajé a toda velocidad las escaleritas que daban acceso a la zona de amarres. Ya lo había visto y lo saludé, entusiasmada, aleteando el brazo. Me esperaba en la puerta de acceso restringido.

Estaba impresionante, con un pantalón de lino arremangado hasta un poco más arriba del tobillo, una camisa blanca y unas chancletas. Moreno chocolate. Me recibió con una sonrisa gigante y un beso en los labios. Breve. Más cariñoso que sensual. Era un comienzo muy prometedor.

Subí de su mano al barco y presentí que sería un crucero maravilloso. Lo vi relajado, seguro de sí mismo, radiante y seductor. No cabía en mí de alegría. Estaba a punto de emprender la aventura de mi vida con un marinero guapísimo.

—Ponte cómoda.

Al instante, volvió con un par de copas de champán.

—¡Por ti, por mí!

Brindamos.

—¿Estás dispuesta a trabajar? En un barco se curra mucho, ¿eh? —soltó enérgico.

—Estoy dispuesta a todo —afirmé.

Me guiñó un ojo pícaramente.

—Te nombro el segundo de a bordo. Mi ayudante de honor.

—Será un placer. Eso sí, me tendrás que decir qué tengo que hacer. En mi vida he navegado —aclaré.

Antes de seguir me ofreció una pastillita.

—¿Y esto? ¿No querrás drogarme, no? —le dije medio en broma.

—Qué va. Tranquila. Es una Biodramina, contra el mareo. En un velero siempre hay movimiento, y por eso es muy aconsejable que te la tomes. Es una solución preventiva —me advirtió cariñosamente.

Mi primera tarea fue soltar amarras. Una maniobra relativamente fácil, solo tenía que desenganchar dos nudos y hacer fuerza para separarnos un poco de tierra. Salimos a motor. Me pareció increíble cómo Víctor dirigía el velero desde el timón. Creía que íbamos a chocar contra otras embarcaciones, pero su pericia era puro arte.

Cruzamos el puerto muy despacio. A nuestra izquierda, el viejo faro, hoy reloj del muelle de los pescadores, y el Aquàrium. Colón nos despidió con su dedo erguido. Dejamos atrás Las Golondrinas. Más allá, dos enormes cruceros de recreo. Y la bocana.

Nos hicimos a la mar, hacia el norte. Seguimos alejándonos de la costa. La torre Mapfre y las chimeneas de Sant Adrià se iban quedando pequeñas a nuestro paso. En el fondo, el Tibidabo y la Sagrada Familia.

Era una gozada ver Barcelona desde allí. Me sentía libre, inmensamente libre. La verdad, no sabía a dónde nos dirigíamos exactamente, pero fuera donde fuera estaba segura con mi capitán. Víctor, de pie, al frente del timón era quien manejaba también el rumbo de mi vida en esos momentos. Estaba en sus manos, en todos los sentidos.

Yo me había jurado no decirle nada. Lo de Estefi me había jodido, la verdad. Pero había acabado fenomenal. Había fortalecido nuestra amistad y me había dado alas para volar, segura de mí misma.

Además, formaba parte del pasado de Víctor, de un terreno que no me pertenecía y que no podía juzgar. Como él tampoco tenía ningún derecho a reprenderme por lo vivido antes de conocerme. Había decidido pasar página y empezar de cero. Y aquel era el primer capítulo.

Evidentemente, estaba nerviosa, pero mucho más esperanzada. Quería exprimir cualquier opción de ser feliz. Todo estaba por hacer y todo era posible.

Me preguntaba qué estaría pensando él. Parecía ajeno a este mundo, relajado, sonriente, despreocupado. Pero ¿estaría recuperado? ¿Dispuesto al amor? ¿Preparado para mí? Deseaba que hubiera superado la fase de don Juan y aflorase el Romeo.

Me hizo un ademán para que me acercara.

—¿Has llevado alguna vez un velero?

—No. Claro que no —respondí acojonada.

—Pues esta es tu gran oportunidad. Todo tuyo —dijo separándose del puesto de mando y dejando espacio para mí.

—¿Qué haces, loco? ¡Que nos vamos a estrellar!

—Tranquila. Es muy fácil. Pon las manos así: una, en las dos y la otra, en las diez. Y mantenlas firmes. ¡Solo tienes que seguir recto!

Se colocó detrás de mí y apoyó sus manos sobre las mías. Notaba su pecho sobre mi espalda y me sacudió un gusto súbito y penetrante. Yo estaba hecha un flan por estar al mando del barco y, muy especialmente, por su proximidad. Me imaginaba que en cualquier momento me recogería el cabello hacia un lado y me besaría suavemente el cuello. Me desharía y perdería el norte.

¿Y el timón? ¡Nos iríamos a la deriva y chocaríamos contra otro barco! El peligroso desenlace que avecinaba y las explicaciones de Víctor aplacaron mi calentura.

—La rueda es el dispositivo que controla el timón de la nave, un aparato conectado al casco. ¿Ves?, esta tiene ocho radios con ocho asas. Antiguamente, en los buques más viejos, el timonel giraba el volante hacia la derecha y el barco viraba a la izquierda y viceversa.

—Me estás liando, Víctor. A ver, ¿tengo que girar a la izquierda para ir a la derecha? ¿Y eso qué es, babor o estribor?

—No te preocupes por eso. Tú, hacia adelante —trató de tranquilizarme.

—Qué follón, por Dios —refunfuñé.

Víctor me masajeó suavemente la espalda y volví a perderlo todo de vista. Cerré los ojos y volvió el furor interno. En ese momento no me hubiera importado que regresara el Casanova que fue. Pero tenía que mantener la calma. «No te precipites, Sonia. Lo que tenga que venir, vendrá». Él siguió a lo suyo, no paraba de explicarme cosas.

—Esta rueda de timón la compré en un anticuario del puerto de Marsella, pero este velero está equipado con un sistema hidráulico moderno para que el movimiento de la rueda esté alineado con el de la nave. Es decir, giras a la derecha para ir a la derecha, como en un coche. Así es más sencillo de llevar.

Víctor siguió hablando de la navegación y de su velero con emoción. Yo no era capaz de apreciar todo el valor que él le atribuía, pero me cautivó cómo hablaba de ello. Denotaba que era un hombre sensible. Por eso me extrañaba aún más que hubiera podido caer en aquella adicción tan destructiva. Aunque, pensándolo bien, él era casi un completo desconocido. Seguro que en aquella travesía tendría oportunidad de descubrir lo que le había sucedido.

Luego, apagó el motor y se pasó un buen rato de aquí para allá con las velas. Me explicó que ya había izado la mayor y la mesana, las velas que daban estabilidad a la embarcación, y otra cosa muy importante, sombra, muy de agradecer con aquel solazo.

—¡Allá vamos! ¡Viento en popa a toda vela! —grité al aire, emocionada.

Ellas y el viento me propulsaban hacia lo desconocido.

Todo transcurría despacio, como si Víctor controlara el tempo y supiera cuándo sería el mejor momento para cada cosa. Empecé a entender su filosofía y me dejé llevar por aquella harmoniosa onda.

Se apoderó de mí un impulso irrefrenable. Trepé hasta la Venus de proa. Subí a lomos de la diosa, cerré los ojos y me agarré fuerte. Me temblaba todo, hasta el espanto. Cuando fui capaz de levantar la mirada, estaba sola ante el inmenso azul, a ratos verde, a ratos gris, cabalgando sobre las olas en un balanceo sin fin, grité:

—¡Soy la reina del mundo! —Era como Kate Winslet en *Titanic.*

Expulsé todos los miedos en un golpe de adrenalina brutal. Fue como un paseo por mis límites, mil veces más emocionante que el Dragon Kahn. Una mezcla feroz de libertad y de emociones a flor de piel. Allí, en el extremo de mis sensaciones, me gané a mí misma. Ya no me importaba nada lo que fuera a ocurrirme. Solo quería vivir ese momento, como si fuera el último.

Me sentí la mujer más poderosa del mundo. Tenía la sensación de ser invulnerable e invencible, capaz de hacer cualquier cosa que me propusiera.

Me giré hacia Víctor. Nos miramos. Entonces, supe que sería mío y yo, suya. Ya no había duda alguna. Aquella sonrisa me dijo todo lo que teníamos que decirnos. Nada sería igual a partir de esa fusión. Únicamente existía presente y futuro. Ya no habría ningún obstáculo que no pudiéramos superar, ni ningún recuerdo que no pudiéramos borrar. Solo él y yo, Víctor y Sonia.

Me despedí de mi diosa y me acerqué a mi amor. Necesitaba su contacto. Me enrosqué en su cintura y permanecí enganchada a él con la barbilla en su hombro.

El mar estaba en paz, como yo conmigo misma.

Avanzábamos a una velocidad de casi ocho nudos a la hora, dijo Víctor. En dos horas y media habíamos recorrido poco más de unos treinta kilómetros, según sus cálculos. Estaríamos frente a la costa de Cabrera.

—Marinero, ¿no comemos nada? Me muero de hambre —reclamé de sopetón.

—¡Ostras! Enseguida. Tenía preparado un tentempié para media tarde, pero se me ha ido el santo al cielo. Luego cenaremos. Lo tengo todo previsto.

—¡Mmm! —me relamí yo—. ¿Has dicho *ostras*?

—He dicho *ostras*, pero a modo de exclamación, como podía haber dicho *recórcholis* —aclaró simpáticamente.

—¡Oh, qué pena! Pensaba que me ibas a ofrecer unos moluscos de esos tan suculentos. ¡Popeye siempre tenía espinacas! ¡Tú podrías tener ostras! —me lamenté.

Me quedé en el puesto de mando mientras Víctor se ausentaba. La espera valió la pena. Regresó con una bandeja de jamoncito cortado a finas lonchas y unas anchoas con torradas de pan con tomate. Dispuso el festín en una mesita y dimos cuenta de ello tranquilamente. Estaba todo delicioso.

Me quedé medio dormida, entre el champán, la Biodramina y el sol, que aún seguía alto y brillante. Dispuse unos cojines y me tumbé en cubierta. Enseguida Morfeo vino a visitarme y caí en sus redes. Me quedé frita al instante. Debí dormir un buen rato. Al despertar, fue maravilloso ver a Víctor, sereno y contemplativo, frente a mí, con su mirada anclada en mis ojos.

—Princesa, su baño está listo. ¿Le apetece acompañarme? —me invitó dulcemente.

Hacía rato que me observaba, intuí. Fue una sensación muy estimulante. Tripiquilabing había anclado el barco y se echó al agua de un brinco. No pude apreciarlo como me hubiera gustado, pero adiviné una espalda ancha, un torso fuerte y un culo redondo y respingón. Me mordí el labio. ¡Estaba de muerte!

Aquella visión me aceleró y enseguida alcancé la verticalidad. Me deshice del vestido y me puse el bikini en un segundo. Inspiré hondo y me dije: «Allá vamos». Me lancé al agua como una sirena de tierra firme. O sea fatal, sin estilo alguno y amerizando con la barriga. ¡Qué daño! «¡Con lo bien que hubiera bajado por la escalerita!».

Mi salvador vino a mi encuentro como si fuera un vigilante de la playa. En sus brazos me repuse milagrosamente. Notar que su cuerpo tocaba el mío me deshizo. Piel con piel. Me apretó con ímpetu y noté todo su vigor. Creía que allí mismo me iba a levantar con el palo mayor. Pero no fue así.

Estaba juguetón. Como un niño travieso, Víctor me sumergió la cabeza. Al emerger, yo me colgué de su espalda y le rodeé para tratar de hacerle una ahogadilla. Pero él, más fuerte, se resistió y acabó hundiéndome a mí.

Nos sumergimos. Nadamos y nos abrazamos. Subimos a cubierta y nos tiramos juntos cogidos de la mano un par de veces. Éramos como dos críos en el amor adolescente de *El lago azul.*

El atardecer daba paso a la noche. El gran azul se fundía con el rojo en el horizonte. A lo lejos, en tierra firme, se adivinaba un paseo con palmeras. Una estampa preciosa. Nunca lo había visto así, desde el mar. Si ponía mi mano en horizontal paralela a la línea de la costa, todo aquel mundo descansaba en mi palma. Era como tener un poder sobrenatural.

Yo podía ser una gaviota solitaria, de las muchas que veía revolotear a lo lejos, o el patito feo, como me había sentido en muchas ocasiones. Pero esta vez, no. Era la estrella de aquella fiesta. Y tenía al rey Neptuno a mi lado. No podía pedir nada más. Únicamente que aquella travesía no acabara nunca.

—La cena estará lista en una horita, *milady* —anunció el capitán.

—Un bañito más. Va. Venga. Tú también. Pero ahora desnudos —proclamé con un atrevimiento que no sabía de dónde me había venido.

—¡Hecho!

Víctor se lo quitó todo y se tiró de cabeza en un santiamén. Lo vi bien, a pesar de la velocidad de sus movimientos. Aquel culo era perfecto. El muy bribón estaba totalmente bronceado y depiladito. ¡Dios!

«Esta vez, sí. No se me escapa». Me lancé y nadé a su encuentro. Pero, cuando estaba a punto de cazarlo, me esquivó y se alejó un poco más. Un diablillo escurridizo. Me cansé de tantas idas y venidas y volví al barco. No estaba para más juegos. Entonces, nadó hacia mí y me alcanzó cuando estaba a punto de trepar por la escalera de popa.

—No te enfades —dijo resbalando su mano desde mi espalda hasta mi trasero. Necesité unos segundos para recuperar cierto equilibrio y recobrar el aliento. Se puso delante de mí. Sus manos en mi cintura, su pecho muy próximo, casi me rozaba. Nos besamos y me dejé ir. Traté de acoplarme. Dejé una pierna en el suelo y subí la otra hasta su cintura para que solo tuviera que empujar el arpón y alcanzar mis profundidades.

—Todavía no —negó con la cabeza.

28
En alta mar

Me fui directamente al camarote. Estaba encendida y cabreada. ¿Hasta cuándo iba a durar aquella persecución de perro y gato? Si Víctor hubiera sido cualquier otro hombre, lo hubiese enviado a Mozambique, por no decir a la misma mierda. Pero, por suerte para él, no era cualquiera. Palpitaba por ese hombre.

Me sosegué y me armé de paciencia. Si él necesitaba un poco más de tiempo, yo estaba dispuesta a dárselo.

—Espero que me prepares una buena cena. Estoy muy enfadada contigo —le avisé ronroneando.

—Te chuparás los dedos —anunció muy seguro de sí mismo.

Me fui al baño. Bueno, a un espacio minúsculo, con una manguerita a modo de ducha y una tablilla de madera en el suelo. Las paredes plastificadas estaban llenas de dibujos en colores vivos, rollo psicodélico de los setenta. Reconocí a los Beatles, los Rolling, Bob Marley y poco más. La luz roja le daba un toque muy *kitsch*, *friki* incluso. Prolongué mi estancia en aquel lujoso baño para dar tiempo al chef. ¡A ver con qué me iba a deleitar!

Enrollada en una toalla, me acerqué al camerino. Estaba al lado de la cocinita, donde estaba trasteando Víctor.

—No mires. No mires. Es una sorpresa —me dijo.

—Tú tampoco, ¿eh? —repliqué—. Aún tengo que acabar de arreglarme.

Me apliqué crema hidratante con esmero. Me puse el vestido negro, más apropiado para la noche, y opté por recogerme el pelo con una coleta alta.

—¿Un espejito? —pregunté, sin girarme, no fuera a ver más de la cuenta—. ¡Qué olorcito más bueno!

—Enseguida estoy. Me falta solo darle un golpe de calor. ¿Espejo? No gasto de eso. Lo siento.

«Un golpe de calor», decía. Con lo sofocada que andaba yo, solo me faltaba más calor. Tenía que entretener a mis endorfinas un poco más.

Rebusqué en el bolso. Tenía un espejo de mano. ¡Salvada! Me vi estupenda. Con la piel tostadita y radiante. No hacía falta pintarme. Eso sí, la raya marcada. De negro, por supuesto. Ya estaba lista para la cena y para lo que viniera, dispuesta a comerme la noche.

—¿Me permites una cosa, princesa? No te gires. Ni te muevas —me advirtió Víctor.

—Por supuesto. Lo que quieras —le confirmé.

Me quedé inmóvil. Mientras, él me puso una venda en los ojos y me condujo con mucho tiento hasta cubierta. Me acomodó en una silla.

—¿Pero esto qué es? ¡Cuánto misterio! —dije yo intrigada. Creía que llegaba el gran momento.

—¿Crees que podrás estarte aquí un momentito sin destaparte los ojos? Estoy en un segundo. Una duchita rápida, si me lo permites, y cenamos. Está todo listo.

—Por supuesto —contesté. Una vez más, me tocaba esperar.

Inspiré hondo y dejé volar la imaginación. Ni idea de lo que me había preparado. No ver nada estimulaba mis otros sentidos. Un soplo de aire suave bailaba a mi alrededor, colándose por debajo del vestido. Abrí las piernas para que pudiera llegar hasta mi cueva sin dificultad. Imaginaba que era Víctor el que me prodigaba esa liviana caricia. Cegada de amor y de deseo ansiaba la unión total de nuestras bocas y de nuestros cuerpos.

Me despertaron sus labios y las yemas de sus dedos que recorrían mi rostro y trepaban delicados hasta deshacer el nudo del pañuelo. Me derretí.

—Ya puedes abrir los ojos —ordenó.

—¡Guau! —exclamé.

Había dispuesto la mesa orientada hacia la costa, vestida con un mantel blanco bordado, cubertería de plata, copas antiguas y pétalos de rosa, a cientos, debajo de nuestros pies. Había llenado de velas el perímetro de la cubierta, cuya luz danzarina dibujaba los límites de un universo privado, la isla del frenesí, la nuestra. Más allá, la negra mar, solitaria y quieta, parecía dormida. Por todo el litoral prendían un sinfín de hogueras, que azuzaban la noche de encanto encarnado. Una aquí, otra allá. Bellísima imagen.

Y en medio de todo, la guinda: Víctor. Camisa azul abierta, pantalón blanco. Descalzo. ¡Mi hombre!

Era el escenario más romántico y encantador del planeta. Nunca había visto nada igual. Y mucho menos conmigo como protagonista. ¡Bestial!

—Y, ahora, las especialidades de la casa. ¡Marchando! Oído cocina —se dijo.

Tripiquilabing interpretaba el doble papel de galán y de *maître*. En su ausencia, aproveché para descorchar el vino. Un Alella muy fresco y riquísimo, en homenaje a la comarca. Probé un poco para degustar.

—Seco, ácido, con gustos almendrados y de compota de frutas —enumeré sin titubeos.

—Anda. Si tenemos aquí una auténtica sumiller —soltó sorprendido a su regreso.

Me quité importancia. No es que yo lo fuera, pero me había aprendido las características generales de todas las denominaciones de origen. Mis tiempos de soledad habían sido muchos y tristes. Y pensando que el conocimiento nunca ocupa lugar, allí tenía munición informativa para quedar bien o sorprender a un chico. Seguro que a Víctor no. Pero lo hice, mira por dónde.

Entonces, asomó él con una bandeja repleta de gambas con un aspecto impresionante.

—Frescas. De esta misma mañana. Conservadas en frío. Tres minutos hirviendo en agua de mar. Retiradas y en su punto. Espero que sean de tu gusto.

Tuve la duda de si pelarlas con cuchillo y tenedor, pero opté por agarrar la cabeza y chuparla, como era mi costumbre. Qué juguillo más sabroso. Me explotó, intenso, en el paladar.

—¡Por fin alguien que sabe comer una gamba como Dios manda! —aplaudió Víctor, que repitió el procedimiento.

—Me encantan. Has acertado. Te felicito. La cocción, perfecta —le aplaudí.

—Te lo dije. Dije que acabarías chupándote los dedos. No miento.

Traguito de vino. Y más *delicatessen.* Llegaron zamburiñas al natural, almejas vivas, mejillones al vapor y el broche de oro: un rape a la cazuela que quitaba el sentido.

Di cuenta de todo con absoluta entrega.

—¡Excelente! Ahora dile al cocinero que salga, por favor. No sé dónde lo tienes escondido, la verdad. El casco es muy pequeño y yo no he visto a nadie. Pero seguro que alguien te ha ayudado a preparar todo esto —lancé incrédula.

Ladeó la cabeza y luego sonrió y se dio palmaditas en el pecho repetidamente, atribuyéndose todo el mérito. Me levanté y le planté un beso mayúsculo en la mejilla, como una niña buena. Lo que era yo, ni más ni menos.

—Esta ha sido la cena más maravillosa de mi vida. ¡Muchas gracias, Víctor! Espero que el postre esté a la altura —concluí.

Le lanzaba el anzuelo, a ver si empezaba a atar cabos.

Lejos de eso, Víctor arqueó las cejas e hinchó sus mofletes. Puso una cara muy graciosa. Se levantó y regresó con una botella de *grappa.*

—Del Friuli, del norte de Italia. El mejor digestivo del mundo —especificó.

Quizá era lo que necesitaba. Digerirlo todo, digerir aquella tarde espectacular y aquella mágica cena. Y, sí, tomar un trago fuerte para hablar de lo que teníamos pendiente. Por un momento, en medio de aquel maravilloso espejismo, me había parecido que podía empezar de cero con él sin importarme su pasado, pero no era verdad. Necesitaba conocer su versión del asunto, saber cómo y por qué. No quería ningún secreto entre nosotros.

Sin embargo, ningún momento era oportuno. Había cosas más importantes que hacer. Dejé caer el licor por la garganta.

Vi rayos y centellas. Me incorporé de un salto, ligeramente mareada.

Necesitaba volver a abrazarme a Venus, volver a sentirme la mujer más poderosa del mundo.

Víctor se acercó a mí. Yo le daba la espalda, pero no pareció importarle. Me rodeó con sus brazos y empezó a besarme el cuello. Ahora un lado, ahora otro. Luego el lóbulo de las orejas. Sentí un gusto penetrante que viajaba desatado desde el cerebro hasta la entrepierna y se detenía entre mi abdomen y el pubis. Sentía el revoloteo de mil mariposas.

Me humedecía más en cada nueva ronda, más prolongada y más salvaje. Sus grandes manos se colaron por el lateral del vestido para rodear mis pechos, ya desprovistos de corsé. Los apretaba delicadamente y luego los recorría de abajo arriba con su palma de la mano extendida. Tenía especial cuidado en evitar mis pezones, empitonados como nunca. Una nueva tanda de besos, desde la nuca. Iban en descenso resbalando por la espalda, acompañados por una lengua desinhibida. Combinaba el trayecto lingüístico, ahora sí, con pellizcos intermitentes con el dedo índice sobre mis senos.

Todos los poros de mi piel gritaban su nombre. No sabía distinguir por dónde y cómo me acariciaba. Lo hacía por varios frentes simultáneamente.

Arqueé el cuerpo de tanto placer. De tal manera que mi culo y el inicio de mis muslos se separaron de la escultura. Una circunstancia que Tripiquilabing, un artista en manualidades, aprovechó al milímetro. Por aquel espacio de máxima sensibilidad coló la punta de sus dedos. Así alcanzó la entrada de mi caverna y la visitó con sucesivas aproximaciones. Finalmente, la penetró. Me acoplé a su dígito más grande como si montara en un caballito en un tiovivo.

Al mismo tiempo, subía y bajaba su mano libre por toda la carne que era capaz de abarcar en cada embestida: cara, brazos, espalda, pecho. Su lengua exploraba nuevos territorios. Atacaba sin tregua. Una explosión de sensaciones se apoderó de mi cuerpo.

Sacó a su visitante de mi gruta, que, nada más quedarse desierta, ya anhelaba una nueva prospección a fondo. Me levantó el vestido hasta la cintura para dejar mis nalgas totalmente al descubierto. Yo sostuve la tela para que no se viniera abajo y poder mostrárselas en todo su esplendor. Se las brindé en pompa. Con ambas manos me apretó sendos mofletes. La combinación de fortaleza y suavidad en su tacto y su lengua me elevaron al reino del deleite total. Suspiré sin freno.

Volvió enseguida a pasar las yemas de los dedos por mi sexo encendido. Y se adentró en él con la punta del índice para buscar, encontrar y hacer suyo el botón de la felicidad. La luna, espectadora de mis gemidos, me miraba.

Me puse en pie y él se quedó a mi espalda. Me quitó las ropas y paseó sus dedos por el borde de mi silueta. Un escalofrío ardiente me propulsó a Víctor. No había vuelta atrás.

Necesitaba tocarlo y morder su boca. Y hacerlo ya. La tentación se había acabado. Me puse frente a él. Ya era mío. Le di mis labios al tiempo que me cobijé en su pecho. Recorrí su torso y su vientre con mis manos y mi saliva. Me pertenecía cada curva de su musculado cuerpo. Y lo exploré con precisión. Sus hombros cuadrados, sus bíceps esplendorosos, sus brazos robustos, sus pectorales duros. Viajé por cada ondulación de su abdomen, muy bien dibujado.

Me moría de ganas de llegar a las joyas de la corona. Y lo hice, ¡vamos si lo hice!, como una fierecilla endemoniada. Primero le eché mano al culo, duro y suave a la vez. Lo agarré con ganas. Una ligera pausa y fui directa al tallo. ¡Menuda pieza! Un falo hermoso, duro, inhiesto, más que el mástil de la vela mayor. Me deslicé hasta el nacimiento y desde allí me apoderé de su miembro con subidas y bajadas, sacudidas dulces y fuertes. Me entretuve en recorrer y sondearlo todo, reteniendo el placer de volver enseguida a tomar el mando por completo.

Se deshizo del pantalón y ambos nos quedamos en cueros, uno frente al otro. Nos miramos y sonreímos. Nos besamos, primero con mordisquitos. Despacio, saboreándonos. Después, entrelazando nuestras lenguas en una batalla sin cuartel. Tras un breve descanso, volvimos a unir nuestros labios. Y a sonreír.

Cerré los ojos y reposé mi cabeza en su hombro. Estaba feliz y entregada. Víctor había abierto las puertas de su paraíso y yo me había colado para no escapar nunca del país de sus maravillas, de su abrigo, de su espiga y de su compañía.

Cuando creí que iba a llegar el momento definitivo, me tomó de la mano y me llevó a la playa de rosas. Me hizo reposar y me llenó de pétalos, que caían de sus manos como una lluvia fina. Me deshice. Era un artista. Atesoraba una sabia mezcla de sensibilidades y fortalezas. Y las combinaba magistralmente.

Con el cielo estrellado como techo, lo vi caer sobre mí. Me lamió enfurecido los pechos, los pezones, el bajo vientre, hasta detenerse en el monte de Venus. Luego descendió a los muslos, las rodillas y desde allí volvió a trepar. Definitivamente, dominaba todos los palos.

Recorría mi piel y me llenaba de su jugo. En cada ciclo, mi pasión crecía de forma exponencial. Volvimos a entregarnos en un baño de lenguas. Su espuma y sus ósculos se esparcieron por todos mis rincones.

Se esmeró en cada succión, que comprendía un trayecto intenso entre el fondo de mi vagina y el clítoris. Una relamida tras otra, y otra más, acompañada por unos dedos que exploraban todos los puntos, del G al infinito. Era un éxtasis continuo. La cresta más alta del placer que jamás había experimentado. Dos veces consecutivamente.

Reposé un rato y bajé al baño. Tuve la precaución de coger el bolso, que contenía los condones.

Víctor aún no había llegado a su victoria. Era mi turno. Me incorporé, de modo que toda la bahía quedaba delante de mi vista. Vi por un segundo los rescoldos de las hogueras y el paseo iluminado, mientras mi boca se acopló a su miembro, que recorrí de punta a punta.

Le brindé un preservativo con cuidado y, ya puesto en su sitio, me subí a su lomo e inicié un cabalgamiento ligero, que acabó desbocado. Trotaba sobre Tripiquilabing con mi cabello al viento, en un juego de sombras trepidante. Tintineaban las velas batidas por el viento mientras nuestro empuje se embravecía. Víctor se aferró a mi culo y a mis senos indistintamente y explotó. Estallamos en un coro de suspiros.

Después nos besamos muy tiernamente. Me tapó con una manta. Y, poco a poco, nos desvanecimos, uno enroscado en el otro, hasta atrapar el sueño.

29
Empezar de nuevo

Era el día de San Juan, 24 de junio. Me desperté con los primeros rayos de sol sobre la cara. Víctor lo había hecho al alba, me dijo después, y guio el velero hacia el norte. Después de desayunar y navegar buena parte de la mañana, pasamos delante del castillo de Tossa de Mar. Nos hicimos unas fotos chulísimas.

Después seguimos por algunas calas. En una de ellas nos paramos a visitar una cueva. Hicimos el amor en una playa de arena fina rodeada de acantilados. Después continuamos hasta punta d'en Bosc, donde nos dimos un baño en aguas transparentes y tranquilas. Llegó el tercero.

Punto y final a nuestra aventura. Desde allí viramos hacia Barcelona. Puso el GPS y el piloto automático.

En la travesía de vuelta, combinamos el silencio amable con la contemplación, los dos abrazados en proa. Hasta que, de repente, el Víctor más íntimo brotó sin que le dijera nada. Me confesó que había sido un bróker de bolsa que ganaba montañas de dinero, un pastizal indecente. Una espiral desenfrenada de lujos y derroches. Los mejores restaurantes, hoteles de ensueño, *jets* privados. Hoy en Fráncfort, mañana en el Dow Jones.

—Para aguantar aquel ritmo de vida, alocado y desenfrenado —me dijo—, o tenías muy claro el camino o la brújula te devoraba y te destruía.

Se desnudó por dentro.

—Muchos de mis colegas se engancharon a la cocaína para resistir en la finísima raya que separa el abismo del éxito. Un equilibrio demoledor.

Mi vida era una mierda. Era un tipo que lo tenía todo y estaba asqueado de todo a la vez. Ya hacía tiempo que quería dejarlo, pero era imposible. El dinero era un gancho demasiado atractivo. Cuanto más tienes, más quieres.

Me giré un poco para mirarlo cara a cara. Era la primera vez que veía a Víctor con los ojos vidriosos. Su aparente seguridad se hizo frágil, como el cuchillo se clava en la mantequilla. Continué atenta.

—Tenía mucha pasta. Un cochazo. Ropas carísimas. Jugué a ser un conquistador. Y triunfaba, claro. Siempre que me lo proponía. Luego quise más. Y más. A todas horas. No tenía tiempo, pero sí una visa ilimitada. Y con aquel trozo de plástico podía lograr todo lo que me proponía. El sexo se convirtió en mi válvula de escape. Prostitutas de lujo, *sex shops*, cabinas, contactos e internet. Cualquier lugar que me proporcionara una dosis rápida de placer era bueno. Luego el sentimiento de culpabilidad. La frustración. Un bucle autodestructivo. Levantarte y caer continuamente. Un sinvivir. Una mierda.

Siguió con aplomo:

—Un día, hace unos meses, después de una juerga brutal, se me removieron las tripas al ver un reportaje en la tele. Un desahucio. Echaban a una madre y a sus dos hijas de casa. Explicaba que su lucha cotidiana era que las chiquillas tuvieran como mínimo un cartón de leche.

—¡Dios! Con la crisis, muchas personas han perdido su trabajo, sus ahorros, su casa. Mucha gente ha pasado verdaderas penurias —apunté.

—Ya, pero yo era ajeno a todo eso. ¡Esa misma noche me había gastado más de 20.000 euros! Vivía en otra dimensión. Ahora me doy pena y asco por no haberlo visto antes, pero tengo que reconocer que fue así. La cara de aquellas niñas y el relato desgarrador de aquella madre me noqueó. Toqué fondo. Para salir a flote solo podía hacer una cosa. Lo vi claro.

—¿Qué viste? —le pregunté alargando mi mano hasta acariciar su rostro.

—La solución. Definitiva y drástica. Solo si me desprendía de todo, si me quedaba sin nada, tendría lo más valioso: la libertad para sobrevivir y empezar de cero.

Lo besé con ternura y me enrollé en su cintura para que sintiera que estaba a su lado incondicionalmente. Era un testimonio valiente y muy sincero. Él continuó:

—Siempre quise navegar. Me compré este barco y doné todo mi dinero a una fundación para ayudar a los que más lo necesitan. Me he reservado una asignación mensual para ir tirando y una cantidad que recuperaré si alguna vez tengo un hijo y un médico certifica que estoy curado. Dos cosas que hasta hace pocos días me parecían imposibles.

Lo agarré fuerte. Y me lo comí a besos. Sabía por qué lo decía.

Víctor había iniciado la terapia meses atrás, pero aún le había costado algún tiempo deshacerse de todos los nudos del pasado, especialmente uno de ellos. Estefi, deduje. Me contó exactamente la historia que mi amiga ya me había desvelado. Aunque ya lo sabía, me reconfortó conocer que ambas versiones coincidían punto por punto.

Eso me tranquilizó totalmente. Solo entonces le conté el secreto, que Estefi era mi amiga.

—El mundo es un pañuelo —añadí.

Se rio de la casualidad. Todo en nuestra incipiente relación había sido increíble hasta el momento.

—A ese puerto jamás regresaré. Estate bien segura, Sonia.

Podía confiar en Víctor. Creí ciegamente en lo que me había dicho. De hecho, no hacía falta. Ya creía en él, desde mucho antes.

Navegamos plácidamente hasta llegar al Port Olímpic. Hablamos poco y nos miramos mucho. Entrada la madrugada, nos despedimos con un beso y un largo abrazo.

Antes de zarpar de su vera, Víctor me hizo una proposición que me dejó descompuesta. Tenía una semana de plazo para darle respuesta.

30
Sexbomb

Me fui alejando del puerto con el recuerdo de lo vivido todavía muy fresco. Aún escuchaba el rumor de las olas y notaba el salitre en la cara y el sol en la piel. Y a Víctor, omnipresente. Me había atrapado en su red.

El olor de su cuerpo, mezclado con los vaivenes de su mar embravecido dentro de mí, me turbaba. Sus caricias chapoteaban una y otra vez en mi interior. Y con ellas, el anhelo de volver a navegar cuanto antes en aquellas aguas de felicidad.

Con el viento surfeando en mi rostro, el taxi trepó por la ciudad. Mis sentidos estaban ya colmados, pero mi cabeza viajaba a mil por hora. La propuesta que me había trasladado antes del adiós me perseguía a cada instante. ¿Sería capaz de hacerlo?

Mentiría si no dijera que me hacía muchísima ilusión. Pero cosida a ella, la incertidumbre. Siempre había sido un poco miedica y esta vez llevaba el freno de mano puesto. Su idea era magnífica, pero significaba un cambio radical. Lo mejor sería dejar reposar tantas emociones en la almohada y afrontarlo después.

El lunes amaneció claro y caluroso. Me levanté muy temprano. Apenas había dormido cuatro horas, pero me habían sentado genial. Estaba pletórica y con ganas de contárselo todo a Las Pipicañeras. Tenía una decisión difícil que tomar y ellas podrían ayudarme.

Volví la vista atrás. Unos meses antes no sabía qué hacer con mi vida, quería un novio, era sumamente frágil, me sobraban unos quilos y tenía la autoestima por los suelos, porque arrastraba el golpe de Miquel, que me había martilleado durante años.

Ahora, mi vida había dado un vuelco. Todo había cambiado. Me sentía fuerte, arropada y enamorada. Vivía en un carrusel. Y acababa de disfrutar de la aventura más fascinante de mi existencia.

Fui a casa de Dany a buscar a Tiger, mi perrillo, al que tenía muy abandonado. Era un can muy agradecido. Nunca me lo tenía en cuenta. Al fin y al cabo, mi vecinito era como su padre adoptivo.

Aquel animal, mi fiel compañero y confidente, era testigo de mis llantos y de mi encierro, y también de mis ilusiones. Nos revolcamos por el suelo, le hice mil carantoñas y le di una buena ración de sus chuches. Tenía que compensarlo por tantas ausencias. A él fue al primero al que le revelé la proposición de Víctor.

Lo llevé al pipicán. Corrió incansable detrás de la pelota que le lancé una y otra vez. Me organicé el día. Ducha. Trabajo y gimnasio. Luego, *meeting*.

Wasap al grupo y a Dany.

«Chicas. *Tonight*, en mi casa. Noticia bomba».

Enseguida un aluvión de mensajes. Pero yo me mantuve firme. No iba a soltar nada hasta la noche. Me lo había prometido y así iba a ser.

La jornada pasó muy despacio. Los lunes eran tediosos y aquel, todavía más. Organicé las devoluciones de los préstamos de libros del fin de semana en unos minutos. Y empleé casi todo el tiempo libre en mirar y remirar atlas y mapas.

Salí a mi hora en punto y me fui al Metropolitan para correr un rato en la cinta con la música a tope. Necesitaba un poco de relax, un ratito a solas conmigo misma.

Por la tarde me llevé dos alegrías. La primera, en la báscula. Marcaba exactamente nueve quilos menos que el día que me había apuntado al gimnasio. Estaba orgullosa de mí misma. Había tenido constancia y aquel era el premio.

La segunda, una espinita que tenía clavada desde hacía tiempo. Entusiasmada con los números que atestiguaban mi nueva figura, me di de bruces con un «viejo conocido» del Metropolitan. El tipo me miró con complacencia y, con su chulería de antaño, se acercó y me susurró:

—Ostras, nena, ¡vaya cambio! Cuando quieras quedamos, te doy una vuelta con mi Ducati y te invito a cenar.

La ocasión era perfecta para saldar una deuda que aún me escocía.

—Veo que te acuerdas de mí. Y veo que recuerdas cómo era. Pues bien, ya no soy la chica gordita. ¿A qué no? Tú, en cambio, eres un gilipollas y lo seguirás siendo siempre —le lancé rotunda. Me quedé bien descansada.

Puso cara de boniato. Tanto, que hasta la toallita que sostenía en la mano se le cayó al suelo. Mientras se agachó a por ella, noté que me repasaba de arriba abajo y saludaba mi renovada silueta con una mueca de aprobación.

—¡Ah! Y otra cosa. Ya me pasean con un velero por la Costa Brava y como muy bien acompañada en los mejores restaurantes, así que puedes meterte tu moto por dónde te quepa.

No sé de dónde saqué aquel atrevimiento y aquella contundencia, pero lo dejé K. O. «Genial, Sonia. Así se habla», me dije con suficiencia, muy satisfecha de mí misma. Definitivamente, había cambiado.

Endorfinas arriba, trotando a tope sobre la cinta con la música a todo volumen, sudando a mares, me había reconstruido metro a metro. Las Pipicañeras, Dany y mi tesón habían hecho el resto. Y Tripiquilabing, por supuesto. Había expulsado a los demonios y ganado en seguridad. Tenía por delante un futuro pintado de azul e iba a ir a conquistarlo. Estaba casi decidido. *Carpe diem.*

Completé la sesión con un baño turco, una saunita y una cama de agua. Salí como nueva.

La cita era a las diez. Las chicas habían quedado antes y traerían algo de picar. Era una buena ocasión para brindar. Compré cuatro botellitas de cava y, al llegar a casa, las puse en el congelador.

Piqué a Dany enseguida.

—¡*My queen,* qué *wonderful* estás! ¡Qué cutis! —afirmó a modo de saludo con su peculiar mezcla *britishñol.*

Solo pude sonreír y abrir los brazos para recoger el piropo.

—Tú no me engañas. Te han dado por proa y por popa. Cuéntame, cuéntame, *darling*. Soy todo *oídas* —ordenó.

—Ha sido increíble, Dany. Mejor, imposible. ¡Im-po-si-ble! —afirmé—. Vamos a mi terraza y hablamos allí. Mis amigas deben de estar a punto de llegar.

Tiger le hizo los honores. Lo quería mucho y se lo demostró con sucesivos lametones que Dany aceptó gustoso. Abrí una botella de cava y brindamos.

—¡Por esta *pretty* sirenita que por fin ha encontrado su *big love*! —dijo él.

—¡Por este estupendo vecinito que siempre me cuida tanto! —me sumé yo.

—Ahora no me abandones por tu marinerito, ¿eh? Yo quiero estar siempre cerca de ti. Soy un poco *selosito* —añadió mimoso.

—Eres un solecito, más bien. El más grande y luminoso —respondí. Sobre la otra cuestión, preferí no decir nada de momento. Ya habría ocasión durante la velada.

—Pero *tell me, darling*. Cuéntame, ¿cómo ha ido? Lo quiero saber todo ¿La tiene grande?

Ya sabía por dónde iba, el puñetero. Quería hacerlo esperar para llegar a las escenas tórridas. Empecé a explicarle desde el principio, poniendo énfasis en los detalles más sensibles.

—¿Pero la tiene grande o no? —interrumpió perspicaz—. Eso es la clave, *darling*. Una mujer contenta en la cama es una mujer feliz. Si no, *bye bye*.

—Ya te había oído, pesado. Sí. Sí —acabé confirmando a regañadientes. Yo quería contarle lo bello del encuentro y él solo tenía interés por lo básico. Así era Dany, un ser entre el universo femenino y el masculino. Entre el *chic* de París y el *glamour* de barrio. Una vez conocidas las dimensiones del amor, se interesó por lo demás.

—Pues ahora te aguantas. Tendrás que esperarte a que vengan mis amigas —refunfuñé.

Ciertamente, ansiaba contarle a él más que a nadie el plan que Víctor me había propuesto, pero me mordí la lengua. Seguro que después me regañaría.

A Dany ya le había relatado toda la historia de Tripiquilabing, episodio de Estefi incluido. Lo sabía de pe a pa. Esperaba que no la tomara con ella. Podía ser muy corrosivo si se lo proponía. Le advertí que todo aquello era pasado y que lo importante era lo que estaba por llegar. Eso, el porvenir más cercano, era lo que más me inquietaba. Estaba entre dos aguas.

Ding, dong. Allí estaban Marta, Carlota y Estefi. Las últimas, Paz y Vicky, que ya era una más en nuestro wasap. Ellas venían cargadas con unas bandejas de *sushi* del japonés de la esquina. Nos repartimos besitos y achuchones. En unos minutos estábamos todos en la mesa alzando las copas de burbujas doradas.

—Por Sonia y por Víctor, un amor de alta mar —se animó Paz, siempre tan ceremonial.

Máximo alboroto. Bravos y vítores. Risas. Estefi me miró y le guiñé un ojo. De todas mis amigas, era la única que conocía por experiencia propia el festival del que yo había disfrutado. Eso sí, ella nunca había gozado de lo más importante: el cariño, la ternura, la complicidad. Eso era solo para mí. Lo sabía. Era mi tesoro y me congratulaba saber que eso solo lo tenía yo.

—Cuéntanos, Sonia. Venga. Ya —se arrancó Marta—. Ardemos por conocer tus fantásticas aventuras.

Le di un sorbo al cava y lo dije:

—¡Ha sido el mejor fin de semana de mi vida!

Fui desgranando escena a escena, desde mis labores de timonel hasta que hicimos el amor en un lecho de rosas. Ahí solo describí el marco, no la acción. Me gané aplausos, exclamaciones y algún que otro insulto. Mis amigas apretaron y apretaron hasta conocer sus artes amatorias. En este campo, me exigieron precisión quirúrgica. Me pareció poco elegante, sobre todo porque Estefi podría estar tocada por haber tenido que dejar a su amante perfecto, y en su lugar destaqué las virtudes culinarias de Víctor, su sensibilidad y su sentido del humor.

—Eso sí, tiene el mejor culo de la galaxia. Redondito, morenito, bien liso, como el de un bebé, y duro, durísimo —acabé por admitir ante su insistencia.

—No me digas cómo tiene lo otro, por favor. Qué envidia —se sinceró Paz.

—Respira hondo y consuélate con el equilibrio espiritual del tantrismo —le replicó Carlota con sorna—. Y con el aparato de Vicky.

Todas nos carcajeamos.

—Cállate, anda. Que estás más guapa callada —se revolvió la cincuentona—. Tú no te enteras de nada. Ya dije en la última cena que había dejado lo del tantra. Que estoy en busca de un buen machote. Si te sobra uno, me lo pasas. ¿Qué tal tu antiguo jefe?

—No te lo recomiendo. Siempre estaba estresado y se corría enseguida. Además, con halitosis. Lo tenía todo, el pobre. Me pregunto cómo pude aguantarlo tanto tiempo.

Dany aplaudió el intercambio de golpes. Dijo que se lo estaba pasando en grande. Que nunca imaginó que fuéramos tan ocurrentes.

—*You are fantastic.* Muy *divertentes.* Quiero que me invitéis a todas vuestras fiestas, *please,* aunque *never* iré al pipicán.

Paz enseguida le dio un sí entusiasta y el colectivo se sumó a la iniciativa.

—Una curiosidad, ¿a ti te va la carne y el pescado o solo muerdes almohadas? Lo digo por si... —soltó a bocajarro nuestra dama indomable.

—Querida *Pas.* Si te pica el chichi, *solution*: un gigoló. Te hará un trabajo *very* profesional ¡Yo soy gay!

Paz se quedó de una pieza. Dany era igual de directo o más que ella misma. Estaban condenados a llevarse muy bien.

Fui a la nevera para reponer líquido. Abrimos la tercera botella. Lo hizo Estefi, que lanzó el corcho al cielo.

—Sonia. Me *alegrás* mucho. Una *delisia* verte así. Te lo digo de *coras*ón —declaró la bonaerense.

Se levantó para obsequiarme con un beso. Todas nos ofrecieron un «¡oh!» prolongado. Me levanté y me fundí con la argentina en un largo abrazo. ¡Y pensar que unos días atrás la quería despellejar! Bien está lo que bien acaba, zanjé.

—A ver. ¿Y la noticia bomba, Sonia? Nos has convocado para eso, ¿no? —apremió Marta.

Antes de que pudiera articular palabra, Dany se alzó como un rayo y se arrancó a cantar con voz grave. Parecía el mismísimo Tom Jones:

Sexbomb, sexbomb, you're a sexbomb
You can give it to me when I need to come along
Sexbomb, sexbomb, you're my sexbomb

Ni que decir tiene que Las Pipicañeras se pusieron de inmediato en pie y le hicieron los coros. «Sexbomb, sexbomb, you're a sexbomb», dijeron bailando y apuntándome con sus dedos. Después de aquello, Dany se ganó definitivamente a mis amigas.

—Y *now, please*, Sonia, explícanos, por favor —dijo el escocés.

—Muy sencillo. Víctor me ha pedido que...

Me callé un momento para crear expectación.

—¿Que te cases con él? —se aventuró Paz.

Lo negué con la cabeza.

—Entonces, ¿qué? Desembucha. Venga —apremió Marta.

Cerré los ojos un segundo y lo lancé:

—Me ha propuesto que nos vayamos juntos a dar la vuelta al mundo con el velero.

Cerré los ojos y esperé su reacción. Silencio. Y jolgorio, al instante. Estallaron todas a la vez, cual cotorras.

—Eso es una locura. Le habrás dicho que no, ¿no? Tú necesitas estabilidad. Te cambiaría la vida radicalmente. Poco a poco. Lo acabas de conocer, date un tiempo para ver cómo funciona y luego ya verás —argumentó Marta desde su posición de mami conservadora.

—De eso nada. Ni te lo pienses. Dile que sí. Es una oportunidad única. Un tren que solo pasa una vez en la vida. Y cuando llegues a Manhattan, quedamos y nos vamos de copas por Nueva York. ¡Adelante, Sonia! ¡Qué guay! —opinó Carlota.

Su idea era justamente la opuesta. Ella también estaba a punto de dar un gran paso y me entendía a la perfección.

—Es la aventura de tu vida, che. No la *dejés* escapar —me animó Estefi.

—Di que sí, ¡Dios! Eres joven, sin ataduras. Es el momento. Yo, a los diecinueve, me fui a las cuevas de Las Alpujarras a una comuna *hippy* a vivir el amor libre. Nunca he vuelto a ser tan feliz. Toda la vida te lo echarás en cara si no lo haces. Y, si por lo que sea, no funciona, te vuelves. Y ya está —concluyó Paz.

—Claro, claro. Vosotras lo veis todo muy fácil. El amor es muy bonito, pero ¿y el trabajo?, ¿y la casa?, ¿y el coche?, ¿y Tiger? ¿Y si no funciona? —insistió Marta.

Decía cosas sensatas, justamente las que yo misma me había planteado.

—Ya sé lo que me diréis. Sí. Los niños, el marido, la hipoteca, el recibo de los colegios, la cita del médico y la suegra me han cambiado. Ahora valoro más el orden, la casa, la normalidad. Pero, ¡¿qué narices?!, tenéis razón. ¡El amor es el amor! —acabó proclamando.

Dany se levantó y se arrancó de nuevo:

Sexbomb, sexbomb, you're a sexbomb
You can give it to me when I need to come along
Sexbomb, sexbomb, you're my sexbomb

Nos unimos todas bailando y cantando con las copas en alto. Festejamos el amor y el viaje hasta pasada la medianoche. Repasamos los grandes éxitos de ABBA y algunas canciones de Cher y Barbra Streisand. Dany se las sabía todas. Él se arrancaba y nosotras le seguíamos. Bailamos y bebimos. Fue muy divertido. Las chicas se lo pasaron en grande. Desde aquel momento, mi vecinito sería un miembro más de Las Pipicañeras, de eso estaba convencida.

Poco a poco, la noche se fue convirtiendo en una fiesta de despedida improvisada. ¡La mía! Aunque yo no verbalicé en ningún momento que hubiera tomado la decisión definitiva. Se daba por supuesto que iba a aceptar. Al final, no pudimos evitar las lágrimas. Me emocioné mucho. Me desearon suerte y confianza y la promesa de una cita en algún punto del planeta. Tal vez en Fin de Año. Poco a poco fueron desfilando no sin antes colmarme de besos y abrazos.

Vicky me susurró:

—El amor se siente, no se piensa.

Joder con la niña. Tan joven y todo lo que sabía ya. La agarré fuerte de la cintura. Vicky había sido un gran descubrimiento. Era ya y para siempre mi consejera estética y espiritual. Las clavaba siempre. Ella fue la última en marcharse, junto con su tía, otra grande entre las grandes.

Al final, me quedé a solas con Dany en la terraza. Sentados uno al lado del otro, cogidos de las manos.

—Te vas a ir con él, ¿no? —lanzó con un chorrito de voz.

Aquella pregunta me generó una tormenta automática. No pude reprimirlo y me eché a llorar desconsoladamente. El revoltijo que tenía dentro fue saliendo como si se deshilachara un ovillo.

Era ser o no ser. Ahora o nunca. De esas veces, pocas, en que no puedes aplazar más una decisión. Me vino a la cabeza la típica imagen de un viejo tren a punto de salir, el silbato del jefe de estación y la máquina de vapor echando humo. Y la chica, yo misma, correteando por el andén. Luego, suspendida, en la puerta del vagón, con un pie dentro y otro fuera. La locomotora emprende la marcha. Y el instante en que subes al vagón o lo dejas ir.

Sí, tenía unas ganas enormes de emprender una nueva vida con Víctor. Pero también me daba mucha tristeza dejar atrás todo lo que había ido construyendo. Y, especialmente, renunciar a Dany y a mis queridísimas Pipicañeras. Eran como dos vasos comunicantes. Yo estaba en medio.

Mi vecino era mi ángel de la guarda. Gracias a él había superado mil caídas y recaídas. Habíamos reído y llorado juntos. Siempre podía contar con él. Era como un seguro del alma a todo riego. Se me agolpaban en la memoria las noches de peli y *gin-tonic*, las fiestas de disfraces y las sesiones en las que su comedor se convertía en un salón de belleza y nos llenábamos de potingues.

¿Qué decir de las chicas? Cada una con sus cosas y todas geniales. Frescas, directas, despiadadamente sinceras. Me habían hecho sentir parte de un grupo siendo yo misma. Las iba a echar mucho de menos si decidía emprender la gran aventura.

Por fin me sentía feliz. Me había costado mucho curarme de las heridas de Miquel, alcanzar un cierto equilibrio personal y tener un día a día en el que estuviera a gusto conmigo misma. Habían sido muchas pequeñas conquistas, ganadas con sangre, sudor y lágrimas. Y me daba mucho miedo poder perderlas. Me lo jugaba todo a una carta.

Igual de cierto era que amaba a Víctor por encima de todo y que su amor alumbraba mis horas como nunca antes.

Y luego estaba el canguelo propio de dar la vuelta al mundo en un velero. El mar siempre me había dado mucho respeto. Claro que, con Popeye a mi lado, nada podría pasarme.

—A mí no me vas a perder *never,* nunca, *darling.* Lo sabes. Y a tus amigas, tampoco.

Fue el clímax. Aquellas palabras fueron las justas en el instante cumbre de la deliberación. Era así. Las Pipicañeras y Dany vendrían conmigo. Formaban parte de mí. Y así sería siempre, aunque yo me fuera. Me acompañarían con su sonrisa y su aliento.

No iba a perder nada. Iba a ganarlo todo.

—Sí, me voy a ir con él —afirmé convencida mientras me acababa de secar las lágrimas que aún corrían por mis mejillas.

Dany me rodeó con sus brazos y me besó en la coronilla tiernamente.

—*You are the best.* ¡La mejor! Todo va a ir súper.

Luego se marchó. Lo recogí todo. La casa, como los chorros del oro, antes que nada. ¡Qué maniática! Regué las plantas y tomé una ducha. Me senté en la hamaca y me fumé un cigarrillo.

Al día siguiente solicitaría una excedencia de un año, prorrogable a otro más. Aquello no me preocupaba. Siempre tendría una plaza, que me había ganado por oposición, aunque fuera en otra biblioteca. El coche lo iba a vender. Paz se había mostrado muy interesada. Estaba como nuevo. Me pagaría la entrada que había dado yo y se haría cargo de las mensualidades. Mi piso. ¿Qué iba a hacer con él? Alquilarlo. Con ese dinero podría seguir con la hipoteca. Estefi conocía a muchos guiris en la agencia de publicidad que estarían encantados con un ático al lado de la Sagrada Familia. Dany también tenía muchos colegas. Seguro que a uno u otro le iba a interesar. Tiger se venía conmigo, sí o sí.

Antes de dar la última calada ya lo tenía todo encarrilado. El miércoles se lo comunicaría a Víctor. «Los sueños son para cumplirlos», me dije.

31
Mediterráneo

Y llegó el gran día. Yo andaba muy nerviosa. Mucho. Lo teníamos todo listo. Habíamos dormido ya en el velero para zarpar con los primeros rayos de sol. Aún no había amanecido, pero no podía dormir. Ya hacía rato que paseaba por cubierta de un lado a otro.

Me senté en popa con una humeante taza de café entre las manos, con Tiger a mi lado. Estaba vigilante, escrutándolo todo. Él también estaba alterado. Lo noté por su cola, que movía inquietamente. Creo que no le gustaba mucho el barco. No lo había pensado bien, desde luego. Quizá hubiera sido mejor dejarlo en tierra. En eso había sido muy egoísta.

Miré con nostalgia aquellos trocitos de mi querida Barcelona que tardaría mucho en volver a ver. Las luces de las farolas aún encendidas y los coches al ralentí. Algunas gaviotas revoloteaban al paso de las barcas de los pescadores.

El mar, medio dormido aún, y mis sentimientos a punto de desbordarse. Todavía estaba a tiempo de poner un pie en el suelo y abandonar, como las novias que se lo repiensan antes de dar el «sí quiero». No pude evitarlo. Una sensación extraña. «¿Cómo me iba a adaptar a la vida en un barco?». Un terror súbito que, tal como vino, se fue.

El amor con Víctor se había fortalecido mucho. Nos conocíamos más y mejor. Cada día lo quería más.

Recordé el día en que le di el sí, se volvió loco de alegría.

—Estaba seguro de que aceptarías. Partiremos rumbo al sur: Alicante, Gibraltar, Lanzarote. Y de allí, al Caribe. Zarparemos a finales de septiembre —había explicado lleno de gozo.

Habían sido semanas de duro trabajo. Él llevaba tiempo planificando el viaje, pero teníamos que acabar de estudiar la ruta, conseguir los permisos y los visados, ponernos las vacunas, comprar provisiones, completar el botiquín, hacer un curso de primeros auxilios y yo, de regatista.

—En alta mar solo nos tendremos el uno al otro. Hay que estar preparados para cualquier eventualidad —me había advertido.

Aprendí a poner una inyección, a arreglar la hélice y a emitir un SOS, entre otras cosas básicas. Me había empollado los vientos alisios del Atlántico, los sistemas tropicales del Índico, el monzón y las corrientes del Golfo. También el estrecho de Ormuz, el cabo Comorín, el mar de China, la isla de Hainan o el cabo de Hornos, por supuesto.

Aprendí que nuestro barco tenía un motor de ciento cinco caballos, una hélice en la proa, un generador de corriente y que estaba equipado con un sistema de comunicación vía satélite. Ya lo manejaba perfectamente. Conocí al detalle todo el velamen: vela mayor, mesana, génova, entrepalos, *balloner* y asimétrico. Y qué hacer y cuándo con cada una de ellas.

—Las velas serán tus nuevas amigas a partir de ahora. De su manejo dependerá que avancemos más o menos rápido —me había dicho Víctor.

—Mis amigas siempre serán Las Pipicañeras y Dany, que lo sepas —le respondí con contundencia.

Enseguida se lanzó hacia mí y me llenó de arrumacos.

—Rectifico: compañeras de viaje. Estaremos la mar de bien. No te preocupes. Sé perfectamente quiénes son tus amigas —concluyó.

Pensé en todas ellas y en Dany, y en lo mucho que iba a echarlos de menos. Por suerte, podríamos comunicarnos y enviarnos fotos. Habíamos hecho un blog para ir explicando nuestro día a día. Si todo iba bien, pasaríamos el Fin de Año todos juntos, quizá en Cuba. Eso alivió mi aflicción repentina.

Se me humedecieron los ojos. «¡Ay! ¡Las Pipicañeras! ¡Y mi Dany!», suspiré. Era una paradoja. Sin su ánimo no habría llegado nunca hasta ese punto. Y sin ellos, ahora me costaba un mundo partir. Hubiera dado lo que fuera por volverlos a ver y darles un último achuchón. Ya lo había hecho la noche anterior, pero quería más.

Víctor también se había levantado hacía un buen rato y trasteaba de aquí para allá para tenerlo todo a punto.

—¡Listos para zarpar! —gritó.

Yo estaba de pie, mirando la nada. No supe cómo ni por qué me descubrí tarareando una canción que me encantaba desde que era pequeña:

Quizás porque mi niñez
sigue jugando en tu playa
y escondido tras las cañas
duerme mi primer amor...

En aquel momento, Víctor se acercó a mí y me rodeó con sus brazos. Cantamos a dúo, muy juntitos:

Llevo tu luz y tu olor
por dondequiera que vaya,
y amontonado en tu arena
guardo amor, juegos y penas.

.../...

Y te acercas, y te vas
después de besar mi aldea.
Jugando con la marea
te vas pensando en volver (...)

Todavía era de noche, pero ya despuntaba el alba. A unos cien metros vi encenderse un farolillo de papel. Detrás se escondía la silueta de una persona. Le alumbraba ligeramente el rostro, pero no se distinguían sus facciones. Era una estampa preciosa. Al momento, se prendió otra luz. Y luego otra. Y otra más. Parecía una coreografía sincronizada. Conté seis. Hasta que caí en la cuenta y los distinguí. Eran Paz, Vicky, Marta, Carlota, Dany y la mismísima Estefi. «¡Habían venido! ¡Qué grandes!». Lloré a moco tendido. Víctor me miró y sonrió. Por su cara, me di cuenta de que él era su cómplice.

Salí corriendo a su encuentro y ellos al mío. Soltaron los candiles que fueron trepando como cometas hacia el cielo, mientras nos fundíamos en un gran abrazo. Luego nos llenamos de besos.

—*OK*. Vale. Esto tiene que ser un adiós *happy*. *Bye, bye, tristesas* —apuntó Dany.

—Sí. Sí —dijimos todas a la vez, enjuagándonos las lágrimas.

Tiger vino corriendo y se quedó a los pies de Dany. Saltaba y saltaba, muy contento. Con el hocico buscaba su mano, una y otra vez. De repente, lo vi claro.

—Dany, creo que Tiger se quiere quedar contigo. ¿Lo adoptarías hasta mi regreso? —le atraqué.

Automáticamente lo tomó en brazos y lo besó con locura, como una mami a su bebé.

—Venga, que se va a ir sin ti. *Apurate* —soltó Estefi con una sonrisa especial.

—Os quiero. Hasta el infinito y más allá, chicas. Nos vemos pronto —pude decir con un hilito de voz.

—¿Y, a mí, *darling*? —refunfuñó Dany.

—Claro. A ti también. Tontín. Estás incluida. Eres una de nosotras —confirmé.

Y Dany proclamó:

—¡Una para todas y todas para una!

Le pellizqué cariñosamente la mejilla y me fui al trote. Lo besé. Y a las chicas, una a una. Juré no volver la vista atrás, pero a medio camino me detuve y lo hice. Y al contemplarlas no pude sino regresar y volver a abrazarlas.

—No os olvidaré. Todos los días pensaré en vosotras. Sois las mejores. No os preocupéis demasiado por mí. Prometo cuidarme. Hacedlo vosotras también, por favor. Regresaré más fuerte. Os quiero.

Ya me podía ir tranquila. Oí lloriquear a Tiger, pero estaba convencida de que hacía lo mejor para mi perrillo. Avancé paso a paso muy lentamente hasta el barco, conmovida todavía por aquella despedida, que no esperaba por nada del mundo. Me llenó de alegría. Me sentí colmada de amor y de amistad.

Ahora sí. Estaba segura de que mi sueño navegaría viento en popa.

Me esperaba Víctor con una gran sonrisa.

—Soltamos amarras. ¡Zarpamos! —ordenó, ya desde el puesto de mando, con las manos firmes en el timón.

Recordé la inscripción que había junto al puesto de mando: «Los pies en el suelo, la cara al viento y la mirada en las estrellas». Me pareció una buena filosofía para seguirla al pie de la letra.

Arrancó el motor y salimos muy despacio. Un pedacito grande de mi vida se quedaba atrás. No pude reprimir un pinchazo de nostalgia en el estómago, pero lo que más me importaba era lo que estaba por venir.

La ciudad se fue haciendo pequeña a nuestras espaldas. Miré hacia el horizonte, hacia nuestra nueva vida. Respiré hondo.

Allí estaba, a solas por fin, con Tripiquilabing. Sonia y el ladrón de besos.

Me acerqué hasta el mascarón de proa. Venus era la testigo silencioso de mi amor con Víctor y de nuestra libertad. Me senté a su lomo, una vez más. Como ella, estaba dispuesta ya a ser una diosa capaz de cabalgar cualquier ola.